Isaac Rosa

Ein sicherer Ort

Roman

Aus dem Spanischen von Luis Ruby

liebeskind

AC/E
ACCIÓN CULTURAL
ESPAÑOLA

Die vorliegende Übersetzung wurde unterstützt durch Acción Cultural Española, AC/E.

Der Übersetzer dankt der Stadt München für die Förderung seiner Arbeit an diesem Projekt durch ein Literaturstipendium.

Die spanische Originalausgabe erschien 2022 unter dem Titel »Lugar seguro« bei Seix Barral, Barcelona.

Umschlagmotiv: Daniela Edburg
Umschlaggestaltung: Planeta Arte & Diseño
Lektorat: Isabel Kupski, Frankfurt/Main
Typografie und Satz: Frese Werkstatt, München
Herstellung: Robert Gigler, München
Druck und Bindung: Friedrich Pustet, Regensburg

ISBN 978-3-95438-174-6

Für Elvira, Carmela und Olivia, die Zukunft

Von hier aus in gerader Linie nach Südwesten käme ich unter der Erde bis zu mir nach Hause.

Das sagte ich zu dem Typen, während wir von seinem Balkon hinunterschauten, und zeigte über die Dächer in Richtung Fluss. Ich brachte den Spruch natürlich als Verkaufsargument, aber dabei stellte ich mir vor, das Gebäude tatsächlich durch den Keller zu verlassen und unter der Erde die halbe Stadt zu durchqueren: nicht von einem Sicheren Ort zum nächsten, du weißt ja, so viele sind es noch nicht, sondern in einem geschmeidigen Gleiten durch weitere Keller, Garagen, Tunnel, Abwasserkanäle, Ziegelgewölbe, Schächte, in Röhren geleitete Bäche, unentdeckte archäologische Überreste und U-Bahn-Stationen; mühelos und in schnurgerader Linie Mauern zu durchdringen, Fundamente, Kabelbündel, verdichtetes Erdreich und dicke Wurzeln, wie ein Taucher im Dunkeln ein Stück mit den Armen zu rudern und mich dann wieder einer warmen unterirdischen Strömung zu überlassen, mit angehaltenem Atem, bis ich erschöpft zu Hause ankäme. Erschöpft und glücklich, denn es war ein schöner Gedanke, vielleicht die Erinnerung an einen Traum.

Von hier aus in gerader Linie nach Südwesten käme ich unter der Erde bis zu mir nach Hause.

Ich wusste gar nicht, dass es schon so viele gibt, antwortete der Typ, und an dem Anflug von Bewunderung in seiner Stimme merkte ich, dass nur noch ein letzter Schubs fehlte, also nutzte ich die Vertraulichkeit des Augenblicks, wir zwei auf dem engen Balkon, Schulter an Schulter, vor uns die Stadt im ersten Tageslicht.

Das wissen Sie nicht, weil es nicht öffentlich bekannt ist, gab ich zurück und erzählte ihm das Übliche: Diskretion sei eine notwendige Voraussetzung dafür, dass ein Sicherer Ort tatsächlich sicher sei. Wir würden hier nicht zur Abschreckung das Logo einer Security-Firma an die Fassade kleben, ganz im Gegenteil: Niemand soll davon erfahren. Ab-so-lut nie-mand, wiederholte ich in strengem Ton. So lautet die erste Empfehlung, die wir unseren Kunden geben – wie bei einem Großunternehmen spreche ich ganz natürlich von uns –, Diskretion, strikte Zurückhaltung.

Dann muss es daran liegen, dass ich keinen kenne, der so was zu Hause hat, sagte er, aber in seiner Stimme lag keine Häme, sondern Überzeugung.

Das wird man auch von Ihnen glauben, flüsterte ich, auf die Gefahr hin, zu dick aufzutragen: Das wird man auch von Ihnen glauben, denn Sie werden es ja ebenso wenig weitererzählen, nicht wahr?, hakte ich nach, um sicherzustellen, dass er losziehen und die Neuigkeit hinausposaunen würde, sobald er mich zur Tür gebracht hätte.

Hat funktioniert. Zwanzig Minuten davor hatte er kein Wort hören wollen, am Anfang ließ er mich nicht mal in die Wohnung, bereute schon, sich für das Angebot interessiert zu haben. Aber nach der Szene auf dem Balkon machten wir uns auf den Weg zu seinem Kellerabteil.

Er öffnete das Absperrgitter, wir gingen das letzte

Stück Treppe hinunter und weiter über einen Korridor mit Zementboden, Türen zu beiden Seiten, von der Decke hängende Leitungen und halb tote Kakerlaken. Auf dem Weg klopfte er grinsend an die Sperrholztüren, tock-tock, tock-tock, er habe mich ja fragen wollen, sagte er, ob einer von seinen Nachbarn schon so ein Ding eingebaut hätte, aber das sei eindeutig nicht der Fall, hier gebe es nichts als Abstellräume. Ja, was hast du denn erwartet, du Gimpel, eine Panzertür und ein Neonschild mit der Aufschrift: Achtung, Achtung, hier befindet sich ein Sicherer Ort? So habe ich ihm das natürlich nicht gesagt. Ich habe ihm geduldig erklärt, wenn er im Interesse seiner Familie einen Sicheren Ort in Auftrag gebe – das ist ganz wichtig, immer wieder die Familie erwähnen –, würden wir diesen von außen mit genau so einer billigen Tür verkleiden. Und wenn dann seine Nachbarn in den Keller gingen, um ihren Hometrainer wegzuschaffen, würde ihnen nichts auffallen.

Er sperrte ein mickeriges Vorhängeschloss auf, drückte gegen die von der Feuchtigkeit geschwollene Tür und knipste eine karge Glühbirne an. Vier Meter tief, anderthalb Meter breit. Ich warf einen kurzen Blick auf seinen verstaubten Kram. Zeigte auf den ausrangierten Hometrainer, dazu ein paar lustige Sprüche. Dann bückte ich mich, um mir die niedrigen Regale anzusehen. Noch so ein Idiot, der einen Artikel darüber gelesen hat, wie man seinen eigenen Weinkeller anlegt, und nun darauf wartet, dass der Lauf der Jahre bei seinen Supermarktweinen Wunder wirkt. Ich strich über eine Flasche, las laut das Etikett ab und verlieh meiner Bewunderung Ausdruck. Zückte proaktiv den Zollstock, notierte mir die Maße, betrachtete mit der gesteigerten Aufmerksamkeit des Profis die Leitungen, die über unseren Köpfen quer durchs Kellerabteil liefen, trat ein paar Mal mit dem Absatz fest gegen den Boden.

Perfekt, sagte ich. Perfekt, zwei Erwachsene und zwei Kinder, kein Problem. Da bleibt Ihnen auch noch Platz für Ihre exzellente Weinsammlung.

Zum Anstoßen auf den Weltuntergang, sagte der Scherzkeks, um zu kaschieren, wie kurz er schon vor der Unterschrift stand.

Ich zeigte ihm eine Infografik des Basismodells, deutete in dem schmutzstarrenden Kellerraum auf die Ecken, wo das alles unterkommen würde: Stockbett mit drei Liegeflächen, Vorratskammer, Generator, Luftreiniger. Aus dem Augenwinkel vergewisserte ich mich: Ja, er wirkte befriedigt. Er konnte es vor sich sehen, jetzt war er so weit. Um ihn vollends zu überzeugen, griff ich zu bewährten Mitteln: Jetzt erzähle ich Ihnen mal was im Vertrauen, sagte ich und warf einen Blick auf den Korridor. Dann senkte ich die Stimme: Wir haben in diesem Gebäude schon einen. Und warf ihm den Knochen hin: Wenn Sie draufkommen, in welchem Abteil das ist, gebe ich Ihnen zehn Prozent Rabatt.

Der Typ grinste und wedelte brav mit dem Schwanz, dann trat er auf den Korridor hinaus, klopfte mit den Knöcheln an jede Tür und presste ein Ohr an die Holzwand, was für ein Schwachkopf. Natürlich fand er nichts, und ich gab ihm den Rabatt.

Tja, der Tag fing gut an.

Der Tag fing gut an, und er ging noch besser weiter: Zwei Versuche, zwei Treffer. Der nächste Besuch, drei Straßen weiter, verlief noch glatter. Ein betagtes Ehepaar, älter als du, schreckhaft und wehrlos gegenüber den angewandten Verkaufstechniken, zuerst glaubte ich, es mit einer einsamen Witwe zu tun zu haben, denn sie machte mir auf und bat mich ins mit Familienfotos vollgestopfte Wohnzimmer. Im Fernsehen liefen die Vormittagsnachrichten, und alles war extrem sauber und ordentlich, wie man es eben von Witwen kennt. Das ist jetzt zu einfach, sagte ich mir, und du wirst es nicht glauben, aber ich spürte in diesem Moment einen Tick Unwohlsein. Mein zum Skelett abgemagertes Gewissen, das hin und wieder leise an der Türe kratzt, um zu zeigen, dass es noch vorhanden ist. Da hörte ich die Stimme des Ehemanns auf dem Gang und freute mich, wirklich wahr – würde also doch nicht alles so rasch und widerstandslos ablaufen wie beim Überreden einer alten Frau, die alleine lebt und zu viel fernsieht.

Aber Pustekuchen. Kaum hatte der Alte den Kopf zur Wohnzimmertür hereingesteckt, sah ich die Gefügigkeit in seinen Augen, ich erkenne das inzwischen sofort. Was gibt's heut zum Essen?, fragte er in diesem infantilen Tonfall, der meinen ersten Eindruck noch verstärkte, und wie zur Bestätigung sagte er, sobald sein Blick auf mich fiel: Wer ist das, hä?, wer ist das? Die Aufgabe sah also noch einfacher aus: eine alte Frau überreden, die allein ist, zu viel fernsieht und sich um ein achtzig- oder neunzigjähriges Kind kümmern muss. Wenn die Lage nicht so übel wäre, hätte ich mich wirklich vom Acker gemacht, nicht ohne ihr den einen oder anderen Tipp zu geben, damit sie nicht auf jeden Verkäufertrick hereinfällt. Und natürlich hätte ich ihr empfohlen, grundsätzlich keine Vertreter in die Wohnung zu lassen.

Ich kam zu dem Schluss, wenn diese Frau etwas kaufte, dann würde das nicht mein Verdienst sein, und bemühte mich daher nicht, ihr unsere Produkte vorzustellen, ich zückte noch nicht mal das Dossier mit den neuesten Horrormeldungen. Einen Witwenschreck und Abzocker wird man mich kaum nennen können. Aber die Frau war die Nachfrage in Person, und ich hatte das passende Angebot, das, was sie brauchte oder zu brauchen glaubte. Ich beschränkte mich also darauf, ihr den Gang entlang zu folgen, besser gesagt, den beiden: Sie ging voraus, er dicht hinter ihr, buchstäblich ein Klotz am Bein, der immer wieder fragte: Was gibt's heut zum Essen, hä?, was gibt's heut zum Essen?

Die beiden wohnten im Erdgeschoss, und nachdem die Frau es geschafft hatte, ihren Mann vor dem Fernseher zu parken, wo eine Kinderserie lief, führte sie mich hinaus auf einen kleinen Lichthof, zu dem sie von der Küche aus Zugang hatte. Sie warf einen misstrauischen Blick nach oben, auf sieben oder acht Stockwerke mit Wäscheleinen. Erst, als sie sicher war, dass niemand herunterschaute, schob sie ein paar Blumenkübel beiseite, und eine Falltür wurde sichtbar, die sie mich zu öffnen bat, sie könne sich nicht bücken. Am liebsten hätte ich sie gefragt, wozu sie dann einen Sicheren Ort wolle, wenn es so weit wäre, hätte sie nichts davon, unfähig, die schwere Falltür anzuheben oder die schmalen Stufen hinunterzusteigen, nervös und mit ihrem nutzlosen alten Knaben im Schlepptau, der ganz außer sich wäre und herumplärren und um sich schlagen würde, auf keinen Fall bereit, hineinzugehen. Ich warf einen Blick nach unten, näher brauchte ich mir das nicht anzusehen, der Innenraum lag offen vor mir: ein winziges Quadrat aus Zement, kaum anderthalb Meter Seitenlänge, moderig vor Feuchtigkeit, ich hätte darin nicht stehen können, ihr Mann auch nicht, der war so groß wie ich. Aber du weißt ja, wie die Lage ist, da kann man sich so ein einfaches Geschäft nicht entgehen lassen, also sagte ich: Klar doch, die kleinste Ausführung bekommen wir da gut unter. Ja, wissen Sie, sagte sie, bevor man das Loch da ungenutzt lässt, macht man doch besser was daraus. Bestimmt würde der Fall nie eintreten, aber ich stellte mir die beiden alten Leutchen vor, wie sie dort eingesperrt auf einer Bank hocken und es nicht wagen, in die Außenwelt zurückzukehren, die Vorräte gehen ihnen aus, und die Frau beruhigt ihren Mann mit ihrer knappen Umarmung, während er fragt: Was gibt's heut zum Essen, hä?, was gibt's heut zum Essen?

Sie ging hinüber ins Schlafzimmer, um das Geld für die Anzahlung zu holen, die sie partout in bar leisten wollte, und ließ mich im Wohnzimmer mit ihrem alten Knaben allein. Mir fiel auf, dass eine Tätowierung unter seinem Hemdkragen hervorlugte, eines von diesen prolligen Tribal-Tattoos von früher, unpassend zu seiner gebügelten Kleidung und dem sauber gekämmten Auftreten, auch unpassend zu dem musealen Wohnzimmer, aber ach, wir alle hatten mal eine Jugend. Hübsches Tattoo, sagte ich, und er fragte ein weiteres Mal, wer ich wäre, hä? Wer bist du, wer bist du? Kennst du mich nicht mehr?, flüsterte ich. Erinnerst du dich nicht?, zog ich die Schnur noch etwas fester zu, während ich hörte, wie die Alte im Schlafzimmer herumkramte. Ich rückte näher an ihn heran, bis ich ihn gegen den Geschirrschrank gedrängt hatte, er stieß mit dem Ellbogen ein Foto um, kurz davor, zu schreien oder zu weinen oder nach mir zu schlagen. Ich blickte ihm in die Augen und sah die Angst in seiner Pupille zittern, aber dann war es so wie immer: Mir kamen Zweifel, ob, was ich da sah, die wahrscheinliche Angst eines Verlorenen und Wehrlosen war oder die unwahrscheinlichere Angst davor, entdeckt zu werden. Ich habe es dir schon mal erzählt, auch wenn du dich nicht erinnerst: Jeder demente alte Mann löst in mir den Verdacht aus, dass es sich um eine Täuschung handelt, um den trügerischen Willen, sich aus dem Weg zu räumen, nicht mehr zu sein und sich stattdessen einem Leben als Möbelstück zu überlassen, ohne weiteren Daseinszweck als den, ernährt und gekämmt und bei der Hand genommen zu werden und Vergebung zu finden und sanfte Ansprache. Ich schwör's dir, kein Tag vergeht, an dem ich dir nicht in die Augen schaue und daran denke.

Der dritte morgendliche Termin ging dann schon schief, und daran warst du schuld. Ja, du, auch wenn du um die Zeit noch geschlafen haben solltest. Die Sache hatte sich gut angelassen, der Typ wohnte in einem Reihenhaus, und die ersten Anzeichen wiesen auf einen leichten Abschluss hin: Aufkleber der Alarmzentrale an der Fassade, Gitterstäbe im oberen Stockwerk und die Attrappe einer Videoüberwachungskamera über dem Haupteingang, eine schlechte Imitation. Das wird schnell gehen, sagte ich mir, als ich auf den Klingelknopf drückte. Das Haus war eher klein, aber im Keller befanden sich ein Fitnessraum und ein ehemaliges Spielzimmer für die Kinder, die inzwischen groß waren. Der Mann, so alt wie ich, schob diese Schnapsidee beharrlich seiner Frau unter, sie war nicht dabei, um seine Anschuldigung zu bestätigen oder zu leugnen. Seine Frau sei überaus ängstlich, seine Frau setze sich immer neue Flausen in den Kopf, seine Frau lasse sich übermäßig von Moden und Fernsehnachrichten beeinflussen, seine Frau habe einen gewissen Neid auf Verwandte, die in einer Vorortsiedlung lebten und schon einen Sicheren Ort hätten, seine Frau sei ein sehr sturer Mensch, wenn sie sich etwas in den Kopf setze, könne ihr das niemand ausreden, seine Frau sei hinsichtlich der Entwicklung der Weltlage sehr pessimistisch, seine Frau sehe zu viele Filme, seine Frau komme nie herunter in dieses Zimmer, aus Ekel und aus Angst, weil sie hier mal Kakerlaken gehabt hätten, diese afrikanischen, jedenfalls habe sie deshalb nichts dagegen, den Raum zur Disposition zu stellen, verlieren würden sie ihn ja sowieso nicht, sie würden ihn einfach nur für andere Zwecke nutzen, für ihn bleibe das der Fitnessraum, seine Frau treibe nämlich keinen Sport, sie mache sich sogar darüber lustig, wie wichtig es ihm sei, in Form zu bleiben. Am Ende zweifelte ich nicht nur daran, dass die Entscheidung tatsächlich bei der Frau lag, sondern auch daran, ob es sie überhaupt gab: Vielleicht war der Mann verlassen worden und sperrte sich hartnäckig gegen die Wirklichkeit. Mir kam sogar der Gedanke, die Frau wäre in diesen Keller eingemauert.

Ich ließ ihm eine Mappe mit sämtlichen Informationen da, und er versprach, mich anzurufen, sobald er mit seiner Frau besprochen hätte, welches Modell sie einbauen lassen würden und in welcher Ausstattung, er würde das ja nicht ohne sie entscheiden – allem zuvor Gesagten müsse er nämlich hinzufügen, dass seine Frau ziemlich unnachgiebig sei, bei der Wohnungseinrichtung habe sie ihren Geschmack bis zum letzten Vorhang durchgesetzt. Ich konnte es kaum erwarten, dort rauszukommen und diesem schlechten Schauspieler aus einer Ehekomödie nicht länger zusehen zu müssen. Doch da klappte der Typ die Mappe auf, und sein Blick fiel auf meine Visitenkarte, die mit einer Büroklammer dort angeheftet war. Segismundo García? Er deutete auf die Karte, ohne den zweiten Familiennamen zu nennen, was mich schon in Alarmbereitschaft versetzte. Ich nickte, aber als der Typ dann zum feindseligen Du überging: Bist du etwa verwandt mit dem Segismundo García, der …?, gab ich ihm keine Zeit, die Frage abzuschließen: Nein, ich bin der einzige Segismundo in der Familie. Der Typ sah mir in die Augen, trommelte mit den Fingern auf der Mappe herum, auf der Karte mit meinem Namen. Ich senkte den Kopf, um zu verhindern, dass sich mein Blick zu seinem Mund verirrte, ich wollte nicht auf seine Zähne schauen, damit hätte ich mich vielleicht verraten.

Er verabschiedete mich kühl, ich sagte, ich würde seinen Anruf erwarten, aber er schlug die Tür auf eine Weise zu, die kaum Fragen offenließ. Ich sage dir, was der getan hat, sobald ich aus seinem Blickfeld verschwunden war: Er hat deinen, also meinen Namen in Google eingegeben, hat ohne große Mühe das Foto von dir gefunden, das von der Einweihung der Klinik vor zehn Jahren, mit Mama und mir an deiner Seite, und auch wenn seitdem viel Zeit vergangen ist, sodass er zweifeln mag, ob das wirklich ich bin, wird die Suche genügen, schon von der bloßen Möglichkeit, die ihm durchs Gedächtnis spukt, wird ihm eine Zornesader schwellen, und in ein paar Stunden wird er seine Frau für ihre Schnapsidee herunterputzen. Im besten Fall wird er mich nicht mehr anrufen, seine Frau und er werden einhellig befinden, dass man mit einem Verwandten dieses Riesenarschlochs auf keinen Fall Geschäfte machen sollte, und dann suchen sie sich eine andere Firma, selbst wenn das teurer kommt.

Ich muss mir neue Visitenkarten drucken lassen. Mich auf ein S. beschränken oder auf Mamas Familiennamen Ortega, und für den deinen steht dann nur noch ein G., oder noch nicht einmal das, weg damit. Segismundo García: Allmählich reicht's, Oller. Spanien hat viele Millionen Garcías verschlungen, dem Land war es egal, ob sie komische Namen wie Segismundo hatten, mit denen ihre Eltern sie aus der Menge herausheben wollten. Segismundo García, was sind wir lächerlich. Ich sollte die Visitenkarten ändern lassen. Oder gleich meinen Namen ändern, Lust habe ich auf keines von beidem.

Dass der Tag nicht ganz so gut laufen würde, wie es zu früher Stunde ausgesehen hatte, bestätigte mir der Anruf der Bank, als ich gerade das Reihenhaus verließ, noch genervt von dem Vorfall, in Gedanken bei dir und dich zum Teufel wünschend. Roberto war am Apparat, ich habe dir schon von ihm erzählt.

Guten Tag, Segismundo, sagte der Spaßvogel, ich habe eine gute und eine schlechte Nachricht für dich. Die schlechte war wirklich schlecht: Mein Finanzierungsantrag wurde abgelehnt. Und die gute war ein Trostpflaster, bestimmt eine Spontanidee beim Wählen meiner Nummer: Er könne mir einen Privatkredit anbieten, die Konditionen seien äußerst vorteilhaft, eine Bürgschaft müsse ich nicht beibringen, sondern lediglich eine Restschuldversicherung abschließen, in geringer Höhe, und dazu die Abbuchung meiner …

Warum lehnt ihr die Finanzierung ab?, fiel ich ihm ins Wort.

Ich habe alles versucht, sagte er, du kannst dir nicht vorstellen, wie ich für deinen Antrag gekämpft habe, aber die da oben sehen es nicht.

Was genau sehen die nicht?

Keine Ahnung, ich bin ja nur der Überbringer der Botschaft. Wahrscheinlich haben sie deinen Businessplan evaluiert und sind skeptisch bezüglich der Verkaufsprog…

Ist es wegen meinem Vater?

Stille am anderen Ende der Leitung.

Ist es wegen meinem Vater?

Ich habe das wirklich gedacht. Dass uns schon wieder jemand durcheinandergebracht hat, schon wieder waren wir Segismundo García und Segismundo García. Das einzige Erbe, das du mir hinterlassen würdest, war ein Platz auf der schwarzen Liste einer Bank, ein Name, auf dem ein Fluch lastet; mal abgesehen von der genetischen Prädisposition zur Altersdemenz. Ich dachte sogar, sie hätten vielleicht auf den Überwachungsbildern der Filiale gesehen, wie ich Geld mit deiner Karte abhebe, frühmorgens an jedem Monatsersten, damit der angeblich unpfändbare Teil deiner Rente nicht wieder gepfändet wird.

Ist es wegen meinem Vater?

Nein, es ist nicht wegen deinem Vater, sagte er mit einem Seufzer und sprach leise weiter, ich stellte mir vor, wie er den Hörer dabei mit der Hand abdeckte: Es stimmt schon, der ist bei deinem … Finanzprofil auch keine große Hilfe. Aber ich glaube nicht, dass das der Grund ist. Sondern schlicht und ergreifend, dass es sich um eine neuartige Geschäftsidee handelt, was toll ist, aber auch höhere Risiken birgt, und du kennst ja den Spruch: Nichts ist ängstlicher als eine Million Euro. Das solltest du anbieten, sagte der Trottel lachend. Sichere Häfen für Geld.

In diesem Augenblick wurde mir ein Anruf in der Warteschleife angezeigt, und ich sah, dass es Yuliana war. Ich muss dem lieben Mädchen danken, dass sie mich mit ihrem Anruf für eine Sekunde gebremst hat, dadurch habe ich den Banker doch nicht angebrüllt. Sondern tief durchgeatmet und dann neu angesetzt:

Also gut, Roberto, treffen wir uns heute Vormittag. Es ist ein Haufen passiert, seit ich euch die Unterlagen vorgelegt habe, sehr positive Entwicklungen.

Sehr positive Entwicklungen, wiederholte er, und ich hörte im Hintergrund, wie er auf seiner Computertastatur tippte.

Ja, ich habe Himmel und Hölle in Bewegung gesetzt, habe den Vertrag mit einem nordamerikanischen Hersteller praktisch unter Dach und Fach, und das Beste: Ich habe schon um die hundert Kundenbestellungen.

Um die hundert.

Hundert in drei Wochen! Mit Unterschrift und frisch geleisteter Anzahlung. Das ändert alles, die Sache ist kein Projekt, sondern Wirklichkeit, eine Firma, die in den Startlöchern steht und schon über hundert Kunden hat, ich könnte die erste Bestellung schon morgen aufgeben, aber der Hersteller verlangt eine Zahlungszusage, bevor er mich beliefert, ich brauche diese Kreditlinie, und zwar jetzt, ich habe einhundert Kunden, die darauf warten, dass es mit der Installation losgeht, und die Handwerker kann ich ja auch nicht beauftragen, solange ihr mir nicht grünes Licht gebt. Ich kann die Verträge alle vorlegen, damit ihr sie berücksichtigt. Einhundert Kunden! Das ist ein Geschäft mit einem Riesenpotenzial, ich bekomme täglich Anrufe und Mails, bald suche ich mir Vertreter in anderen Städten, und dabei haben wir noch kaum Werbung gemacht …

Ich würde dir ja sehr gern helfen, Segismundo, aber ich bin nicht der, der das entscheidet.

Dann lass mich mit deinem Chef reden.

Ich glaube nicht, dass …

So etwas lässt sich nicht am Telefon regeln. Ich komme in einer Stunde bei dir vorbei, und wir besprechen das Ganze in Ruhe.

Heute Vormittag sieht es schwierig aus.

Zehn Minuten. Gib mir nur zehn Minuten.

Ich war schon im Begriff, zehn verfickte Minuten zu sagen, aber das mit der Impulskontrolle klappt immer besser.

In einer Stunde bin ich da, Roberto, danke dir.

Ich legte auf, um ihm keine Zeit für weitere Einwände zu lassen, und rief Yuliana zurück, damit die Leitung besetzt blieb.

Du seist total nervös, erklärte mir die süße Yuliana zur Begrüßung: Ihr Papa ist total nervös, das geht schon seit vier Uhr früh. Ich bin davon aufgewacht, dass er mit der Faust gegen die Tür geschlagen hat. Ich habe ihm Wasser und ein paar Biskuits angeboten und ihm eine Tablette gegeben. Über zwanzig Minuten lang hat er an die Tür gehämmert und rumgeschrien, dass er rausmuss: Ich muss raus, ich muss raus. Und er hat mich geschubst und in die Hand gebissen.

Warum hast du ihn denn nicht rausgelassen?, fragte ich die aufgeregte Yuliana, die sich anscheinend nicht an ihre Instruktionen erinnert.

Es war doch noch Nacht, sagte die gute Yuliana und erzählte, dass es ihr schließlich gelungen sei, dich ins Wohnzimmer zu bugsieren und in deinen Sessel zu setzen. Dann habe sie dir den Fernseher eingeschaltet, eine frühmorgendliche Verkaufssendung, was dir zusammen mit der Tablette endgültig den Stecker zog. Aber jetzt seist du wieder wach und würdest am Türschloss herumfuhrwerken, beklagte sich Yuliana mit erschöpfter Stimme.

Lass ihn raus, wies ich sie an. Lass ihn raus, und du weißt schon: Begleit ihn, aber er soll gehen, wohin er möchte. Vorsicht bei Ampeln und so weiter, aber lass ihm ansonsten freie Hand. Und halt mich auf dem Laufenden.

Wenn ich jetzt die Tür aufmache, dann rennt er los wie ein Stier, den man aus dem Pferch lässt. Am Ende fällt er noch die Treppe runter.

Lass ihn raus, beharrte ich.

Und das tat Yuliana, wie sie mir später erzählt hat: Sie sperrte dir auf, öffnete die Tür, und du zogst Hals über Kopf los, sprangst geradezu die Treppe hinunter, sie hielt dich dabei am Arm. Draußen auf der Straße legtest du nicht das geringste Zögern an den Tag: Du nahmst den Gehsteig zur Rechten, gingst auf die andere Seite und bis zur Ecke und bogst dann in die Hauptstraße ein, mit zügigen Schritten, hin und wieder stießt du mit Passanten zusammen, im Schlepptau Yuliana, die an jeder Kreuzung Mühe hatte, dich zurückzuhalten.

Unterdessen verfolgte ich auf meinem Handy deine Route, einen blinkenden Punkt auf der Karte, und dachte: Heute, ja, heute ist endlich der Tag.

Um die hundert Kunden. Wie viele Start-ups kennst du, die ohne Werbung, sogar ohne richtiges Büro und bis auf zwei Jungvertreter ohne Personal, in drei Wochen hundert Kunden beisammenhaben? Wie lange hast du denn gebraucht, bis du deine ersten hundert Kunden hattest, Scheiße noch mal?

Und mir blieb noch Zeit, auf dem Weg zur Bank ein paar weitere hinzuzufügen, tatsächlich standen mehrere Termine an, für die ich keine allzu großen Umwege machen musste.

Der erste war zunächst nicht einfach, eröffnete am Ende aber neue Möglichkeiten, die mir noch gar nicht in den Sinn gekommen waren, du weißt ja, wie wichtig bei einem Unternehmen der Zufall und die Intuition sind. Die Interessenten waren ein junges Ehepaar mit einem kleinen Kind in einem Neubau minderer Qualität, bei dem die Abstellräume auf der Dachterrasse platziert waren, ein schlechter Platz für einen Sicheren Ort. Aber es gab auch eine Tiefgarage, und dorthin führte mich der Mann. Wie er erzählte, hatten sie zwei Stellplätze erworben, ursprünglich wollten sie einen davon vermieten, aber dann sei ihnen eine bessere Verwendung eingefallen. Die beiden zeigten mir eine Lücke zwischen zwei Säulen mitten im Tiefgeschoss, da war noch nicht mal eine Wand, der Stellplatz war nach allen Seiten offen und von Autos umgeben.

Was halten Sie davon?, fragte er. Ich lieferte ihm die übliche Show, ging die Parklücke ab, zählte meine Schritte, klopfte mit der offenen Hand an eine Säule, beäugte die Decke mit ihrem Gewirr von Kabeln und Leitungsrohren.

Da lässt sich schon etwas machen, sagte ich. In diesem Fall durfte ich nicht von Diskretion als notwendiger Bedingung reden, für die übrigen Hausbewohner wäre das Ganze zu offensichtlich, sosehr wir das Modul auch tarnten, etwa die Wände mit unverputzten Ziegeln verkleideten, als vermeintliche Abtrennung eines improvisierten Stauraums.

Als ich mich weiter umsah, schien mir die Garage im Verhältnis zur Größe des Gebäudes überdimensioniert zu sein. Der Typ bestätigte mir, dass die meisten Bewohner über zwei, einige sogar über drei Stellplätze verfügten. Der Bauherr hatte ursprünglich noch ein zweites Gebäude nebenan geplant, das am Ende nicht umgesetzt wurde, sodass eine halbe Garage übrig blieb und die überschüssigen Plätze günstig angeboten wurden. Was würden die restlichen Bewohner, junge Familien mit kleinen Kindern, wohl machen, wenn sie sahen, was sich ein Nachbar auf seinem überzähligen Stellplatz installieren ließ? Würden sie den ihren leer lassen, ihn mit Fahrrädern und Campinggerät besetzen oder zu einem lächerlichen Preis vermieten, in einem Viertel, wo schon alle Häuser mit Garage ausgestattet sind? Stattdessen könnten sie auch ihren eigenen Sicheren Ort bekommen, zu einem guten Preis, einem sehr guten Preis – sollte nämlich die Hausgemeinschaft einen Gesamtauftrag erteilen, würde ich einen erheblichen Rabatt anbieten. Ob er das nicht selbst bei der nächsten Eigentümerversammlung vorschlagen wolle? Falls ihm das noch nicht bekannt sei: Schon heute böten einige Neubauten, natürlich in einem höheren Preissegment, neben der Garage, dem Swimmingpool oder der Videoüberwachung auch Sichere Orte für alle Bewohner an. Sie sehen doch, sagte ich, dass sich dieses zusätzliche Ausstattungsmerkmal auf Ihre Wohnungen wertsteigernd auswirken würde? Wie viele Haushalte wohnten in dem Hochhaus? Etwa fünfzig? Ein halbes Hundert junge Familien mit Kindern? Konnte ich hier womöglich fünfzig Neukunden gewinnen, auf einen einzigen Streich? Wann war wohl die nächste Eigentümerversammlung? Ließe sich auch eine außergewöhnliche Versammlung einberufen? Ist ja schließlich ein wichtiges Thema. Ob es den Eigentümern recht wäre, wenn ich vorbeikäme, um mein Angebot zu präsentieren und Fragen zu beantworten? Konnte ich noch am selben Vormittag in der Bank vorstellig werden, in der Tasche hundert unterzeichnete Verträge und die Zusage für fünfzig weitere? War das nicht alles ein hervorragendes Zeichen? Kam der Tag hier wieder aufs richtige Gleis?

Vor dem Termin bei der Bank blieb mir sogar noch Zeit für einen weiteren Besuch. Auf den ersten Blick sah die Sache gut aus: ein Pärchen Ende dreißig, vielleicht auch schon vierzig, sie schwanger, das gab Extrapunkte, und außerdem strahlten sie etwas Nostalgisches aus. Ihre winzige Wohnung war mit Filmplakaten von vor mindestens dreißig Jahren tapeziert. Die Wohnzimmerregale zierten alte Fotoapparate und eine aus der Zeit gefallene Schreibmaschine. Sogar einen Plattenspieler sah ich dort. Ich kenne diese Sorte von Leuten gut: eifrig darauf aus, aus einer mythischen Vergangenheit, ich weiß nicht, was, zurückzuholen, ein Leben wie die Eltern oder Großeltern zu führen, lebenslange Anstellung beim selben Arbeitgeber, Hypothek mit kurzer Laufzeit, Weihnachts- und Urlaubsgeld. Ein Sicherer Ort im Keller ist ein ausgezeichneter Ersatz, wenn man weiß, dass nichts davon wiederkommen wird. Nostalgiker, aber keine Tonkrügler, früher habe ich sie verwechselt, bis mir schließlich klar wurde, dass die Typen genau das Gegenteil sind: Du wirst keinen Tonkrügler finden, der in puncto Kleidung, Dekoration oder Kultur als Nostalgiker auftritt. So was verabscheuen sie, das halten sie für reaktionär. Aber dieses glückliche Pärchen, das waren Nostalgiker und keine Tonkrügler; ihre Sehnsucht war eher ästhetischer als politischer Natur, zwanghafte Konsumenten, Hauptsache, das fragliche Produkt lindert ein Unbehagen, das sie gar nicht zu benennen wissen.

Zu meiner Überraschung war der Überzeugte er, während die schwangere Frau, die ich irrigerweise für williger gehalten hatte, alles zu kaufen, was zur Sicherheit ihres künftigen Kindes beitragen würde, ob Kantenschutz aus Gummi für die Möbelecken oder einen Sicheren Ort im Keller, sich als ziemlich widerspenstig erwies. Anscheinend war zwischen den beiden eine Aussprache fällig, und sie hatten beschlossen, das in meiner Anwesenheit zu erledigen. Keine Überraschung, bei Mónica und mir lief das früher genauso, und ich erinnere mich auch noch an deine Streitigkeiten mit Mama vor dem erstbesten Kellner.

Wie ich meiner Frau gerade sagte – selbst wenn wir den Abstellraum umbauen lassen, können wir doch weiterhin Sachen dort lagern, bemerkte der Typ, er suchte mein

Einvernehmen, um eine weitere eheliche Niederlage abzuwenden.

Selbstverständlich, sagte ich. Die Basisausstattung nimmt kaum Platz ein, da können Sie Ihre Fläche weiter nutzen. Der einzige Unterschied ist, dass Sie fortan einen einbruchsicheren Abstellraum haben, da kann Ihnen niemand den Hometrainer klauen.

Diesmal kam der Witz mit dem Hometrainer nicht gut an. Die schwangere Frau sah verärgert aus, die beiden waren wohl mitten in einer Auseinandersetzung gewesen, als ich eintraf. Sicher hatte ihr Mann Informationen eingeholt und den Termin mit mir vereinbart, ohne ihr Bescheid zu sagen, sie hatte wohl erst Minuten vor meinem Eintreffen davon erfahren.

So etwas benötigen wir nicht, knurrte sie.

Das kann man nie wissen, sagten wir zwei Männer wie aus einem Mund. Dann fuhr ich fort: Man kann wirklich nie wissen, und überlegen Sie mal, wie viele Dinge Sie besitzen, die Sie nicht wirklich brauchen und die Sie nie benutzen werden, die Ihnen jedoch Sicherheit geben. Ich riss mich zusammen, um nicht auf das nostalgische Gerümpel zu zeigen, das ihre Miniwohnung verstopfte.

Weißt du, was ich denke?, erwiderte sie und gab durch das Du ihrer Geringschätzung Ausdruck, eine Wut an mir auslassend, die tatsächlich ihrem Ehemann galt, vermutlich in Fortsetzung anderer Zwistigkeiten, die mit mir gar nichts zu tun hatten. Weißt du, was ich denke? Dass wir bescheuert sind, nicht weniger als bescheuert. Immer machen wir alles den Amerikanern nach, jetzt sind bei ihnen Bunker die neueste Mode, und wir Provinzdeppen laufen wieder hinterher. Dasselbe mit den Reichen, da sind wir gleich doppelt bescheuert: So ein Tennisspieler oder eine Promitrulla erzählen, sie hätten sich unter ihrem Häuschen einen Bunker bauen lassen, der achtmal so groß ist wie unsere Wohnung, sie schießen sogar Fotos, führen uns die Einrichtung in allen Einzelheiten vor, und wir trotten hinterdrein, lassen die Wände unserer Abstellkammer verstärken, um ein Imitat zu haben, das nie an ihr Original herankommt, uns bestimmt nicht einmal schützen würde. Aber warum brauchen wir überhaupt so einen verdammten Unterschlupf? Wovor wollen wir uns schützen? Was kann schon passieren?

Was kann schon passieren? Die große Frage. Was kann schon passieren. Die Frage, auf die ich selbstverständlich eine Antwort habe. Die Frage, für die ich ein Dossier mit mir führe, das sich aus Nachrichten der letzten Monate und Jahre nährt, aus Nachrichten von vergangener Woche, sogar von heute, und zwar mit offiziellen Daten, kurz- und mittelfristigen Prognosen, Auszügen aus Interviews mit Experten, die Zukunftsszenarien vorhersagen, dem letzten Bericht des IPCC, realen Fällen von Familien, die sich aus einer heiklen Situation gerettet haben, weil sie zum Glück einen Sicheren Ort hatten – na gut, das war in den USA. Was kann schon passieren. Die Frage, für die ich ein Arsenal von Argumenten habe, das mehrere Seiten füllt, auswendig gelernt und geübt, eine Auflistung der häufigsten Fragen und besten Antworten, je nach Profil des Kunden, einen exakten Ablaufplan, um Einwände zu entkräften und Absagen ungeschehen zu machen. Was kann schon passieren. Die Frage, die ich meinen Handelsvertretern ein ums andere Mal vorlege, bis sie in der Lage sind, natürlich und überzeugend darauf zu reagieren. Die Frage, die ich in meinem Finanzierungsantrag bei der Bank eingehend beantwortet habe. Die Frage, die mir jetzt von einer schwangeren Frau gestellt wurde, die sich dabei herausfordernd über den Bauch strich: Was kann schon passieren, na?, was kann schon passieren? Die Frage, die mir in drei Wochen voller Anrufe und Kundenbesuche keiner, absolut keiner gestellt hat. Nicht ein Kandidat, weder diejenigen, die am Ende einen Auftrag für einen Sicheren Ort erteilten, noch diejenigen, die sich dagegen entschieden; sie alle erachteten die Frage als überflüssig, weil die Antwort auf der Hand lag. Aber jetzt wurde sie mir von dieser Frau gestellt, und sie sah mir dabei in die Augen, die Lippen aufeinandergepresst, ihr Mann stand daneben und sah mich ebenfalls an, er allerdings erwartete von mir eine durchschlagende Replik, die seine Frau entwaffnen und ihm, wenn nicht zu einem Sicheren Ort, so doch wenigstens dazu verhelfen würde, dass er sich in einem weiteren Kräftemessen mit seiner Partnerin durchsetzte. Aber alles, was ich hätte sagen können, kam mir vor wie leere Rhetorik, Großtuerei, Floskeln und Übertreibungen, die dieser schwangeren Frau wirkungslos vor die Füße fallen würden, bald würde sie ein Kind zur Welt bringen, das ihres Erachtens keinen Sicheren Ort brauchte, ich würde sie niemals davon überzeugen können, und wenn in diesem Moment sämtliche Autos auf ihrer Straße in Flammen aufgegangen wären. Was kann schon passieren.

Bevor ich die Bank betrat, rief ich Yuliana an, nachdem ich auf dem Bildschirm überprüft hatte, wie weit du schon gekommen warst. Du gingst schnell, wie mir die junge Frau am Telefon bestätigte, ihre Stimme brach immer wieder ab:

Ich komme ihm kaum hinterher, so habe ich ihn noch nie gesehen. Wo hat er nur die Kraft her, um so zu laufen, und wie er sich wehrt, wenn ich ihn festhalte, damit er nicht überfahren wird. Und sein Blick …

Was ist mit seinem Blick?, fragte ich erwartungsvoll, noch unschlüssig, ob ich Hoffnung schöpfen sollte.

Es ist, als wäre er nicht er selbst, er ist wie besessen, schaut nur nach vorn und läuft immer weiter. Ich stelle mich vor ihn hin, und er nimmt mich gar nicht wahr.

Lass ihn nicht aus den Augen.

Aber ich habe Angst, dass er mir wegläuft.

Du bist doch stärker als er, Yuliana, es wird schon nicht so schlimm werden. Bleib bei ihm und pass vor allem an den Kreuzungen auf, sagte ich, als ob es mir etwas ausmachen würde, wenn dich ein Bus platt auf dem Asphalt zurückließe wie einen Straßenköter. Doch, ja, heute würde es mir etwas ausmachen; nicht auszudenken, wenn endlich der Tag käme, und du würdest überfahren, ohne vorher ans Ziel zu kommen …

Ich stellte mithilfe des Peilsenders fest, dass du seit Verlassen der Wohnung eine fast schnurgerade Linie abgegangen warst, verschoben nur durch das eine oder andere Eck, ein, zwei Straßenwechsel oder Hindernisse auf dem Weg. Ich sah den blauen Verlauf, den dein blinkender Punkt auf der Karte hinterlassen hatte, fast drei Kilometer geradewegs Richtung Osten, und kehrte zu meinem morgendlichen Gedanken zurück. Ich stellte mir vor, wie auch du diese Kilometer unter der Erde zurücklegst, allerdings nicht mit den Armen rudernd oder von der Strömung mitgezogen, in deinem Fall war es das Graben eines wild gewordenen Maulwurfs, der mit Pfoten, Krallen und Zähnen eilig einen Stollen aufriss, bis er schließlich die verlassene Höhle fand, das vergessene Versteck, den verbuddelten Schatz.

Lass ihn nicht entwischen, schärfte ich der süßen Yuliana ein, der armen Yuliana, die dich seit über einem Jahr erträgt und dir morgens aus dem Bett hilft und dich abends hinlegt und dich anzieht und wäscht und dir die Schnürsenkel bindet und dich füttert und dir die Hand hält und dich, wenn du weinst, in den Arm nimmt und dir vielleicht auch andere Zärtlichkeiten widmet, das habe ich nicht gesehen, und im Gegenzug bekommt sie dein Knurren, deine unaussprechlichen Beschimpfungen, deine Schubser und Kratzer und Bisse, deine Vehemenz, sooft du beim Aufwachen das Gefühl hast, rauszumüssen, und an der Türe rüttelst. Worauf sie, meinen Anweisungen folgend, aufmacht und dir hinterhergeht und dich an jeder Kreuzung aufhält und dann weiter eskortiert, Minuten und Kilometer haltlosen Vordringens, bis dir bei einem letzten Schritt auf einmal die Energie ausgeht, oder der Magnet lässt nach, der an dir gezogen hat, oder das kurze Aufblitzen der Erinnerung, das dich veranlasst hat, die halbe Stadt zu durchqueren, verraucht in deinem durchlöcherten Gehirn. Und dann bleibst du mitten auf der Straße stehen, defekt und verwirrt. Unfähig, deinen Weg fortzusetzen, lässt du dich in ein Taxi schieben und kehrst für einige Wochen, vielleicht auch Monate, zur alten Gefügigkeit zurück, als sammeltest du Kräfte bis zu dem Tag, an dem in deinen Neuronen ein neuer Funke aufflammt und du das Rennen wieder aufnimmst, das Suche sein mag oder Flucht.

Aber der heutige Ausflug schien anders zu sein, oder vielleicht wünschte ich mir das nur oder brauchte es so.

Ich stand vor der Bank und hatte das Gespräch mit Yuliana kaum beendet, da kam schon der nächste Anruf: Mónica. Was für ein Kontrast, von Yulianas liebreizender Stimme zu der schroffen Mónica, die mich eigentlich nie anruft, seit über einem Monat hat sie kein Wort an mich gerichtet, weder schriftlich noch mündlich. Sie ruft nur an, wenn Segis sich mal wieder in Probleme stürzt. Und so war es auch:

Du musst zur Schule, jetzt gleich.

Guten Tag, Mónica.

Da war ein Anruf aus dem Rektorat, lass es dir von denen erklären, ich bin in einem Meeting.

Ich war im Begriff zu antworten, ich müsse gleich zur Bank, und mein Termin sei genauso wichtig wie ihr Meeting, und außerdem würde ich ihr nicht glauben, dass sie ausgerechnet dann in irgendeinem Meeting ist, wenn ein Anruf aus der Schule kommt, weil Segis irgendein Problem hat, aber da hatte sie schon aufgelegt und ihr Telefon stumm geschaltet – jedenfalls ging sie nicht mehr ran –, zur Bekräftigung ihrer Lüge und um etwaige Verhandlungsversuche meinerseits zu unterbinden.

In dieser Stimmung betrat ich die Bank, das musst du dir mal vorstellen. Es war noch nicht elf Uhr Vormittag, da passten schon keine weiteren Emotionen in den Tag. Oder doch, wart's ab.

Ich ging schnurstracks zu Robertos Tisch, der mich mit diesem Vertreterlächeln empfing, das ich bei anderen widerlich finde, weil es mir den Spiegel vorhält. Ich bat ihn, mich mit seinem Chef reden zu lassen, ich hätte neue Unterlagen dabei, die in meinem Antrag gefehlt hätten.

Selbstverständlich war sein Chef nicht da, der würde heute voraussichtlich nicht mehr kommen, gab Roberto zurück, aber ich könne ihm die Papiere dalassen, er werde alles weitergeben, sobald sein Chef wieder in der Filiale sei, ich könne ihm vertrauen, er werde für meine Finanzierung kämpfen, wir stünden auf derselben Seite.

Bitte, Roberto, für mich steht eine Menge auf dem Spiel, ich brauche diese Kreditlinie, und zwar sofort. Ich wollte nicht verzweifelt wirken, das ist die schlechteste Methode, bei einer Bank zum Zug zu kommen, aber ich war verzweifelt, sehr verzweifelt, und wenn ich schon keinen Kredit bekam, wollte ich mir wohl wenigstens den Frust von der Seele reden, und so sackte ich vor ihm auf dem Stuhl zusammen und ließ meinen Gefühlen freien Lauf: Das könnt ihr mir nicht antun, ich habe ein super Geschäft am Laufen, das weißt du so gut wie ich, da kann nichts schiefgehen, null Risiko, das Zeug verkauft sich von selbst, schau her, ich habe hundert Unterschriften und fünfzig weitere so gut wie in der Tasche, und diese hundertfünfzig Familien haben Freunde und Nachbarn, auch die werden einen Sicheren Ort haben wollen, und sie werden es weitererzählen, und bald geht das alles viral, und wir kommen in die Nachrichten und brauchen noch nicht einmal Geld für Werbung auszugeben, wer will schon auf seinen Sicheren Ort verzichten, wir sprechen hier von Millionen, ach was, Dutzenden Millionen Familien, allesamt bereit, eine kleine Summe zu bezahlen, fast nichts, was sonst halt zwei Wochen Strandurlaub kosten würde oder eine Zahnsanierung, diese läppische Summe investieren sie in Sicherheit, komplette Sicherheit, absolute Sicherheit, und was nicht weniger wichtig ist, auch sie verfügen dann endlich über ein Statussymbol, das bisher schwer zu erreichen war, ein Luxusprodukt für eine Minderheit, so wie es früher ein Luxus war, mit dem Flugzeug zu fliegen, einen PC zu besitzen, ins Ausland zu reisen oder ein schönes Gebiss zu zeigen. Schon die zweite Erwähnung von Zähnen, ein Fehler. Hör zu, Roberto, das ist die erste gute Idee, die ich in meinem Leben gehabt habe, es ist eine großartige Idee, so großartig, dass man kaum glaubt, dass sie von mir ist, und ich sage dir was: Wenn ich das Ding nicht durchziehe, dann machen es andere, denn die Nachfrage gibt es, und sie ist riesig und wird nicht aufhören zu wachsen, sie passt nämlich zum Zeitgeist, alles ist Wasser auf unsere Mühlen, schau dir doch die Nachrichten an, heute oder an einem beliebigen anderen Tag, welche Filme und Serien hast du im letzten Jahr gesehen?, alles ist Wasser auf unsere Mühlen, für dieses Produkt läuft die größte Werbekampagne der Geschichte, und das, ohne einen Cent auszugeben, aber am Ende, ich kann es vor mir sehen, geht die Sache so aus: Andere werden mich überholen, über meine Leiche hinwegtrampeln, jene anderen, die immer fremde Ideen klauen, mit mehr Liquidität und mehr Ressourcen, Firmen, die ohne Weiteres einen Termin bei deinem Chef kriegen, oder beim Chef deines Chefs, beim Oberboss, die mit der Kreditlinie ohne Limit. Hör zu, Roberto, und schau mich bitte an: Ich will nicht dafür büßen, dass ich ein Pionier bin, ich will nicht gegen die Wand fahren und das Feld anderen überlassen, sonst ernten die, was ich jetzt aussäe. Du siehst schon, ich war dabei, mich zu verquatschen, ich musste aufhören, mir den Frust von der Seele zu kotzen, ich war dabei, mich um Kopf und Kragen zu reden, da fehlte nur noch zu sagen, dass ich mich ganz allein in diese Sackgasse begeben habe, denn ohne Kredit bekommt man nichts geliefert, und ohne Lieferungen gibt es keine Sicheren Orte, aber ich kann den ersten Kunden ihre Anzahlungen auch nicht zurückerstatten, ich war nämlich zu optimistisch, habe mich darauf verlassen, dass die Finanzierung durchgeht, und dieses Kapital nicht zurückgelegt, sondern davon Altschulden beglichen, einige rufen jetzt schon an und fragen, wo ihre Bestellung bleibt, was ist mit meiner Zusage, warum haben sie immer noch verdreckte Abstellräume statt funkelnagelneue Sichere Orte – wenn ich so weitermachte, würde das die Pforten des Sprechens und der Verzweiflung vollends öffnen, und dann hätte ich Roberto sogar anvertraut, dem ungerührten Roberto, dem unmenschlichen Roberto, der mich anschaute, ohne mich zu sehen, hätte ihm anvertraut, dass ich diese Finanzierung brauche, weil ich nicht noch einmal versagen will, ich will nicht versagen wie mein Vater, aber stopp.

Ich trat rechtzeitig auf die Bremse. Nicht aus Umsicht oder Scham, sondern weil mir plötzlich etwas auffiel. Aufgepasst. Etwas an Roberto. Eine Kleinigkeit an seinem Handgelenk, am linken Arm, etwas, das unter dem Hemd hervorlugte. Ein schmales, geflochtenes buntes Armband. Das bunte Armband. Unverwechselbar, ich habe die Dinger bei vielen von denen gesehen, keine Ahnung, was die scheiß Farben bedeuten, aber sie tragen sie. Na, so was. Ein Tonkrügler, der bei einer Bank arbeitet? Ein Tonkrügler mit einem schönen Gehalt, einem schönen Anzug und bestimmt auch einem schönen Eigenheim? Ja, ein verdammter Tonkrügler in einer Bank. Ein Tonkrügler, der bei einer Bank arbeitet und Finanzierungsanträge bewertet. Ein Tonkrügler, der die Aufgabe bekommen hatte, meinen Businessplan zu evaluieren und seinen Vorgesetzten einen Bericht zu schreiben oder das Ding in einer Schublade verschwinden zu lassen. Verstehst du? Das Problem war nicht mein Businessplan. Auch nicht meine Bonität. Das Problem warst noch nicht einmal du. Das Problem war er: ein Tonkrügler. In einer Bank!

Du hast die Typen nie kennengelernt. Als sie allmählich ins Rampenlicht traten, saßest du noch im Gefängnis, und sicherlich war dein Gehirn schon baufällig genug, um nichts von den Nachrichten aufzunehmen, die im Gemeinschaftsraum im Fernsehen liefen. Ich habe dir auch nicht von ihnen erzählt, wenn ich dich besuchen kam: Da wurde kaum geredet, ich zeigte dir ein paar Fotos von deinem Enkel, du gabst auf meine wenigen Fragen einsilbige Antworten, und dann saßen wir beide stumm da, die Besuchszeit war uns eigentlich zu lang, ich nahm auf der anderen Seite der Glasscheibe schon diese Gefügigkeit wahr, hielt sie aber noch für die Niedergeschlagenheit des Knackis, den mit Füßen getretenen Stolz, Verzweiflung, ein verwundeter Tiger, ich ahnte nicht, dass du schon begonnen hattest, ein Gefängnis im Gefängnis zu erleiden, eine doppelte Bestrafung.

Aber damals ging es mit diesen Typen los. Du hast es aus deiner Zelle nicht mitbekommen, und ich war weder in der Stimmung noch in der seelischen Verfassung, mich dafür zu interessieren. Mónica schon, bei ihr weckten sie Neugier, sogar Faszination. Selbstverständlich nannte sie sie nicht Tonkrügler, missbilligte vielmehr diesen Ausdruck und meine spöttischen Kommentare, wenn sie gelegentlich sagte, wir könnten doch auch weggehen, ein neues Leben beginnen, uns einer Gemeinschaft anschließen.

Je nach Tagesform schenkte ich ihr keine Beachtung oder gab sarkastische Antworten, während vielleicht ihr Vorschlag, als Verzweiflungsversuch, keine Zukunft für den Planeten anstrebte, sondern eine für uns als Paar. Aber unsere Ehe durchlief gerade eine nicht sehr gesprächige Phase, wir steckten ganz schön in der Scheiße, ich möchte dir jetzt nicht auch noch die Schuld an meiner Trennung geben, oder doch, ist eh egal.

Jedenfalls hatten die Tonkrügler oder Ökogemeinschaften, wie sie sich gerne nennen, ziemlich an Fahrt aufgenommen, als du aus dem Gefängnis kamst, das waren nicht mehr nur die Hirngespinste von ein paar Hippies. Aber du hattest dich schon von der Wirklichkeit abgekoppelt, verbrachtest zwar viele Stunden vor dem Fernseher, hast davon aber wohl nicht mehr viel mitbekommen. Ich vermisste dich in diesen Momenten, nicht dich persönlich, sondern deine gefürchtete Misslaunigkeit. Es hätte mir Spaß gemacht, dich über sie schimpfen zu hören, während eine Reportage über ihre ersten Gemeinschaften lief und wir diesen Clowns zusahen, die sich bei Decathlon eine Verkleidung als Bauern zugelegt hatten und nun bewegt ihr Lob des Dorflebens vortrugen. Diese faulen Stricke!, hättest du den Fernseher angebrüllt, wenn in deinem Gehirn noch du das Sagen gehabt hättest. Diese Nichtstuer, die haben doch ihr Leben lang nichts geleistet! Denen würde ich zeigen, was ehrliche Arbeit ist! Her mit der Hacke, und dann heißt's Bewässerungsgräben ausheben, da würdest du schon sehen, wie schnell die sich ihren Blödsinn aus dem Kopf schlagen! Und dann hättest du uns mal wieder von deiner aufregenden Erwerbsbiografie erzählt. Von dem Jungen, der die Schule abbrechen muss, um seiner Familie zu helfen, dem Jugendlichen, der seine erste Firma aufzieht, als er noch keine achtzehn ist, und jedes Jahr ein neues Auto braucht, weil er Tag und Nacht Kilometer frisst, dem Selfmademan, der nicht weiß, was ein Sonntag ist, der Leistungskultur und blablabla.

Stattdessen hast du auch nicht mehr mitbekommen, wie sie das Ländliche Grundeinkommen eingeführt haben, ein Experiment, das nur zwei Jahre lang anhielt, bis es von der neuen Regierung wieder abgeschafft wurde. Die Summe war nicht hoch, aber zusammen mit den EU-Hilfsgeldern gegen die Landflucht reichte der Impuls aus, damit eine erste Expedition die Städte verließ. Die Große Rückwanderung, so nannte es die Presse, man muss ja alle paar Monate ein neues soziologisches Phänomen identifizieren und taufen. Es war auch etwas dran, einige wanderten tatsächlich zurück: aus den großen Städten, sogar aus dem Ausland, sie nutzten die Beihilfen für Rückkehrer, zogen wieder in ihre Dörfer und Kleinstädte, an den Herkunftsort der Eltern oder gar Großeltern, in das Dorf, wo sie schon lange nicht mehr Urlaub machten, in dem sie jetzt aber ihre Wurzeln zu sehen behaupteten und vor allem eine Grundlage für ihr Recht, das Ländliche Grundeinkommen zu beziehen. Viele andere kehrten allenfalls in ein Dorf zurück, das sie an irgendeinem Wochenende im Landhotel kennengelernt hatten, oder es war überhaupt keine Rückkehr – vielmehr suchten sie sich den Zielort aus, der auf den Wiederbesiedlungs-Webseiten die höchste Punktzahl erreichte, oder das Dorf, in dem sich schon Freunde und Verwandte niedergelassen hatten, oder einfach einen Ort, in dem Häuser für Zuzügler billig oder sogar zum Nulltarif angeboten wurden. Die Mehrheit hatte selbstverständlich nichts anderes im Sinn, als vom Grundeinkommen zu leben und die Beihilfen abzusahnen, sie wollten an einem ruhigen und erschwinglichen Ort wohnen, ihre Kinder in der idealisierten Natur aufziehen, im Homeoffice eine schöne Aussicht genießen, nicht allzu weit entfernt von der nächsten Großstadt, wollten kleine Geschäfte gründen, sofern ihr Lebensunterhalt gesichert wäre, sich einer der ersten Kooperativen anschließen, ein bisschen Landwirt spielen oder sich ihren künstlerischen Visionen und anderem unproduktivem Blödsinn widmen, für den wir Übrigen schon aufkommen würden. Sie hofften auf die Bestätigung ihrer romantischen Städterträume im ländlichen Raum: ein schlichtes und authentisches Leben, mehr Zeit für sich, unverfälschte soziale Beziehungen, eine Umgebung, die für den Menschen überschaubar wäre, Äpfel, die noch nach Apfel schmeckten. In Wirklichkeit fanden sie anfangs vielfach die Zurückweisung derer, die nie aus diesen Dörfern weggezogen oder aber schon Jahre zuvor und ohne Beihilfen zurückgekehrt waren, die fühlten sich jetzt eher einer Invasion als einer Wiederbesiedlung ausgesetzt.

Viele von uns haben sich über ihre Naivität lustig gemacht. Haben ihr Scheitern vorausgesagt. Der Zauber des Ländlichen würde nicht länger als ein Jahr halten, ihre Kinder würden größer werden und mehr von ihnen verlangen als nur ein schlichtes und authentisches Leben, die viele Zeit würde sie tödlich langweilen, ihre sozialen Beziehungen sie ersticken, sie würden genug davon kriegen, Äpfel zu essen, die nach Apfel schmecken – nicht lange, und sie würden es bereuen und mit eingezogenem Schwanz an ihren Ausgangsort zurückziehen. Wir erinnerten uns daran, dass jede Generation ihre Rückkehr zum Landleben kennt, ihre Fantasien von einem authentischen Leben und der Wiedergewinnung verlorener Werte. Wir verachteten das als Abenteuer von Snobs mit einem sorgenfreien Leben, die bei dem Versuch nichts zu verlieren hatten, Bengeln, die es sonst nicht geschafft hätten, sich von zu Hause zu lösen, und dort alles umsonst bekamen. In Wirklichkeit waren es vor allem arme Hunde, die tatsächlich nichts zu verlieren hatten und von den Pull-Faktoren des Grundeinkommens und der günstigen Behausungen angezogen wurden, von der Chance, nicht auf ein anderes, sondern auf überhaupt ein Leben. Aber es gab auch jene, die schon mit einem richtigen Plan aufs Land zogen, die erste Welle von Tonkrüglern, und dort auf Leute mit ähnlichen Ideen stießen, Rückkehrer wie sie oder solche, die nie fortgegangen waren. Im Verbund bauten sie ein paar Gemeinschaften auf, die ersten, die Mónica faszinierten und über die ich mich mokierte. Ökogemeinschaften!

Die Mehrzahl der Rückwanderer zog am Ende wieder in die Stadt, ja, nachdem das Ländliche Grundeinkommen eingestellt oder sie aus Schaden klug geworden waren, denn ein richtiges Landleben war dort nicht mehr zu finden, danach hatten sie vergeblich gesucht, vielleicht hatte es so etwas auch nie gegeben. Aber andere blieben, zukunftslose arme Schlucker, die sie weiterhin waren, auf dem Dorf gestrandet und dem erstbesten Gauner ausgeliefert, dem erstbesten Gebrauchtwagenhändler, der ihnen eine altersschwache Schrottkarre andreht, oder eben den Tonkrüglern: Am Ende schlossen sie sich den Gemeinschaften an oder gründeten neue, und wir vergaßen, dass es sie gab, zumindest ich.

Und da hast du sie jetzt: Sie sitzen in einer Bankfiliale in ihrem Büro und genießen den Anblick eines Unternehmers, der vor ihnen im Staub kriecht, um sich eine Finanzierung zu erbetteln.

Auf dem Weg zu Segis' Schule warf ich immer mal wieder einen Blick auf die Karte, auf deine Spur, du gingst noch immer in gerader Linie und in beträchtlichem Tempo, vier Kilometer hattest du schon zurückgelegt, Yuliana, Gott segne sie, machte lange Schritte, um dir zu folgen, und überholte dich vor jeder Ampel, um dich mit Mühe einige Sekunden lang aufzuhalten, während ich mich fragte, wo dein Ritt wohl enden würde – ob dieses nun das Mal wäre, das entscheidende.

Ich nutzte den Weg zur Schule, um meine zwei Jungs anzurufen, die beiden Vertriebler, von denen ich dir erzählt habe. Zwei ehemalige Mitschüler von Segis, schlecht in der Schule und noch schlechter im Verkauf, soweit ich in der Woche habe feststellen können, die sie nun Hausbesuche machen. Zwei faule Stricke mehr, denen man eine Hacke in die Hand drücken müsste, so würdest du sie einschätzen, wenn du sie kennenlernst und arbeiten siehst. Die schaffen es nicht, einen verdammten Vertrag an Land zu ziehen, sie sind nämlich nicht hungrig, noch so ein typischer Ausdruck von dir. Die sind nicht hungrig, diese Generation ist schon satt zur Welt gekommen, die haben ja alles geschenkt gekriegt, weißt du noch? Du siehst aus, als würdest du jeden Moment diese verblödete Miene abnehmen, die du wie eingefroren im Gesicht trägst, und wieder losbrüllen wie in der guten alten Zeit. Aber es ist schon so, bei diesen zwei Luftverbrauchern stimmt es: Nach dem, was ich von ihren Familien weiß, muss keiner von den beiden arbeiten, denen werden die Eltern bequeme und gut bezahlte Posten verschaffen, die weit über ihren jämmerlichen Fähigkeiten liegen, es gibt eben keinen besseren Arbeitsvermittler als einen guten Familiennamen, was soll ich dir erzählen, du weißt es ja selbst. Zurzeit geht es für sie darum, ihr Taschengeld aufzubessern und vor allem zu Hause den Anschein zu erwecken, sie würden mehr tun, als nur zu schlafen, zu essen und Drogen zu nehmen. Aber ich schmeiße die beiden raus, die bringen nichts, schaffen mir nicht einen scheiß Kunden her.

Ich rief die zwei also an, sie hatten tatsächlich den ganzen Vormittag nichts gerissen. Ich hatte drei Verträge abgeschlossen und noch ein halbes Hundert so gut wie abgemacht, und die waren noch nicht mal bei Abschluss Nr. eins. Ich verpasste ihnen einen Einlauf. Euer Problem ist, sagte ich, dass ihr die Leute erschreckt. Wie oft soll ich euch das noch verklickern, bei diesem Produkt geht es nicht darum, Angst zu verkaufen, sondern Sicherheit. Angst haben die Leute schon, die kauen sie, die atmen sie, sie schlafen mit ihr im Arm, und wenn sie wach werden, dann mit vor Angst trockener Kehle. Daran darf man sie doch nicht erinnern, sie werden jedes Angebot ablehnen, das ihnen bewusst macht, was für ein Schreck ihnen in den Knochen steckt. Man braucht also nicht die Blutwoche zu erwähnen, die haben sie nicht vergessen, die haben sie im Kopf, sie denken unaufhörlich daran – dass die Erinnerung noch da ist, hat euch ja gerade die Türen geöffnet. Man braucht sie nicht einmal zu fragen, ob sie Safe Place gesehen haben, natürlich haben sie das, deshalb empfangen sie euch ja und hören zu, weil sie die Serie gesehen und nicht vergessen haben, aber daran erinnert werden wollen sie auch nicht. Wir müssen da subtiler vorgehen, die Psychologie jedes Kandidaten eingehend studieren, Verkaufstaktiken gibt es so viele, wie es Kunden gibt. Einen Familienvater packt man nicht so an wie einen Rentner, einen Kleinunternehmer nicht wie einen Beamten, ihre Ängste unterscheiden sich, es sieht vielleicht so aus, als würden alle dasselbe fürchten, aber von wegen. Ihr geht die Leute zu unvermittelt an, ihr klingt wie Marktschreier, bringt Sichere Orte in Verbindung mit Bedrohungen, alles zu einem Paket verschnürt, wie jemand, der Schusswaffen verkauft oder Zyankalikapseln für den Notfall. Aber wir verkaufen etwas ganz anderes: einen Raum, der ihnen nichts bringt, so sollen sie das ruhig sehen, sie sollen denken, dass sie nie davon Gebrauch machen werden, er wird sie beruhigen, aber brauchen werden sie ihn nie, wie die Pistole oder das Zyankali. Nur so werden sie zu Käufern, wenn sie das Angebot als unnötig und doch unverzichtbar ansehen. Man darf sie nicht bedrängen, besser, sie holen von sich aus nähere Informationen ein, fragen von sich aus nach dem Preis, betteln geradezu von sich aus, einen Sicheren Ort zu bekommen. Sollen sie selbst zu dem Schluss gelangen, sollen sie sich fragen, wie sie nur so haben leben können, ohne ihren Abstellraum einbruchsicher zu machen, ihren Keller, ihren Garagenplatz. Vor allem antwortet nicht auf die Frage, die euch niemand stellt. Es ist gut, eine Antwort darauf zu haben, dafür habe ich euch sie gegeben und habt ihr sie eingeübt, aber greift dem Ablauf nicht vor. Ihr werdet schon sehen, dass danach niemand fragt, niemand fragt nach dem Wichtigsten, dem Einzigen, was in diesem Geschäft Sinn ergibt. Niemand fragt danach, dann muss er nämlich die Antwort nicht hören und kann weiter ruhig schlafen. Niemand, bis auf eine schwangere Frau, die sauer auf ihren Partner ist.

Willkommen in der Schule für Gewinner. Sagt dir das was? Erinnerst du dich? Kommt dieses Grinsen daher, dass der Satz etwas bei dir ins Schwingen bringt, ein Aufflackern von Neuronen, das eine kurze, verschwommene Erinnerung auslöst? Schau, ich habe heute Vormittag das große Plakat am Eingang fotografiert, weil ich's so lustig fand: INTERNATIONALES KOLLEG NEW CENTER. WELCOME TO THE COLLEGE FOR SUCCESSFUL CHILDREN. BIENVENIDOS AL COLEGIO DE LOS NIÑOS TRIUNFADORES. WILLKOMMEN IN DER SCHULE FÜR GEWINNER. Dann steht es da auch noch auf Chinesisch, keine Ahnung, wie man das ausspricht. Das Lustige ist, dass jemand daruntergekritzelt hat: »Willkommen in der Schule für Lehrer ohne Vertrag«. Segis hat mir was von irgendeinem Streik erzählt. Genaues weiß ich nicht, ist auch egal, Gewerkschaftsgerangel gibt es überall.

Die Schule für Gewinner. Ist doch zum Piepen, oder? Als ob die Kinder, die auf eine solche Schule gehen, nicht schon von Haus aus gewonnen hätten. Das hat Mónica gesagt, als wir die Schule besichtigen gingen, wir waren auf der Suche nach einer passenden Einrichtung für den kleinen Segis, und die Schulleitung gab uns einen Kennenlerntermin, in Wirklichkeit ging es natürlich darum, dass sie uns in Augenschein nehmen konnten. Als wir durchs Tor traten und ich auf die niedrigen Gebäude zeigte, den gut gepflegten Rasen, der dem Ganzen die Anmutung eines Campus verlieh, die Sportanlagen, den beheizten Swimmingpool und die Publicity-Fotos von glücklichen blonden Kindern beim Lernen, beim Paddle-Tennis oder Reiten, warf sich Mónica vor dem Willkommensschild am Eingang in Positur. Dann las sie den Satz laut vor und sagte: Was für ein mieser Marketingspruch, wen wollen die eigentlich verschaukeln, das weiß doch jeder genau. Diese Gewinner-Kinder, die haben schon von Haus aus gewonnen.

Zugegeben, ich war derjenige, der darauf bestand, Segis dort einzuschreiben. Und es ist nicht so, als würde ich das jetzt bereuen. Oder ein bisschen schon, da ich jetzt weiß, dass Mónica mit ihrer Aussage recht hatte. Warum wir Segis dort lassen, statt ihn auf ein öffentliches Gymnasium zu schicken? Mónica war nicht bereit, ihn herunterzunehmen, als die monatliche Schulgebühr für uns allmählich unerschwinglich wurde, vermutlich, um mir eins reinzuwürgen und mich für meine Dickköpfigkeit büßen zu lassen, ich hatte ihn ja dort eingeschrieben und nicht auf der Französischen Schule, wie sie es wollte. So hat sie mir das natürlich nicht gesagt. Ihr Argument war, es gebe keinen Grund, warum Segis für fremde Fehler bezahlen sollte – das zielte auf dich, du weißt ja, wie gern deine Schwiegertochter dich schon immer gehabt hat –, und die kurze Zeit, um die es jetzt noch gehe, solle man besser durchhalten, sonst wäre unsere Investition hinausgeschmissenes Geld. So hat sie sich ausgedrückt: unsere Investition. Wir haben eine Menge investiert, damit unser Sohn ein Gewinner wird. Das Wort »Gewinner« sprach sie natürlich mit all dem Sarkasmus aus, zu dem sie imstande war, aber Tatsache ist, dass sie das wirklich glaubt. Sie glaubt wirklich, dass Segis sich retten wird. Nicht, dass er ein Gewinner wird, aber dass er sich retten kann, schon. Dass er sich als gute Investition erweisen wird, ein Polster für ihre eigene Zukunft, ein Ladepack mit Extraleben. Dass er stets auf dem richtigen Gleis fahren wird, einen sicheren Ort erreichen, also im buchstäblichen Sinn.

Was mich betrifft, so akzeptiere ich, dass mein Sohn noch immer auf diese Schule geht, selbst wenn mich das monatlich fast so viel kostet wie die Miete für die Miniwohnung. Ich akzeptiere es, weil auch ich im Grunde glaube, dass Segis eine Chance hat, so klein sie auch sein mag. Und selbst wenn sie klein ist, wird sie doch immer noch größer sein als die Chance, an einer anderen Schule zum Gewinner zu werden oder wenigstens nicht zu scheitern, wie all jene Schüler scheitern werden, die schon von Haus aus Verlierer sind. Und weil ich noch glaube, dass seine Generation unserer Familie diejenige sein kann, die es ans rettende Ufer schafft. Sieh dir die Progression doch an: Du musstest die Schule abbrechen, ich konnte schon einen Abschluss machen, allerdings auf einer öffentlichen Einrichtung, und Segis besucht die Schule für Gewinner. Wir werden immer besser. Steigen immer weiter auf. Der Gesellschaftliche Fahrstuhl, weißt du noch? Ein Ausdruck nach deinem Geschmack. Kaum gehört, machtest du ihn dir zu eigen. Der Gesellschaftliche Fahrstuhl! Wir waren das beste Beispiel dafür, dass es ihn gab und dass er gut funktionierte. Garcías wie so viele andere, 08/15-Garcías, Garcías von ganz unten, aus dem Nichts, die sich durch Arbeit, durch harte Arbeit, Stockwerk um Stockwerk hochgekämpft hatten, in die oberen Etagen, auf dem Weg ins Penthouse. Bis es plötzlich eine Panne gab und unter unseren Füßen der Boden des Aufzugs wegbrach; du fielst durchs Loch, und ich blieb hängen, klammerte mich mit den Fingerspitzen fest, mit den Nägeln, und da bin ich immer noch, rutsche Millimeter um Millimeter ab, ein Finger nach dem anderen löst sich, aber noch bin ich nicht gefallen. Bei Segis sieht es anders aus, der Junge fährt weiter in seiner Kabine, und wenn wir noch ein Jahr durchhalten, nur noch ein Schuljahr, dann kann er es schaffen und in einem höheren Stockwerk aussteigen. Ich weiß schon, nach der Schule für Gewinner bräuchte er die Universität für Gewinner, und die liegt wahrscheinlich im Ausland; und danach kommen der Master und die Unternehmenspraktika für Gewinner und dann endlich der Einzug in das Büro für die Gewinner unter den Angestellten, oder noch besser, sein eigenes Geschäft, als Unternehmer-Gewinner. Glaubst du daran? Ich auch nicht. Nicht mehr. Aber jetzt aufzugeben wäre noch schlimmer. Und wenn wir so tun, als ob wir dran glaubten, wenn wir immer weitermachen, kräftig am Seil ziehen, als funktionierte dieser scheiß Aufzug durch Flaschenzug und Muskelkraft, dann kann er es vielleicht doch schaffen und sich retten. Und weil noch eine Weile am Seil gezogen werden muss, darf dieses Mistprojekt mit den Sicheren Orten nicht schiefgehen. Außerdem hatte Mónica recht: Segis soll nicht für fremde Fehler bezahlen.

Du warst davon sehr angetan, erinner dich. Dein Enkel auf der Schule für Gewinner. Während Mónica und ich darüber stritten, wo wir den Jungen einschreiben sollten, gabst du uns den letzten Schubser in Form eines Blankoschecks: Ich komme für die Erziehung meines Enkels auf, sagtest du mit demselben Schneid, mit dem du in deiner Stammbar eine Lokalrunde ausgabst, um die Eröffnung einer neuen Klinik zu feiern. Leute, bestellt, was ihr wollt, die Runde geht auf mich. Gebt Segismundo die Schulbildung, die ihr wollt, die Runde geht auf mich. Für meinen Enkel nur das Beste. Die dritte Generation soll festigen, wofür die vorangegangenen gekämpft haben. Er soll es so gut haben wie wir, aber ohne sich so anstrengen zu müssen. Er soll es noch besser haben. Und das Erreichte soll sich festigen und ganz selbstverständlich werden, da soll nichts mehr knirschen, nichts an einen Emporkömmling denken lassen. Es soll kein Zurück geben, er soll keine Angst haben müssen, dass sich im Aufzug der Boden unter seinen Füßen öffnet. Die folgende Generation, Segis' Kinder, die sollen schon von Haus aus Gewinner sein und diese Schule nur noch brauchen, um die natürliche Ordnung aufrechtzuerhalten und sie weiter zu reproduzieren, ohne sich anzustrengen.

Tja, Vater. Der Schwung deiner Großzügigkeit hat nur bis zur ersten Gymnasialklasse getragen. Der Schwung und der Scheck, du hattest in der Bar anschreiben lassen, und ich musste weiter bezahlen, solange die Einladung galt.

Aber du warst angetan, ja. Englisch, Deutsch und Chinesisch. Ganzheitliche Bildung. Hoher fachlicher Anspruch. Wertebasierte Erziehung. Rhetorische Ausbildung. Emotionale Intelligenz. Von der Grundschule an unternehmerische Grundlagen, auf Englisch. Anreize, die eigenen Grenzen zu überwinden. All das einlullende Wortgeklingel, das es den Familien erleichtert, an ihre Investition zu glauben. Nicht, dass sie denken, es wäre genauso gut oder sogar noch besser gewesen, das Geld in Immobilien zu stecken, um ihren Kindern womöglich lebenslange Einkünfte zu sichern. Sie sollen an Leistung glauben und an Verdienst und an Chancen, und es soll nicht so aussehen, wie es in Wahrheit immer gewesen ist: dass ihre Kinder schon von Haus aus Gewinner sind. Eine Zeit lang konnte es den Anschein haben, Segis wäre einer von ihnen, mit denselben Chancen, ja. Bis uns dein Sturz die Augen öffnete. Und wie. Und wir verstanden, dass er sich noch immer auf dem Drahtseil befand. Noch immer abstürzen konnte.

Das kann ja auch ganz anders laufen. Vor ein paar Jahren durchlebte die Familie eines seiner Schulkameraden eine vergleichbare Situation. In dem Fall war es nicht der Großvater, sondern der Vater, der wegen einer Steuergeschichte ins Gefängnis kam. Nur für eine Woche Untersuchungshaft, um zu verhindern, dass Beweise vernichtet würden, dann war er sofort auf Kaution heraus, und sein Anwalt warf der Justiz hingebungsvoll Knüppel zwischen die Räder, jede Menge davon, erschwerte die Ermittlungen, ließ Beweismittel für unzulässig erklären, zielte erfolgreich auf Verjährung ab, verschleppte den Prozess, verhandelte mit der Staatsanwaltschaft, legte Rechtsmittel gegen das Urteil ein, der Mann sah nie wieder ein Gefängnis von innen. Nun, während dieser einen Woche Haft taten die Schule und die Familien alles Erdenkliche, um den armen Jungen unter ihre Fittiche zu nehmen. Es wurden sogar Spenden für die Kaution gesammelt. An dem Tag, an dem der Halunke freigelassen wurde, holte er seinen Sohn von der Schule ab, und du hättest mal sehen sollen, wie er von den übrigen Eltern empfangen wurde. So etwas Schönes, so eine Kameradschaft, so eine Solidarität.

Nach deiner ersten Verhaftung wurden keine Spenden gesammelt. Weder in der Schule noch im Club. Mir blieb nichts anderes übrig, als ein paar Familien um Hilfe zu bitten, die wir etwas besser kannten, musste betteln, um die Kaution zusammenzukratzen, deine Konten waren ja alle blockiert. Obwohl manche mir Geld liehen, fand ich bei allen diesen herablassenden Blick, verdeckte Befriedigung, Distanziertheit, Ablehnung. Und sooft ich vor der Schule gefragt wurde, wie es denn so gehe, mich jemand aufzumuntern suchte und mir jede nötige Hilfe anbot, sah ich den unverkennbaren Ekel, der ihnen beim Reden den Mund verzog und ihr Lächeln verfälschte. Mónica wollte es nicht wahrhaben, sie sagte, das alles finde nur in meinem Kopf statt, die Leute würden uns wirklich schätzen, ihre Beziehung zu uns hätte sich überhaupt nicht verändert, sie hätten ja auch nicht aufgehört, Segis zu sich einzuladen. Aber mich konnten sie nicht täuschen, ich las klar und deutlich, was hinter ihren herzlichen Worten stand:

Ihr gehört nicht hierher, das war noch nie der Fall, da könnt ihr noch so sehr die Schulgebühren bezahlen oder den Jahresbeitrag im Club. Deshalb seid ihr zu Fall gekommen, und deshalb werdet ihr nicht wieder aufstehen. Selbstverständlich habe ich ihnen alles zurückgezahlt, bis auf den letzten Euro. Na ja, fast.

Ich hätte Segis ja gerne gewarnt, aber er war noch zu sehr Kind dafür. Sonst hätte ich ihm gesagt: Hüte dich vor denen, die du für deine Kameraden hältst, deine unzertrennlichen Freunde und verliebten Freundinnen. Denn wenn du einmal fällst, werden sie dir nicht aufhelfen. Sie werden dich als den behandeln, der du bist, der du nie aufgehört hast zu sein, und wenn du zehnmal auf die Schule für Gewinner gehst: ein blinder Passagier. Keiner von den Unseren, obwohl das über einige Jahre so ausgesehen haben mag. Und sie werden dich fallen lassen, wie sie deinen Großvater fallen ließen. Ihre Solidarität sparen sie sich für ihresgleichen auf.

Solidarität, ha. Ich muss lachen, wenn ich die Tonkrügler von Solidarität reden höre, von Brüderlichkeit, Gemeinschaft, gegenseitiger Unterstützung, davon, füreinander zu sorgen. Die sollten mal in den Landhausclub gehen, in den Segel- oder Reitverein, da würden sie sehen, was eine geeinte und stolze Gemeinschaft ist, wahre Solidarität, radikale Brüderlichkeit, füreinander sorgen wie ein einziger Leib. Da werden für jene, denen ein Fehltritt unterläuft, Kautionen zusammengetragen, da stellt man mit der Sorglosigkeit dessen, der ein paar Münzen in eine Gemeinschaftskasse wirft, Finanzmittel für Projekte bereit, da werden entscheidende Anrufe gemacht, werden Türen geöffnet, sodass alles ganz einfach geht, selbstverständlich sammelt man bei der Hochzeit der Kinder dicke Umschläge, und geheiratet wird untereinander, damit dann der Nachwuchs dieselben Schulen besucht, von Haus aus Gewinner alle zusammen. Erinnere dich daran, was es dich gekostet hat, Mitglied in dem verdammten Club zu werden. Das Geld war noch das Wenigste, die Aufnahmegebühr konntest du dir damals locker leisten. Und zwar für die gesamte Familie, du legtest ja großen Wert darauf, dass wir alle Mitglied wurden. Schwierigkeiten hattest du, vier Altmitglieder zu finden, die bereit waren, bei der Aufnahme für dich zu bürgen, wie in der Satzung vorgesehen. Und selbst als du dann drin warst, erinnere dich daran, wie sie stets Abstand zu dir und uns gehalten haben. Die übertriebene Kumpelhaftigkeit, mit der sie dich begrüßten, das vorgeschützte Interesse, mit dem sie sich nach dem Erfolg der Kliniken erkundigten. Die Heuchelei, mit der sie die ersten Meldungen übergingen. Die Gleichgültigkeit, mit der sie deine Inhaftierung zur Kenntnis nahmen. Die falsche Freundlichkeit, mit der sie dich empfingen, als du, vorübergehend auf freien Fuß gesetzt, in den Club zurückkamst. Ich kann mir die Befriedigung ausmalen, mit der sie später deine Verurteilung vermerkt haben werden, die Beschlagnahmung deines Vermögens, das Insolvenzverfahren, die Proteste der Betroffenen vor unserem Haus. Sie werden das mit der Gelassenheit kommentiert haben, mit der man feststellt, dass die Ordnung wiederhergestellt ist, ihre Vorhersagen hatten sich bestätigt, sogar die eine oder andere gewonnene Wette wurde eingelöst. Und dann hieß es unter Gelächter, dass man dich vermissen würde, in Erinnerung an deine Tritte ins Fettnäpfchen, deine zweifelhaften Manieren, deinen Mangel an Stilgefühl, ein krönender Abschluss für drei oder vier Jahre Gerede hinter deinem Rücken, Gefeixe, sobald du einen der Salons verließest, verstohlene Blicke, wenn du irgendetwas erzähltest. Ich weiß schon, du hast nie etwas gehört oder gesehen, ich ja auch nicht, aber ich bin mir sicher, dass es das alles gegeben hat. Weißt du, wie sie dich nannten, wenn sie unter sich waren? Den Zahnarzt.

Das ist der Sohn vom Zahnarzt, habe ich mal einen dieser Schnösel sagen hören, er meinte mich und dachte, ich würde es nicht mitkriegen. Der Zahnarzt, und es klang nicht, als wäre die Rede von einem echten Zahnmediziner einer Praxis, in der sie selbst Kunden wären, auf ein solches Mitglied hätten sie sich mit dem Familiennamen bezogen, mit beiden Familiennamen, so sprachen sie voneinander, von den Eltern wie von den Kindern, und das war keine kühle Distanziertheit, sondern das genaue Gegenteil, eine Anerkennung von Bruderschaft. Du hingegen warst ein García. Du warst der Zahnarzt. Mit demselben spöttischen Unterton, mit dem sie dich den Obsthändler genannt hätten, wenn du eine Firma gehabt hättest, die Fruchtkisten durch die Gegend fährt. So haben sie wohl hinter deinem Rücken über dich geredet: Schon gehört?, der Zahnarzt hat es geschafft, er ist jetzt Mitglied im Club. Schaut mal, da kommt der Zahnarzt mit seiner prolligen Frau. Hey, wenn ihr mal was zu lachen haben wollt, redet mit dem Zahnarzt über Wein. Mir tut ein Backenzahn weh, ist da irgendwo der Zahnarzt?, ich habe mir sagen lassen, der arbeitet billig, fast für lau. Wie wär's, wenn wir den

Zahnarzt zum nächsten Abendessen einladen, da gibt's was zu lachen: ein Abendessen für Trottel. Und dann grinsten sie mit ihrem gemeißelten Lächeln, ihrem rosa Zahnfleisch und ihren Zähnen, die durch jahrelange kieferorthopädische Maßnahmen sauber ausgerichtet waren, aber all das basierte auch auf mehreren Generationen gesunder Ernährung und der Abwesenheit von Sorgen, wegen denen man nachts die Kiefer aufeinanderpresst und beim Knirschen die Zähne abschleift, so wie die armen Teufel, die in deine Kliniken kamen. Denn selbstverständlich hätten sie, die Clubmitglieder, die sich mit ihren Familiennamen anredeten, niemals einen Fuß in eine Sonríe!-Filiale gesetzt; niemals hätten sie zugelassen, dass ein Zahnhygieniker aus Südamerika ihre zarten Münder mit derselben Kürette behandelte, mit der er den Zahnstein aus all diesen ungepflegten Mäulern schabte, die nach über Generationen zurückgehender schlechter Ernährung … tut mir leid, mir platzt da einfach die Hutschnur, und dann finde ich kein Ende.

Nein, ich habe diese Bemerkungen und dieses Gelächter nicht persönlich miterlebt, aber wundern würde mich nichts davon, nach dem, wie sich der Vorstand verhalten hat. Erinnerst du dich? Weißt du noch, wie sie dich nach deiner ersten Verhaftung behandelt haben? Wie einen Hund. Wie einen Paria. Der blinde Passagier, der über Bord geworfen wird. Sie hatten nicht mal den Mumm, es dir direkt ins Gesicht zu sagen, riefen stattdessen mich an. Entschuldige, Segismundo, nimm es uns nicht übel, aber im Licht der jüngsten Ereignisse wäre es wohl für alle das Beste, wenn dein Vater eine Zeit lang nicht mehr herkommen würde, wenigstens bis sich das alles geklärt hat. Es ist nichts Persönliches, aber einige Mitglieder haben ihre Sorge darüber zum Ausdruck gebracht, dass unter diesen Umständen der gute Name des Clubs mit deinem Vater in Verbindung gebracht – also, dass der Anschein entstehen könnte, jemand in seiner Situation hätte hier Zuflucht und Unterstützung. Auch sähen wir ungern Proteste am Eingang zum Clubgelände, wie ihr sie zurzeit bei euch ertragen müsst. Du kannst das sicherlich verstehen, so wie auch dein Vater verstehen wird, schließlich sind wir hier eine Gemeinschaft, eine große Familie. Das Beste wird sein, wenn seine Mitgliedschaft vorübergehend ausgesetzt wird, und wenn alles vorüber ist und sich geklärt hat, was ja gewiss eintreten wird, kann dein Vater und kann eure ganze Familie ohne jegliches Hindernis in diesen Club zurückkehren, der auch der eure ist. Danke für das Verständnis.

Scheiß auf den Club. Ja, drauf geschissen. Aber ich sage dir noch etwas, wenn dieses Geschäft abhebt, wenn meine Milchmädchenrechnung aufgeht, ohne dass am Ende der Krug zerbricht, dann werde ich zurückkommen. Ja, zurück in den Club. Ich gönne mir einfach das Vergnügen, durch diese Tür zu treten und zuzusehen, wie sie meine Anwesenheit ertragen müssen, wie sie mir aus dem Weg gehen, sich in einen Nebenraum zurückziehen, sobald ich eintrete, wie sie hinter meinem Rücken tuscheln. Hier bin ich, ihr Arschlöcher, ich bin wieder da.

Ich habe nämlich nie geglaubt, dass ich einer von ihnen wäre, so naiv wie du war ich nicht. Ich wusste, dass sie uns beim ersten Fehltritt auf die Straße setzen würden. Aber solange wir Mitglied waren, habe ich das Glas bis auf den letzten Tropfen geleert. Ich habe nie aufgehört, mich wie ein Hochstapler zu fühlen, ein Eindringling, aber ich hielt mich mit Zähnen und Klauen fest. Ich wollte nicht von dort weggehen und das alles verlieren. Dieser Ort und seine Leute waren für mich so faszinierend wie unausstehlich, ich fühlte mich ebenso angezogen wie abgestoßen. Ich wollte so sein wie sie, mich mit derselben Natürlichkeit verhalten, alles sollte von alleine gehen, ohne jeden Schritt sorgsam abwägen zu müssen, um nur ja nichts falsch zu machen und als Hochstapler entlarvt zu werden. Ich wollte nicht jedes Mal überlegen müssen, was ich anziehen sollte, bevor ich in den Club ging, welche Getränke ich bestellen, wie ich Fragen beantworten, was ich zu irgendeinem aktuellen Thema meinen sollte. Die Art zu gehen, zu sitzen, zu lachen. All das, was bei ihnen von Geburt an da ist, diese Lockerheit, diese Sicherheit, diese Unverfrorenheit, die ich nie haben könnte, weil ich mich immer beurteilt fühlen würde, überwacht, kurz davor, als Schwindler hinausgeworfen zu werden, ein schlechter Imitator, ein Dieb, der eingedrungen ist, um sich zu nehmen, was ihm nicht zusteht, getrieben von dem revanchistischen Drang aller, die wir von unten kommen.

Und ihre Frauen. Erinnerst du dich an ihre Frauen? Natürlich tust du das, du geiler alter Sack. Sie alle, ohne Ausnahme. Die Teenager-Töchter wie die blendend aussehenden Mütter und selbst noch die Älteren, die nie alt wurden, sondern reif. Allesamt begehrenswert. Sie machten mich kirre und dich auch, ich weiß. Die verbotene Frucht. Die Damen, die der Hausdiener durchs Schlüsselloch beobachtet. Ihre fabelhaften Körper, Gefäß einer Sammlung von Genen, die über mehrere Generationen sorgsam geplanter Ehen und Kreuzungen verfeinert worden waren, stets an der Grenze zur Endogamie, aber ohne erbliche Vorbelastung. Ihre wachsblanke Haut, weich schon beim bloßen Anblick. Ihr gesunder Organismus, wohlgenährt und gepflegt, kaum von Arbeit verformt, begünstigt von Behandlungen und Therapien und Fitnessstudios und sanften Geburten und endlosen Mutterschaftsurlauben und Hauspersonal und bequemen Jobs und Urlauben und Hobbys von der Sorte, die einem in den Sonntagsbeilagen empfohlen werden, wenn man ein langes, gesundes und erfülltes Leben genießen will. Sie waren schön, weil sie das Geld schön machte, das Geld machte sie bei der Geburt und im Aufwachsen und im Älterwerden schön.

Ich weiß schon, ich übertreibe. Nicht alle waren so, auch nicht die Männer. Weder so magnetisch noch so mies. Meine Erinnerung malt mit grobem Pinsel, streicht nur das Faszinierende und das Verabscheuenswerte heraus, während wir dort in Wirklichkeit einige gute Jahre verbracht haben. Die besten.

Gerade als ich die Schule betrat, rief mich noch einmal Yuliana an, die ebenfalls schöne Yuliana. Sie erzählte mir von deinem Sturz. Du warst bei deinen hastigen Schritten gestrauchelt, pompös wie eine umgeworfene Statue, wie ihr Alten eben fallt.

Er hat sich nur das Knie und die Hände aufgeschürft, sagte die junge Frau. Er hatte Mühe aufzustehen, aber es sieht nicht so aus, als hätte er sich verletzt. Durch den Sturz scheint er vergessen zu haben, wohin er wollte. Er wirkt desorientiert und ganz erschöpft. Wir haben uns vor ein Café gesetzt, und ich habe ihm ein Glas Milch bestellt, mal sehen, ob er sich beruhigt und wir wieder nach Hause können.

Fehlalarm, dachte ich achselzuckend. War heute also auch nicht der Tag. Die Schatzsuche ist verschoben. Bleibt nur, auf eine bessere Gelegenheit zu warten. Ich verfluchte den Bordstein, an dem du gestolpert warst, verfluchte deinen gestörten Gleichgewichtssinn, die Unbeholfenheit des senilen Alten. Heute nicht mehr. Na, dann ein andermal.

Der Schulhausmeister bat mich, auf dem Korridor zu warten. Ich vertrieb mir die Zeit damit, die Jahrgangsfotos der Absolventen des New Center zu betrachten. Da waren sie. Die Gewinner-Kinder. Die jüngsten Jahrgänge dürften jetzt auf der Universität sein. Falls nicht, ist es auch egal, die können auf ein Studium verzichten und völlig locker bleiben, sie und ihre Eltern, bei ihnen wird das nie als Bildungsversagen gelten und ihnen lebenslang nachhängen. Es wird sich weder in Gehaltseinbußen niederschlagen, einem geringeren Familieneinkommen, noch in einer kürzeren Lebenserwartung. Ich blieb bei den ältesten Jahrgängen stehen, denen von vor dreißig Jahren. Die Versuchung überkam mich, die Namen der damals frischgebackenen Absolventen bei Google einzugeben, um festzustellen, ob sich das Marketingversprechen der Schule bewahrheitet hatte. Zu schauen, wo sie heute sind, mit bald über fünfzig; welche Stellungen sie einnehmen, welche Unternehmen sie leiten, durch welche Heiraten sie gekreuzt wurden, welche Meisterschaften im Springreiten sie gewonnen haben, welche Regatten. Herauszufinden, ob irgendeiner von ihnen verhaftet wurde, vor Gericht gestellt, verurteilt, ins Gefängnis geworfen wegen Betrugs, Veruntreuung, Steuerhinterziehung, Korruption. Noch eine Methode, es weit zu bringen, nicht für dich, für sie aber sehr wohl. Wie wenige Garcías auf diesen Fotos zu sehen waren. Und diejenigen, die es gab, trugen vor oder hinter diesem Familiennamen noch einen zweiten, spezielleren, manchmal durch einen Bindestrich oder ein de verbunden, als wollten sie das Glück, ihre Familie an einen anderen, robusteren Stamm gekoppelt zu haben, auch äußerlich festzurren. Selbst unter den Garcías gibt es soziale Klassen.

Bei meinen Kundenbesuchen sehe ich manchmal die Jahrgangsfotos an den Wänden schlichter Wohnzimmer. Keine Abiturientenbilder wie beim New Center, Leute, die auf öffentliche Schulen gehen, verzichten auf solchen lächerlichen Blödsinn, sondern Abschlussfotos von Universitäten. Gerahmt und an den besten Platz in der Wohnung gehängt. Der Stolz der Familie. Auch das eine Investition, das Geld hat man sich jahrelang vom Mund absparen müssen, damit der Nachwuchs diese höhere Stufe erklimmen konnte. Die Illusion, jeder Abschluss und jedes Jahrgangsfoto seien gleich viel wert. Eine gute Investition. Der Sprössling wird sich retten. Der Gesellschaftliche Fahrstuhl funktioniert.

Apropos Fahrstuhl. Habe ich dir erzählt, was ich mal erlebt habe, als ich Segis bei einem Klassenkameraden abholte? Die hatten einen eigenen Fahrstuhl, ganz für sich allein! Ein dreistöckiges Haus mit Keller und Garage. Und einen privaten Aufzug, um von einem Stockwerk ins nächste zu fahren. So etwas hatte ich noch nie gesehen, aber wie ich hinterher herausgefunden habe, ist es gar nicht so ungewöhnlich. In manchen Neubaugebieten gehört das dazu. Häuser mit über dreihundert Quadratmetern. Drei bis vier Stockwerke. Und ein Aufzug. Der Gesellschaftliche Fahrstuhl, der echte, der immer noch funktioniert. Und dich geradewegs aus der Garage ins Schlafzimmer fährt, oder auf die Dachterrasse, wo du die Schuhe ausziehen und dir am Ende des Arbeitstages ein Gläschen genehmigen kannst. Bei unserem kurzen Kontakt mit dem guten Leben haben wir so was nicht kennengelernt. Wenigstens ich nicht und du vermutlich auch nicht, sonst hättest du mir davon erzählt, so wie du von allem erzähltest, was dich staunen ließ, wenn du mit deinem Geschäftspartner zu einem dieser Galgenvögel gingst, die du für Investoren hieltest. Der sammelt Oldtimer! Der hat Pferde, der kauft sich von seinem Geld Vollblüter! Ein Privatflugzeug! Der hat ein Jagdschloss, einen Elefantenschädel! Private Aufzüge habe ich dich nie erwähnen hören, und dabei sind die, wie gesagt, gar nicht so ungewöhnlich. Aber wir haben nicht einmal daran geschnuppert.

Der Vater von Segis' Freund muss mein verblüfftes Gesicht bemerkt haben, als er sagte, wir würden nach oben fahren, die Jungs spielten auf der Dachterrasse Billard. Ich trat in den Aufzug, als überschritte ich die Schwelle einer Zaubertür. Auf der Fahrt nach oben musste ich ständig daran denken, dass dieses Haus von einem vertikalen Hohlraum durchdrungen wurde, mit einem Motor weit oben und langen Seilen, die durchs Dunkel glitten. Wir erreichten ein Spielzimmer mit Fitnessraum, so groß wie meine jetzige Wohnung. Meine unverhohlene Faszination muss den Typen amüsiert haben, wahrscheinlich hielt er mich für einen leicht zu beeindruckenden Tölpel, und so zeigte er mir sein Kronjuwel. Ja, so hat er es genannt: Komm mit, ich zeige dir mal das Kronjuwel. Wir betraten erneut den Aufzug, er drückte den untersten Knopf und bereitete mich auf das vor, was er mir gleich vorführen würde.

Wir sind noch nicht lange hier. Wir haben das Haus von einer anderen Familie aus der Schule gekauft, die nach Kanada gezogen ist, die Kinder sollen ihre Ausbildung dort fortsetzen. Schönes Haus, siehst du ja, reichlich Platz und Licht. Aber was mich am Ende überzeugt hat, war nicht der Swimmingpool.

Der Aufzug öffnete sich auf einen fensterlosen Gang. Auf der einen Seite das offene Garagentor. Auf der anderen ein Abstellraum und ein Keller, wie er mir im Vorbeigehen erklärte. Das ist es nicht, sagte er, das ist es nicht, du wirst gleich sehen. Am Ende des Gangs befand sich eine

Panzertür, die er mit einem Schlüssel und einem Fingerabdrucksensor öffnete. Wir gingen eine kurze Treppe hinunter und fanden uns vor einer weiteren Tür, noch stärker gepanzert als die erste. Ein Safe, ging mir durch den Sinn. Jetzt zeigt er mir gleich einen Diamanten oder eine museumswürdige Antiquität, ein Regal mit Stapeln von Geldscheinen, alles Mögliche schoss mir durch den Kopf, nur nicht das, was ich schließlich zu sehen bekam.

Wenn eines Tages die Zombies kommen, dann kriegen sie uns hier nicht, sagte der Witzbold und forderte mich auf, einzutreten.

Ich stand in einem weitläufigen, länglichen Saal, etwa fünfzig Quadratmeter groß, die halbe Fläche der Stockwerke im Haus. Die Wände waren mit Vinyltapeten abgedeckt, die große Fensterflächen darstellten, man sah Strände, strahlend blauen Himmel. Es gab drei Stockbetten, ein Sofa, einen Tisch mit Bänken. Nach und nach zeigte er mir die restliche Ausstattung: die Vorratskammer mit lang haltbaren Grundnahrungsmitteln, von denen sich sechs Personen wochenlang ernähren könnten. Das Luftfilterungssystem. Den Generator. Eine Funkstation, einen Bildschirm. Eine kleine Küche, ein Badezimmer mit Chemietoilette. Die Betonwände, die er mit der flachen Hand abklopfte, wie um ihre Qualität zu untermauern: Die würden einem Atomangriff standhalten, sagte er stolz.

Nettes Liebesnest hast du dir da eingerichtet, witzelte ich, aber er schüttelte den Kopf.

Das war der Voreigentümer. Der hat den Bunker einrichten lassen, als das Haus gebaut wurde. Und ihn dann mitsamt der Ausstattung uns überlassen. Jetzt ist das schon nicht mehr so außergewöhnlich, du hast sicher auch schon davon gehört. Unsere Nachbarn richten sich gerade einen Bunker ein, und in der neuen Siedlung hinten beim Golfplatz haben die Häuser standardmäßig einen. Aber die sind nicht so umfassend ausgestattet wie der hier. Und als er vor fünfzehn Jahren gebaut wurde, war das etwas Exzentrisches, niemand dachte damals, dass man einen Bunker im Haus bräuchte. Tja, der Typ war ein Visionär.

Es war das erste Mal, dass ich einen solchen Raum betrat. Ich hatte welche auf Fotos und in Videos gesehen, in Fernsehnachrichten, die wie Advertorials der Hersteller wirkten: Ein Journalist geht durchs Innere eines frisch erbauten Einfamilienbunkers und führt die überlebensnotwendige Ausstattung in allen Einzelheiten vor, zählt die Bedrohungen auf, denen der Raum standhalten würde, die Anzahl von Personen und Tagen, die sie darin überleben könnten, und zum krönenden Abschluss sagt er mit einem Augenzwinkern: Das Einzige, was ich Ihnen nicht zeigen kann, ist, wo genau wir uns hier befinden, wir wollen ja die Sicherheit des Eigentümers nicht kompromittieren.

Ich hielt das Ganze noch für eine Marotte von Fußballern und Schauspielern, die ihre Bunker in Zeitschriften mit derselben schamlosen Eitelkeit vorführten, mit der sie ihren Fans das neue Haus, die neueste Freundin oder ein frischgeborenes Kind präsentierten. Aber nach dem, was mir der Vater von Segis' Schulfreund erzählte, nahm die Verbreitung unter Leuten seiner Einkommensschicht immer mehr zu. Ein weiteres Extra, bald so normal wie der Swimmingpool oder das private Fitnessstudio. Uns erwischte das Thema im freien Fall, du hattest dich schon von der Welt abgemeldet. Sonst hättest du in der Villa Gaor natürlich einen installiert, oder?

Als wir noch im Bunker standen, stellte mir der Typ die entscheidende Frage, die Frage, die alles in Gang gebracht hat: Habt ihr denn keinen? Ich fühlte mich so ausgeschlossen, so exponiert, so beschämt, als hätte er mich gefragt, ob wir zu Hause fließendes Wasser hätten. Vermutlich hatte Segis seinem Freund nicht von unserer finanziellen Lage erzählt, oder der hatte es seinem Vater nicht weitergegeben. Oder vielleicht dachte der Typ, der einzig Betroffene seist du, und der Brand am Stamm der Familie habe sich nicht auf die Äste ausgebreitet. Oder vielleicht wusste er es doch und zielte nur darauf ab, mich zu demütigen. Noch nicht, stammelte ich als Antwort.

Als ich an diesem Abend in die Wohnung zurückkam, die Mietwohnung, die nur wenig größer ist als sein Bunker, hallte die Frage noch immer in meinem Kopf wider: Habt ihr denn keinen?, und bei jeder Wiederholung sah ich mit größerer Klarheit, welch neues Weideland sich vor mir öffnete. Habt ihr denn keinen? Nein, ich hatte keinen. Und meine neuen Nachbarn auch nicht, die ich hinter den dünnen Trennwänden streiten, husten oder vögeln hörte. Auch nicht die restlichen Familien, die ich aus meinem indiskreten Fenster beobachtete, in hell erleuchteten Wohnzimmern, die Balkone zur Sommernacht hin geöffnet. Keiner von ihnen hatte einen Bunker, so wie sie in ihren Winzwohnungen auch keinen Swimmingpool oder Fitnessraum hatten. Aber alle wünschten sich einen. Den Swimmingpool, den Fitnessraum. Den Bunker.

Ich machte mich sofort ans Recherchieren, überwältigt

von dieser Eingebung. Es gab mehrere Unternehmen, die in Spanien einschlägige Produkte vertrieben, aber sie alle visierten das hochpreisige Marktsegment an. Einfamilienhäuser mit eigenem Grundstück in exklusiven Siedlungen, Kunden mit ausreichend hohem Einkommen, um sich einen Bunker leisten zu können, nachdem sie bereits ihren Swimmingpool hatten, den Fitnessraum, die Garage, zwei oder drei Autos, den Zweit- und Drittwohnsitz am Strand und in den Bergen, das Auslandsstudium für die Kinder. Ich fand diverse Baufirmen, die diese Option bereits in ihren Prospekten für Einfamilienhäuser aufführten, noch nicht einmal als Verkaufsargument, es war ein Ausstattungsfeature unter vielen, dargeboten in derselben Schriftgröße und im selben Absatz wie der Garten oder das Solarium. Ich stieß auch auf Projekte für Mehrfamilienhäuser, in denen neben dem gemeinschaftlichen Swimmingpool, dem gemeinschaftlichen Fitnessraum, der gemeinschaftlichen Security und der Gemeinschaftsgarage auch gemeinschaftliche Schutzräume angeboten wurden, mit ausreichend Platz für alle Bewohner. Und selbstverständlich gab es da noch die Pioniere von Vivos, die ihre exklusiven Bunker schon seit Jahren auf dem Markt hatten, wahre unterirdische Jachten, die mehr Luxus als Sicherheit versprachen, in ehemaligen Militärstützpunkten in den Bergen und für ihre Eigentümer nur mit dem Hubschrauber erreichbar. Ich las Nachrichten über Heimwerkervarianten, Leute, die sich ihren eigenen Bunker aufs Grundstück gestellt hatten, indem sie sich einen Bagger mieteten und mithilfe von Verwandten das Fundament und die Decke gossen, oder sie heuerten für das Nötigste ein paar Bauarbeiter an und richteten den Bunker dann geduldig nach ihrem Geschmack ein, mit derselben Hingabe, mit der sie zuvor ihr Haus aufgestockt oder eine Garage in ein Gästezimmer verwandelt hatten. In den USA fand ich einen Hersteller von kostengünstigen Modulen nicht aus Beton, sondern aus Metallplatten, so einfach zu montieren wie ein Fertig-Swimmingpool, mit Basisausstattung und in verschiedenen Größen. Ich fand heraus, dass die Firma schon in verschiedenen europäischen Ländern mit lokalen Partnern zusammenarbeitete, aber nicht in Spanien.

Heureka. Da war es. Du weißt, was ich meine, oder? Dieser magische Moment, in dem die Idee ganz plötzlich vor dir auftaucht. Die geniale Idee. Die originelle, neuartige Idee. Die Idee, auf die auch andere kommen werden, wenn du dich nicht sputest, denn die Sache liegt in der Luft, im Zeitgeist. So entstehen die großen Geschäfte, du kennst das ja. Jemand hat eine Vision, die wenige Jahre später so offensichtlich erscheinen wird, dass andere bedauern, sie nicht früher gehabt zu haben, oder sie hatten sie doch, verwarfen sie aber, weil sie ihnen verstiegen oder frühreif vorkam. Wie damals, als du diesen Mistkerl von deinem Partner kennenlerntest, stimmt's? Du kamst in seine Praxis, weil ein Zahn locker war, später ist er dir ausgefallen. Er warf einen Blick in deinen Mund und tadelte dich ohne spöttischen Unterton für die jahrzehntelange Vernachlässigung, das Zahnfleisch, das stark zurückgegangen war und schon zu bluten anfing, wenn er sein Instrument nur in die Nähe brachte, eine Parodontitis im fortgeschrittenen Stadium, an mehreren Stellen nichts mehr zu retten. Du sagtest, du habest seit vielen Jahren keine Zahnarztpraxis mehr betreten, du konntest es dir einfach nicht leisten. Er widersprach: Zahnbehandlungen würden nur dann teuer, wenn es zu spät ist, aber er gab zu, dass allzu viele Leute einen Kredit aufnehmen müssten, um sich die Zähne in Ordnung bringen zu lassen. Und dann, während er an deinem Zahnfleisch herumwerkelte, sagte er diesen Satz, ein Geistesblitz ohne Absicht: So wie es jetzt Low-Cost-Flüge gibt und Flugreisen kein Luxus mehr sind, so sollte es auch Low-Cost-Zahnärzte geben, für jedermann erschwinglich, Implantate ebenso wie Schönheitsreparaturen. Dir klappte nur deshalb nicht die Kinnlade herunter, weil du den Mund schon offen hattest, schlechter Witz, entschuldige. Aber du hast dich immer wieder daran erinnert, es in den guten Zeiten sogar in dem einen oder anderen Interview erwähnt, in Gedanken daran, wie ihr an jenem Tag ins Gespräch kamt, Alberto und du, zwischen Scherzen und ernsthaften Überlegungen. Und bei den nachfolgenden Terminen setzte sich das fort, nahm Fahrt auf, als du ihn nach Abschluss der Behandlung zum Essen einludst, und führte euch in nur sechs Monaten zur Eröffnung der ersten Sonríe!-Klinik. Und acht Jahre später zur Aufnahme richterlicher Ermittlungen, na schön, aber verweilen wir bei diesem ersten Moment, der Initialzündung, der Offenbarung. Da war die Chance, der zu erschließende Markt, das Rohstoffvorkommen, die Nachfrage, die es noch gar nicht gibt, die durch das Angebot erst geschaffen wird. Die Demokratisierung, das Ende des Privilegs, ein besseres Verkaufsargument kann man sich nicht vorstellen: Ein schönes, gesundes Lächeln für alle. Sichere Orte für alle.

Endlich kam der Konrektor heraus und bat mich in sein Büro. Ich sah Segis im Nebenzimmer und winkte ihm zu, vergesse immer, dass er uns nicht sehen kann: Was für uns ein großes Fenster war, das war für ihn ein Spiegel, einer von diesen einseitig abgedunkelten, wie man sie aus Polizeifilmen kennt. Da siehst du mal, in was für eine Schule wir Segis gesteckt haben. Ja, wir, damit bist durchaus auch du gemeint.

Selbstverständlich weiß er Bescheid, ist ja nicht das erste Mal, dass er in diesem Raum wartet. Als ich seiner Einschätzung nach eingetroffen sein musste, grinste er also sein Spiegelbild an und hob eine Hand zum Gruß.

Wir sind über die Aktivitäten Ihres Sohnes sehr besorgt, begann der Konrektor zu reden. Wir fürchten, dass er diesmal in eine … unerfreulichere Sache verwickelt sein könnte. Substanzen. Falls Sie verstehen, was ich meine.

Substanzen, wiederholte ich, die Augen auf Segis gerichtet, dessen Blick in seinem eigenen Spiegelbild auf meinen traf.

Wir behandeln die Angelegenheit diskret, um die übrigen Familien nicht zu beunruhigen.

Die übrigen Familien sollten also nicht merken, dass die gesalzenen monatlichen Gebühren nicht ausreichen, um ihre Kinder vor demselben Dreck zu bewahren, der an jeder öffentlichen Schule zirkuliert. Sonst könnten sie ja zu dem Entschluss gelangen, sie auf ein anderes Institut zu schicken, das mehr Sicherheiten zu bieten hätte. Eine Anzeige bei der Polizei samt darauffolgendem Skandal war damit ausgeschlossen, wenigstens bis auf Weiteres. Gute Nachricht. So oder so wunderte mich, dass Segis mit Drogen dealen sollte, das passt nicht zu ihm, und so erkundigte ich mich, was denn gegen ihn vorliege.

Sehen Sie selbst, sagte der Kommissarlehrling. Er legte ein Tablet auf den Tisch und begann ein Video abzuspielen. Eine Aufnahme aus der Toilette, nicht bei den Waschbecken, sondern in einer Kabine.

Sie haben Kameras auf den Toiletten?, fragte ich. Der Konrektor rutschte verlegen auf seinem Sessel herum, also hakte ich nach: Wissen die Schüler, dass sie auf der Toilette gefilmt werden? Wissen es die anderen Familien, und ich bin der Einzige, der das betreffende Rundschreiben nicht gelesen hat? Sie wissen es noch nicht, gab der Typ zu. Es handle sich um eine kurzfristig getroffene Maßnahme zu Präventionszwecken, die Schule lege größten Wert auf die Sicherheit ihrer Schüler, nichts anderes erwarteten die Familien von diesem Institut, dem sie ihre Kinder anvertrauten, und da könne man sich keine toten Winkel leisten, keine rechtlosen Räume. Das wirklich Gravierende seien Verhaltensweisen wie die meines Sohnes, viel gravierender als eine etwaige Verletzung der Privatsphäre, die sowieso nicht gegeben sei, denn die Kameras würden nicht live überwacht, die Aufnahmen nach einer Woche gelöscht, und Überprüfungen fänden nur statt, wenn ein schwerer Verdacht vorliege, etwa wenn ein Schüler in einem Mobbingfall zu viel Angst habe, um diesen anzuzeigen, oder wenn einer unrechtmäßigen Aktivitäten nachginge, die an diesem Institut keinesfalls geduldet würden. Der Konrektor überschlug sich beim Reden, und ich begann mich zu entspannen: Da hatten wir nun schon mehr in der Hand, eine weitere Trumpfkarte, um zu verhandeln und zu erreichen, dass unser junger Gewinner in spe nicht rausgeschmissen wurde.

Ich sah mir das Video aufmerksam an. Segis und ein anderer Junge, dessen Gesicht nicht zu sehen war, weil er mit dem Rücken zur Kamera stand, beide dicht gedrängt in der Kabine, jeder auf einer Seite der Kloschüssel. Segis griff sich in die Hose, unter dem Gürtel hindurch, und für einen Moment glaubte ich, gleich eine andere Art von Szene gezeigt zu bekommen, auf die ich nicht vorbereitet war. Zum Glück zog er etwas hervor, das wie ein Umschlag aussah, und übergab es dem anderen, der es an demselben sicheren Platz verwahrte, hinter dem Hosenstall. Sie stießen zum Abschied die Fäuste aneinander, und der Junge verließ die Toilette, Segis blieb noch ein wenig, vermutlich um Zeit vergehen zu lassen, sie wollten nicht zusammen herauskommen.

Wir haben den anderen Schüler angehalten, als er auf den Korridor kam, und das hier bei ihm gefunden. Der Konrektor legte einen Umschlag auf den Tisch, aus dem die Spitzen mehrerer Fünfzig- und Hunderteuroscheine lugten. Mindestens fünfzig davon, überschlug ich anhand der Dicke des Umschlags. Eine Menge Geld, falls alles so große Scheine waren. Viel mehr als sonst bei Segis' Geschäften.

Dem Konrektor zufolge hatte der Junge unter Tränen gesagt, er sei nur ein Bote, Segis habe ihn beauftragt, den

Umschlag mitzunehmen und ihn an einer bestimmten Adresse in den Briefkasten zu werfen, er habe nicht mal gewusst, was drin wäre. Ein guter Junge, sagte der Konrektor, was in Wirklichkeit heißen sollte, einer aus guter Familie, Jahreseinkommen über hundertzwanzigtausend Euro und Familiennamen mit Bindestrich; kein García, Sohn eines armen Schluckers und Enkel eines Kriminellen.

Mir fiel dazu nur eine Frage ein: Was haben Sie mit dem Geld vor?

Eigentlich hätte ich dem Konrektor ja gerne gesagt, dass Segis für die Schule kein Problem ist, ganz im Gegenteil. Er ist der beste Beweis dafür, dass die dortigen Lehrmethoden funktionieren. Der Musterschüler, ein Vorbild für alle anderen, Erfolgsfall und potenzieller Werbeträger, der weitere Familien davon überzeugen könnte, ihre Kinder dort anzumelden. Ein Gewinner, und zwar schon früh im Leben, und sein Verdienst wäre umso größer, da er ja nicht von Haus aus ein Gewinner ist.

Wenn du sie noch alle beisammenhättest, dann wärst du ebenfalls stolz auf ihn. Dein Enkel ist die beste Fortsetzung der Saga, als deren Ausgangspunkt du dich immer gesehen hast, der Saga, die ich mit mäßigem Erfolg fortgeführt habe und die Segis nun auf ein neues Niveau heben kann, das für uns unerreichbar war. Er ist erst siebzehn, aber die Anzeichen könnten nicht vielversprechender sein. Du wärst begeistert, von seinen jugendlichen Abenteuern zu erfahren, Nachbildungen deiner zum Mythos erhobenen Kindheit, in der du ja angeblich von klein auf wusstest, wie man im Leben etwas erreicht. Ich weiß nicht, wie viel er im familiären Umfeld gelernt hat, durch Nachahmung dieser Mischung aus Schelmen- und Unternehmertum, das er zu Hause kennengelernt hat. Vermutlich hat auch die Schule etwas dazu beigetragen. All das Beharren darauf, dass die Kinder von kreativen Impulsen umgeben aufwachsen und schon in der Grundschule damit herumspielen, neue Produkte zu erfinden und imaginäre Firmen zu managen. Aber wenn endlich ein Schüler herauskommt, der damit Erfolg hat, dann wissen sie ihn nicht zu schätzen. Der beste Vertreter des Geistes, der im New Center weht, der Junge, der aus diesem lächerlichen Master in Unternehmensführung, in dem sie hier schon Neunjährige unterrichten, das Beste gemacht hat.

In was bist du diesmal hineingeraten?, fragte ich, als wir das Schulhaus verließen, und in meinen Worten lag mehr Stolz als Vorwurf. Ich bewundere den Burschen, das ist einer, der sich über Wasser halten kann, ein Lebenskünstler, der besser als du und ich verstanden hat, worum es hier eigentlich geht. Als er noch kaum laufen konnte, griff er sich schon in der Kneipe das Trinkgeld vom Tisch. Ein Schlitzohr. Wenn er sich etwas wünschte, bat er erst mal um ein viel teureres Geschenk, etwas Unerschwingliches, bettelte hartnäckig darum und feilschte von dieser Ausgangsposition aus, um am Ende zu bekommen, was er tatsächlich wollte. Ich bewundere seine Fähigkeit, die er schon immer hatte, sich neue Geldquellen auszudenken. Mich beruhigt der Gedanke, dass er unseren Absturz überstehen wird, er wird sich berappeln, wird weiter aufsteigen und seine Position festigen, er wird nicht so leicht fallen. Wie weit wären wir mit seinem Talent gekommen.

Du hast ja nur seine ersten Schritte miterlebt, ein geborener Unternehmer, der als Kind mit enormer Intelligenz und Geschwindigkeit die Bedürfnisse und Wünsche seiner Klassenkameraden erfasste, die Chancen, die da bestanden, etwas für sich herauszuschlagen. Weißt du noch, wie er mal Farbkopien von Sammelbildchen machte, um sie auszuschneiden und als echte Bilder zu tauschen? Keiner hat was gemerkt, und er bekam seine Sammlung mit den offiziellen Bildern vervollständigt. Und seine Tauschgeschäfte mit der Brotzeit oder mit Spielsachen? Oder die Tombola, die er in der sechsten Klasse organisierte, da standst du allerdings schon mit dem Rücken zur Wand, bestimmt hast du das nicht mitgekriegt. Er hat damals in der Schule eine geheime Verlosung durchgeführt, der Hauptgewinn war ein billiges Tablet, und er überzeugte mehr als hundert Schüler davon, sich Lose à drei Euro zu kaufen. Sogar der Hausmeister und die Köchinnen stiegen darauf ein. Und ohne dass Lehrer oder Eltern von der Sache Wind bekommen hätten. Sein Reingewinn: hundertvierzig Euro. Mit elf. Und weißt du, was er mit dem Geld gemacht hat? Er hat es in seine nächste Geschäftsidee investiert. Hat sechs Paar Sneakers gekauft, die ein Laden im Angebot hatte, drei für den Preis von zwei. Die hat er dann in der Schule weiterverhökert, diese Oberschichtkids sind ja überaus kaufkräftig, die bekommen ihr wöchentliches Taschengeld und andere Zuwendungen, für ihr Alter viel zu viel Geld, und Sneakers können sie nie genug haben. Segis verkaufte seine Paare deutlich unter Listenpreis, ein unwiderstehliches Angebot, und machte dabei noch einen Schnitt. Dann kaufte er noch sechs Paare, und als die verkauft waren, wollte er weitere zwölf, da roch der Typ vom Laden dann Lunte. Was, glaubst du, hat Segis gemacht? Er hat ihn zu einer Zusammenarbeit überredet. Indem er ihm für die Sneakers und andere Produkte einen Mindestumsatz garantierte, holte er einen guten Einkaufspreis heraus. Da war er noch nicht mal zwölf. Weder seine Mutter noch ich oder die Schule bekamen etwas davon mit. Mir hat er es einige Zeit später erzählt, als er dabei erwischt wurde, wie er mit einem Hausaufgaben-Service Geschäfte machte, da hatte er mehrere Schüler in Lohn und Brot.

Selbstverständlich hat er dafür keinen Ärger mit mir bekommen. Nicht den geringsten Vorwurf habe ich ihm gemacht. Sah er nicht genau das bei seiner eigenen Familie? Und hatten wir ihn nicht dafür dort eingeschult? Er sollte ein Gewinner werden. Da konnte er nicht wie die übrigen Schüler einfach abwarten, bis ihm ein roter Teppich ausgerollt würde, von der Schule zum Aufsichtsrat dank Empfehlungen aus der Verwandtschaft. Beim Start war er im Rückstand, aber den hat er bald aufgeholt. Sein nächstes Projekt, inzwischen mit zwölf, fiel ehrgeiziger aus, da musste ich ihn unterstützen, damit er elektronische Zahlungen entgegennehmen konnte. Er hatte sich einen guten Kundenstamm aufgebaut, an seiner Schule galt er als einer, der Dinge beschaffen konnte, die anderen wandten sich an ihn, um an alle möglichen Produkte zu gelangen, die ihnen als Minderjährige oder seitens der Eltern untersagt waren. Durch Mundpropaganda unter den Jugendlichen und über die sozialen Netzwerke erreichte Segis nun auch andere derartige Schulen, und so beschloss er, sein Angebot auszuweiten. Er legte sich ein breiteres, genau durchdachtes Portfolio zu, die Nachfrage unter den Heranwachsenden kannte er ja und hatte für wechselnde Modeerscheinungen ein offenes Ohr. So widmete er sich dem Verkauf mittels Dropshipping. Ich wusste auch nicht, was das sein soll, hörte das Wort zum ersten Mal. Tja, ich muss in deinem

Unternehmen ein super Geschäftsführer gewesen sein, wenn mir sogar mein eigener Sohn einen Schritt voraus war. Anscheinend handelt es sich um eine Art Dreiecksgeschäft. Man vermittelt zwischen Käufer und Verkäufer. Identifiziert Produkte, nach denen eine rasante Nachfrage besteht, sucht sie bei billigen Lieferanten, vor allem in China, und vertreibt sie per Katalog, man operiert mit sehr kleinen Gewinnmargen, erreicht aber hohe Umsätze. Ohne je ein Produkt in die Hand zu nehmen. Die Käufer erhalten die Ware direkt vom Verkäufer. Kein Lager, keine Bevorratung, keine Investition, keine Versandkosten. Kein Risiko. Ein Genie. Fast ein Jahr lang lief das für ihn rund, dann gab es irgendein Problem mit einer Sonnenbrillenbestellung, und er machte die Klitsche zu, um nicht in Beschwerden zu ertrinken. Wirklich, ein Genie. Einer von denen, über die im reiferen Alter Biografien veröffentlicht werden, damit wir von den bescheidenen Ursprüngen großer Firmenimperien erfahren. Zwei junge Studenten mit einem Computer in der Garage. Ein kleiner Transportunternehmer, der mit seinem ersten Bus die Dörfer abfährt. Ein Nerd, der das größte soziale Netzwerk der Geschichte erfindet. Ein Handlungsreisender ohne Schulabschluss, der eine Kette mit über dreihundert Zahnkliniken hochzieht. Ein Heranwachsender, zum Scheitern verdammt an einer Schule für Gewinner.

In seiner autorisierten Biografie werde ich dann hoffentlich an herausgehobener Stelle erwähnt. Das junge Genie macht mich zu seinem Vertrauten, manchmal auch zum Geschäftspartner, falls für gewisse Operationen ein Volljähriger vonnöten ist. Meine Erfahrung als Vater gleicht eher der eines Betreuers bei einem Praktikum, aber ich will mich nicht beschweren, im Gegenteil. Seiner Mutter erzählte er nichts, aber in mir fand er einen Komplizen. Ein Teil meiner Meinungsverschiedenheiten mit Mónica, die zu der Trennung führten, hing mit dieser Intransparenz zusammen. Tja, zum Teil haben wir uns deinetwegen scheiden lassen und zum Teil wegen Segis. Über dem Scheitern meines Vaters und dem Erfolg meines Sohnes zerfiel meine Ehe.

Im ersten Sommer nach der Trennung fuhr ich mit Segis auf einen Campingplatz. Typisch Scheidungspapa, ich weiß, aber die Kombination aus Unternehmenspleite, gerichtlicher Pfändung, ehelichem Kassensturz und Unterhaltszahlungen waren für meine Finanzen eine Katastrophe. Auf dem Campingplatz hatten wir zwei Wochen lang eine gute Zeit, aber du kennst das ja, Unternehmer haben keine Ferien. Schon am zweiten Tag wurde Segis klar, welche Geschäftschancen sich hier boten. An diesem Ort, verdammt, auf einem scheiß Campingplatz für geschiedene Väter und sozial schwache Familien. Auf dem ganzen Areal gab es nur einen kleinen Supermarkt mit spärlichem Angebot zu Abzockerpreisen, und so entwarf Segis ein alternatives System, das über Bestellungen bei diversen Läden in der nächsten Kleinstadt funktionierte. Er heuerte einen Fahrer an, einen blutjungen Kerl aus der Gegend, der sich von seinem arbeitslosen Vater einen Lieferwagen borgte, und engagierte ein halbes Dutzend jugendlicher Campinggäste, die auf Kommissionsbasis die Bestellungen bei den Familien aufnahmen. Ein breites Angebot von Produkten, günstige Preise, Lieferung am selben Tag. Segis ließ sich sogar ein Punkteprogramm einfallen, zur Kundenbindung. Am Ende bekam der Campingplatzmanager die Sache spitz und warf uns vor unserem letzten Ferienwochenende raus. Segis hatte in zehn Tagen so viel verdient, dass er mir vorschlug, die letzten zwei Nächte im besten Hotel der Gegend zu verbringen, einem Fünf-Sterne-Schuppen in Fußweite vom Strand. Wir schliefen in Betten mit Kopfkissenauswahl, duschten in Badezimmern ohne verstopften Abfluss, gönnten uns kapriziöse Leckereien vom Frühstücksbüfett, bestellten Pizza beim Zimmerservice und zogen uns einen Film nach dem anderen rein. Ich glaube, das waren die zwei glücklichsten Tage seit Langem. In meinem gesamten Leben.

In was bist du diesmal hineingeraten?, fragte ich beim Verlassen des Schulgebäudes, stolz, aber auch mit einem Anflug von Verstimmtheit. Ich war nicht mehr sein Vertrauter, oder er brauchte für seine Operationen einfach nicht mehr meine Unterschrift.

Haben sie dir das Geld zurückgegeben?, fragte Segis zum x-ten Mal. Nein, hatten sie nicht. Der Konrektor hatte den Umschlag wieder in die Schublade gesperrt, aus der er ihn genommen hatte, um ihn mir zu zeigen. Sie müssten ihre Ermittlungen abschließen und feststellen, ob das Geld aus widerrechtlicher Quelle stamme, bevor sie es dem rechtmäßigen Eigentümer zurückgeben könnten, lautete seine Rechtfertigung in dem Gespräch, das etwas von einem Duell hatte. Wer von uns beiden hatte mehr zu verbergen: ich ob der Geschäfte meines Sohnes oder er ob der zweifelhaften Methoden seiner Institution?

Wir waren noch auf dem Schulgelände, und Segis blieb neben dem Begrüßungsschild stehen: Willkommen in der Schule für Gewinner. Er sah mich an, ich weiß nicht, ob verärgert oder erschrocken über meine Antwort: Nein, sie hätten mir das Geld nicht gegeben.

Dann musst du noch mal reingehen und ihm sagen, dass er's dir zurückgeben soll, wies er mich an und schob mich sanft auf das Gebäude zu. Das kann ich nicht, Segis. Natürlich kannst du. Es ist mein Geld, die haben kein

Recht, es zu behalten. Sie haben es nicht bei dir konfisziert, sagte ich und billigte damit den Jargon der Obrigkeit. Das Geld gehört mir, der Typ ist bloß ein Bote, sagte Segis und griff zum Verbrecherjargon, um mitzuhalten.

Ich versuchte, ihm begreiflich zu machen, dass das so nicht ging. Ich konnte doch nicht ins Schulhaus gehen und beim Büro des Konrektors anklopfen, ihn mit einem Lächeln begrüßen und sagen: Geben Sie mir bitte den Umschlag mit den Geldscheinen zurück, Sie wissen schon, das auf der Toilette übergebene Geld, das gehört meinem Jungunternehmer. Aber Segis wiederholte bloß, jetzt eindeutig eher erschrocken als verärgert: Das ist mein Geld, es gehört mir, die müssen es mir wiedergeben, es ist mein Geld, und ich brauche es.

Wenn du willst, dass wir es zurückholen, dann erzähl mal, worum es bei dem Geschäft geht, forderte ich ihn auf, um ihn zu beruhigen. Er stammelte etwas von einem Typen, einem Informatiker; nein, ein Informatikstudent, der große Bruder des Klassenkameraden, dem er das Geld gegeben habe; also, tatsächlich sei er der Bruder von jemand anderem, aber egal; jedenfalls habe ihm der Informatiker, der Informatikstudent, eine App für seine neueste Idee programmiert, ein System zur Auslieferung kleiner Sendungen im Stadtbereich, mit dem er demnächst an den Start gehen wolle. Hier biss ich mir auf die Lippe, von diesem Geschäft hatte er mir schon vor Monaten erzählt: ein Lieferservice, bei dem die Schüler aus seiner Schule und anderen Einrichtungen in der Stadt als Ausfahrer fungieren sollten, auf ihren täglichen Wegen zum Unterricht, nach Hause oder zu ihren Freizeitorten, sie bräuchten diese routinemäßigen Ortswechsel lediglich zu nutzen, um den Kunden Bestellungen aus dem Supermarkt oder der Apotheke zu bringen, Brotzeitdosen von Müttern für ihre flügge gewordenen Kinder, Dinge, die jemand auf der Arbeit oder zu Hause vergessen hätte, Ersatzteile aus dem Lager für eine Werkstatt, was immer. Die Kosten für die Benutzer sind äußerst gering, viel niedriger als bei jedem Paketdienstleister, und die Lieferboten bekommen nur ein kleines Entgelt, aber es lohnt sich für sie, weil sie ja keine Umwege machen oder einen Ort anfahren müssen, wo sie nicht sowieso schon hinwollten. Das System funktioniert über eine schlichte App, die die Bewegungen der Boten per GPS verfolgt und ihnen Bestellungen zuteilt, je nachdem, wie ihre Wege zu den Kundenanfragen passen. Aber er hatte mir die App schon vor Monaten vorgeführt. Ein neues Geschäft?, fragte ich, um zu überprüfen, ob er mich anlog, womöglich hatte er vergessen, dass er mir die Geschichte schon einmal erzählt hatte. Oder es handelte sich um eine Erweiterung der bereits bestehenden App. Ja, das ist neu, sagte er, wir stehen kurz vor dem Launch, fehlt bloß noch die App, und ich muss den Programmierer bezahlen, damit er sie startklar macht.

Er log also tatsächlich. Ich hatte die App auf meinem eigenen Handy installiert und sie zwar nicht genutzt, aber doch damit herumgespielt, um ihre Reichweite zu überprüfen. Er log, aber ich zückte nicht das Handy, um ihm seine App zu zeigen, ich wollte ihn nicht demütigen, stattdessen schenkte ich ihm lieber ein Stück Gutgläubigkeit, auch das gehört zum Vatersein. Vermutlich wartete ich darauf, dass er mir irgendwann von sich aus erzählte, in was er da hineingeraten war und warum er es so eilig hatte, das Geld zurückzubekommen; dass er das Vertrauen zwischen Vater und Sohn wiederherstellte, das ich nicht verlieren wollte.

Eine Lüge im Tausch für die seine: Ich bat ihn zu bleiben, wo er war, ich würde jetzt reingehen und ihm sein Geld zurückholen. Dann ging ich noch mal die Außentreppe hoch, sagte dem Hausmeister, ich müsse mal auf die Toilette, Segis verlor mich vom Garten aus dem Blick, und ich setzte mich für zehn Minuten in eine Kabine. Nebenbei winkte ich in die Kamera.

Da war nichts zu machen, sagte ich, als ich wiederkam, ich habe es auf jede erdenkliche Weise versucht, keine Chance. Aber sei unbesorgt, die können das Geld nicht behalten, sobald sie festgestellt haben, dass nichts Illegales im Spiel war, geben sie's dir zurück. Es war doch nichts Illegales, oder?

Das ist alles sauber, Papa. Ich will einfach meine Rechnung begleichen, ich möchte nicht als säumiger Zahler dastehen. Vermutlich meinte Segis das nicht als Seitenhieb, aber gebrannt hat es trotzdem.

Und warum hast du's diesem Burschen, dem Informatiker, nicht direkt gegeben?, hakte ich ein wenig nach, vielleicht legte er doch die Karten auf den Tisch. Das tat er nicht, sondern stammelte eine improvisierte Erklärung: Sein Klassenkamerad wohne in derselben Siedlung wie der Informatiker, der Typ wolle sein Honorar lieber in bar, und solange er den Umschlag nicht bekomme, werde er die App nicht freischalten. Jedenfalls müsse er ihn bezahlen, so sei es ausgemacht.

Wenn es dringend ist, kann ich dir das Geld vorstrecken, bis du es zurückbekommst, sagte ich ohne ernsthafte Absicht oder besser, ohne die Mittel dazu, ich hatte noch gut in Erinnerung, wie dick der Umschlag gewesen war. Mir ging es nur darum, eine Brücke zu bauen, ihm die Hand zu reichen, damit er mir wieder vertraute und erzählte, in was er hineingeraten war. Wir fürchten, dass er diesmal in eine unerfreulichere Sache verwickelt sein könnte, hatte der Konrektor gesagt. Hatte Drogengeschäfte angedeutet. Ich wollte das nicht glauben, wollte den Gedanken nicht zulassen, dass mein Sohn die familienüblichen Fehler wiederholen könnte, schon gar nicht so bald.

Du willst mir Geld leihen?, fragte Segis, und diesmal lag Sarkasmus in seiner Stimme und seinem Blick, in dem gespielten Erstaunen. Das tat weh. Vermutlich so sehr, wie dich mein erbarmungsloser Sarkasmus geschmerzt hat, die seltenen Male, die ich dich im Gefängnis besucht habe. Und wohl auch, das kann ich allerdings nicht sicher sagen, als dir die Krankheit schon den Kopf leer fegte und ich an meinem Groll festhielt, dem Schwall von Vorwürfen, die ich fast täglich auf dich losließ, dabei immer mit einem Lächeln. Einem strahlenden Lächeln, das mir den Rachen füllte und meine harten Worte färbte, am Ende schmerzten mir die Mundwinkel vor lauter Anstrengung, einen glücklichen Ausdruck herbeizuzwingen, während ich dir Vorhaltungen machte. Der Arzt schärfte uns immer wieder ein, dass wir dich anlächeln sollten. Man müsse dir Ruhe vermitteln, Sicherheit und Zuneigung, das Lächeln sei eine Sprache, die du weiterhin verstehen könntest. Sprach dich jemand in gereiztem Ton an, zerriss etwas in dir. Wenn ich dich für meinen finanziellen und familiären Abstieg verantwortlich machte, dabei aber vergaß, das Lächeln auf meinem Gesicht zu fixieren, dann verlorst du die Fassung, brachst in Tränen aus, ergriffst die Flucht, stammeltest erschrocken vor dich hin. Wie damals, als wir auf dem Heimweg vom Arzt einem früheren Kunden von dir in die Arme liefen, der sich wütend beschwerte und dich beschimpfte, dir sein noch immer übel zugerichtetes Gebiss zeigte und dich anbrüllte, trotz all meiner Beteuerungen: Er kann Sie nicht verstehen, lassen Sie ihn in Frieden, ihm geht's nicht gut, er ist dement, das bringt alles nichts, er kommt nicht mit, kann sich an nichts erinnern. Aber der Typ glaubte das so wenig wie ich und verfolgte uns noch eine Zeit lang mit seinem Geschrei, das sich nicht mehr an uns wandte, sondern an jeden, der des Weges kam, sollten die Leute erfahren, was du für ein Mistkerl und ein Betrüger warst, einer, der Tausenden von Arbeiterfamilien wie der seinen eine lange Nase gedreht hatte, und ich beschleunigte meine Schritte und zog dich weiter, während du verschüchtert vor dich hin flenntest. Ich habe dich in diesen Jahren kaum angebrüllt oder aggressiv mit dir gesprochen, an Gründen und Lust hätte es mir ja nicht gefehlt. Aber ich habe mich fast durchgehend an die ärztliche Empfehlung gehalten, und wenn ich dir doch einmal mitteilen muss, dass du mein Leben ruiniert hast, oder das Bedürfnis verspüre, dir noch einmal all deine scheiß Versäumnisse aufzuzählen, dann tue ich das mit einem Lächeln, dem vorschriftsmäßigen Lächeln für Senile, dem Lächeln für Kleinkinder, mit dem Ärzte und Krankenpfleger dich anreden, dem Lächeln von Mami, das dir die anbetungswürdige Yuliana widmet, dem hölzernen Lächeln, mit dem ich dir das alles erzähle.

Aber das Lächeln, mit dem Segis mich an diesem Vormittag fragte: Du willst mir Geld leihen?, das war ein Lächeln mit Stacheln. Ich habe es dir nicht erzählt, aber Segis hat mir schon mehrmals Geld geliehen. Mein minderjähriger Sohn leiht mir Geld. Sagen wir, er kümmert sich um mich, so wie ich mich um dich kümmere, wir haben die Generationenrichtung umgedreht. Ein paar Mal musste ich ihn am Monatsende um Geld bitten, weil ich sonst nicht über die Runden gekommen wäre. Fünfhundert Euro, ich wusste ja, dass Segis mit größeren Summen hantiert und dank seiner Aktivitäten gut dasteht. Das Schlimmste ist, ich habe davon seinen eigenen Unterhalt bezahlt. Nein, das ist nicht das Schlimmste: Das Schlimmste ist, dass ich ihm das Geld noch nicht zurückgegeben habe. Und jetzt bot ich ihm eine Unterstützung an, von der wir beide wussten, dass ich sie gar nicht abdecken konnte.

Mir genügt schon, wenn du morgen früh noch mal in die Schule gehst. Und erst wieder rauskommst, wenn du den Umschlag hast, sagte er überaus großherzig. Du kannst sie ja davon überzeugen, dass alles mit rechten Dingen zugeht und das Geld mir gehört, wofür habe ich einen Vater.

Klar, mache ich, versprach ich und sah mich schon morgen zurück zum New Center fahren und die Rückgabe des Umschlags verlangen. Und dass ihnen nicht einfiele, meinen Sohn hinauszuwerfen, sonst gebe es eine Anzeige wegen der Videoüberwachung auf den Toiletten.

Segis grinste mich an, um die Verbindung zwischen uns wiederherzustellen. Er grinste und zeigte mir dabei seine Zahnspange, seine frisch installierte, sündteure Zahnspange, ein Herzensprojekt seiner Mutter, deiner Schwiegertochter.

Um diese Zeit herum rief ich Yuliana an, die sagte, ihr wärt nun wieder zu Hause. Du schienst dich beruhigt zu haben, warst gleich nach der Ankunft, erschöpft von dem Fußmarsch, im Sessel eingeschlafen. Also vergaß ich dich für eine Weile und konzentrierte mich darauf, mit meinem Sohn ein paar gute Stunden zu verbringen, so gute wie möglich.

Wir könnten doch zusammen Mittag essen, schlug ich vor, er müsste mich nur zu zwei Terminen begleiten, die ich in der Nähe hätte. Ich erwarte nicht, dass er etwas lernt, indem er mich in Aktion sieht, nichts, was er nicht schon wüsste, und dieses Wissen, mach dir keine Illusionen, das hat er weder von dir noch von mir und auch nicht aus der Schule. Ich wollte nur, dass er sieht, dass auch sein Vater neue Geschäftsideen haben kann, gute Ideen, und die hier ist gut. Auf dem Weg brachte ich ihn auf den neuesten Stand, in letzter Zeit haben wir nicht so viel miteinander geredet:

Sicherer Ort – bestimmt haben dir deine zwei Freunde schon davon erzählt. Wie findest du den Namen? Gut, oder? Ich bin durch diese Serie darauf gekommen, Safe Place, hast du die auch gesehen? Nein? Aus rechtlichen Gründen darf ich nicht denselben Namen verwenden, aber das macht nichts, es funktioniert auch so. Sobald man Sicherer Ort sagt, denken die Leute an die Serie. Kennst du die echt nicht, nicht mal vom Hören? Ihr Jugendlichen schaut wahrscheinlich andere Sachen, aber die Serie hatte hohe Einschaltquoten, ein richtiges gesellschaftliches Phänomen, die Leute redeten über nichts anderes mehr. Die Handlung ist frei erfunden, aber gedreht wie eine Doku, total realistisch. Wie bei diesen postapokalyptischen Videospielen, auf die du so stehst. In der Serie geht es um den Tag nach einem vollständigen Zusammenbruch der gesellschaftlichen Ordnung. Was genau vorgefallen ist, wird nicht erklärt, es hat irgendwas mit der Stromversorgung zu tun, aber egal, der Zusammenbruch ist da, alles kommt zum Erliegen, nichts funktioniert, weder die Stromversorgung noch das Internet oder die Mobilfunknetze, die Leute horten Vorräte, und bald wird alles Mögliche zur Mangelware. Von da an gilt die Devise: Rette sich, wer kann, und alle suchen nach einem sicheren Ort, an dem sie unterschlüpfen können, denn auf der Straße bringen die Leute einander buchstäblich um, im Kampf um Benzin, Wasser oder Nahrungsmittel. Die Szenen von den Plünderungen sind beeindruckend realistisch, im Stil von Fernsehnachrichten. Die ganz Verzweifelten randalieren in Geschäften, räumen sie aus bis aufs letzte Regal und brennen die Läden dann nieder. Auf der Straße kommt es zu Selbstjustiz, Leute kämpfen um Autos, um aus der Stadt zu fliehen, sie wissen nicht, wohin, Hauptsache raus, und zwar so schnell wie möglich. Schließlich werden auch Wohnhäuser überfallen, auf der Suche nach Essen oder aus schlichter Raubgier, die tumultartigen Zustände nutzend. Mit einem Mal ist man nirgends mehr sicher, das Chaos greift um sich, und nichts wird verschont, weder Krankenhäuser noch Altenheime. Niemand weiß, warum der Staat nicht reagiert, auf den Straßen ist kaum Polizei, die Reviere werden von Banden überfallen, die sich dort Waffen beschaffen wollen. Die dritte Folge spielt in einem Gefängnis, aus dem die Wachen geflohen sind und wo durch den Stromausfall die Sicherheitssysteme nicht mehr funktionieren. Sämtliche Gefangenen entkommen und schließen sich den Plünderungen an, einige nutzen die Chance zur Rache an denen, die sie angezeigt haben, das ist der Furcht einflößendste Teil, eine Familie hat sich in einem Keller versteckt, wird aber von mehreren Ausbrechern gefunden, die vor den Augen des Vaters die Frau und die Töchter vergewaltigen und ihn dann totprügeln. Na, und wie immer sind die Reichsten am besten vorbereitet. Manche haben schon einen Bunker zu Hause. Andere lassen sich mit dem Hubschrauber ausfliegen oder von bewaffneten Konvois abholen und auf eine Insel bringen, wo schon seit längerer Zeit ein großer Sicherer Ort errichtet wird, der Safe Place aus dem Titel der Serie, es war ja absehbar, dass so was passieren könnte. In diesem unzugänglichen Luxusresort lässt sich abwarten, dass sich die Lage wieder beruhigt. Eine ganz starke Szene spielt auf einem Flughafen, die Flieger bleiben am Boden, unter den Passagieren kommt es zu Aufruhr, die Leute plündern den Duty-free-Bereich, während Wachmänner mit Schusswaffen die einzige offene Startbahn verteidigen, von der aus die Privatflugzeuge abheben. Du musst dir die Serie wirklich ansehen, die ist super. Und das Beste oder das Schlimmste: Es wird alles so erzählt, als würde es sich heute abspielen. Tja, eine bessere Werbekampagne für meine Sicheren Orte könnte ich mir nicht erträumen, was?

Ich redete ohne Punkt und Komma, wie wir Scheidungsväter das so machen, in steter Angst davor, mit unseren Kindern schweigend dazusitzen. Ich redete und redete, aber Segis wirkte abwesend, mehr mit den Textnachrichten beschäftigt, die dauernd auf seinem Handy erschienen, dazu ein paar Anrufe, die er nicht entgegennahm. Von derselben überdrehten Begeisterung mitgerissen, mit der ich versucht hatte, meine Idee bei der Bank zu pitchen, erklärte ich, der Rücklauf sei hervorragend, wir kämen der Nachfrage gar nicht hinterher. Wir planen Filialen in mehreren Städten, wollen neue Vertriebler einstellen, das Produkt verkauft sich von selbst, wir haben uns eine Exklusivvertretung gesichert, wir werden die Referenzmarke in diesem Markt, schließlich haben wir als Erste …

Tja, auch Segis gegenüber verwende ich den trügerischen Plural der Großunternehmen: Wir planen, wir wollen, wir werden. Als wollte ich ihm einen Sicheren Ort verkaufen oder ihn als Investor gewinnen oder was weiß ich, vielleicht hoffte ich auch, dass er die Idee attraktiv finden würde, dass ihn das Versprechen hoher Gewinne reizt und er eines Tages bei mir einsteigt. Dann würde sich unsere Vater-Sohn-Beziehung, die bisher einem Mentoring-Programm geglichen hat, in einen Bund verwandeln, ein Joint Venture. Ich weiß schon, Familie und Geschäfte zu mischen, geht in der Regel böse aus, da muss ich dir nichts erzählen. Aber vielleicht suche ich ja auch nach einer Widerlegung dieses Glaubenssatzes, einem Ausgleich für die schlechten Erfahrungen, die wir beide als Vater und Sohn gemacht haben, als Präsident und leitender Geschäftsführer. Vielleicht will ich zeigen, dass ich nicht so bin wie du, dass ich das mit meinem Sohn besser hinkriege.

Einmal, als das Telefon klingelte, ging er dann doch ran. Es war seine Mutter, die selbstverständlich ihn anrief und fragte, ob alles in Ordnung sei, ob ich ihn denn abgeholt und mit dem Direktor gesprochen hätte oder mit wem sonst, und was dabei herausgekommen sei, was ich dem Konrektor gesagt hätte, Fragen allein an ihren Sohn, mit mir wollte sie nicht reden. Ich hörte Segis eine Version darbieten, die eindeutig improvisiert klang. Er sei in eine Prügelei unter Mitschülern geraten, und dann habe man ihm die Handlungen eines anderen angelastet, aber alles gut, ihm drohe wohl keine Strafe.

Keine Sorge, von mir erfährt Mama nichts, beruhigte ich ihn, als er auflegte, und er bedankte sich dafür. Mir gefiel der Gedanke, dass er uns beide angelogen hatte, dass aber die Lüge an mich von höherer Qualität war, näher an der Wahrheit, worin auch immer diese bestehen mochte, und dass sie auf einem Maß an Kenntnis und Vertrauen aufbaute, das seine Mutter nicht erreicht hat. In jedem Fall hatten wir beide getan, als glaubten wir ihm, was über uns als Mutter und Vater vielleicht nichts Gutes aussagt, aber zu glauben – diese Wahl zu treffen, so zu tun, als würde man etwas glauben – ist ein typischer Eltern-Reflex, wir schützen uns vor unseren Kindern und ihren Entscheidungen und Fehlschlägen, davon verstehst du natürlich nichts.

Mónicas kurze Unterbrechung gab unserem Gespräch eine Wendung. Segis erzählte mir, dass seine Mutter vorhat, aufgepasst … in eine Gemeinschaft zu ziehen! Ja, sie will in einer Gemeinschaft von Tonkrüglern leben, die sie in den letzten Sommerferien kennengelernt haben, unten im Süden. Wie findest du das? Du lachst, weil du blöd bist, du lachst, weil ich lache, aber wenn du etwas verstehen könntest, würdest du noch lauter lachen als ich, du würdest böse lachen und dann ausspucken: Mónica in einer Gemeinschaftssiedlung! Diese Nichtstuerin! Die hat doch ihr Leben lang noch nichts geleistet! Der würde ich zeigen, was ehrliche Arbeit ist! Her mit der Hacke, und dann heißt's Bewässerungsgräben ausheben, da würdest du schon sehen, wie schnell die sich ihren Blödsinn aus dem Kopf schlägt!

Mónica in einer Gemeinschaftssiedlung. Überrascht bin ich nicht, ich höre sie ja schon länger ihren Stuss reden. Und erinnere mich an den Tag, wir lebten damals noch zusammen, als sie mit einem niedlichen kleinen Tonkrügchen zu Hause auftauchte, einem dieser traditionellen Trinkkrüge, die die Ökogemeinschaften verteilten. Danach habe ich die Typen dann getauft, wegen dieser Kampagne, mit der sie versuchten, die Sympathien der Widerstrebenden zu gewinnen und nebenbei ein paar Nostalgiker einzufangen. Tonkrüge gegen den Klimawandel, lautete ihr hoch originelles Motto. Tonkrüge gegen den Klimawandel! Wer braucht schon einen Kühlschrank, wenn er einen Tonkrug hat, das ist ja mal ökologisch und effizient. Wer braucht Wasser aus der Flasche, wenn er einen Tonkrug hat. Und der reicht fürs ganze Leben, da gibt es keine Obsoleszenz. Wer braucht Strom oder fließend Wasser, wenn er einen Tonkrug hat, wie es sie seit Jahrtausenden gibt, man kann ihn auf dem Platz im Brunnen füllen. Spitzentechnologie, volkstümliche Weisheit. Der wundersame

Tonkrug, man braucht ihn nur in die Hand zu nehmen und anzuheben, sich den kleinen Strahl in die Kehle rinnen lassen, und schon reisen wir in der Zeit zurück, ins goldene Zeitalter, in das verlorene Paradies, in dem Bauern auf dem Dorfplatz stehen, Tagelöhner auf dem Landgut das Wasser herumreichen, Matronen vor ihrer Haustür sitzen, den Tonkrug neben sich abgestellt. Als sie mit dem Ding aufgekreuzt ist, hätte ich es ihr fast an den Kopf geworfen.

Mónica in einer Gemeinschaftssiedlung, der ist gut. Man könnte das für einen Beweis dafür halten, wie weit es den Ökogemeinschaften gelungen ist, in die Gesellschaft vorzustoßen, aber ich glaube, es ist das Gegenteil: Dass jemand wie Mónica sich ihnen anschließt, belegt den Mangel an Ernsthaftigkeit der Bewegung und ihren zügigen Niedergang, belegt, dass diese Typen harmlos sind. Jetzt bekommen wir halt einige Jahre lang Hippiespielchen, und danach wird sich nicht viel verändert haben, auch nicht für die Gutgläubigen, die ihnen hinterhergelaufen sind.

Mónica in einer Gemeinschaftssiedlung. Ich würde glatt Eintritt bezahlen, um mir das anzuschauen. Mónica, wie sie mit anderen teilt, Mónica, wie sie auf Überflüssiges verzichtet, wie sie das gute Leben verteidigt, weniger ist mehr, Armut als Luxus! Kannst du sie dir vorstellen? Mónica, die sich um das Gemeinwohl sorgt, um die Menschheit, den Planeten! Mónica, die aus einem Tonkrug trinkt und ihre Putzschichten ableistet, ihre Müllaufbereitungsschichten, all die undankbaren Aufgaben, die sich die Tonkrügler aufteilen, reihum. Die hält es dort keine Woche lang aus, wenn sie nicht vorher schon rausgeschmissen wird. Vermutlich ist es für sie mal wieder eine neue Erfahrung, wie damals bei ihrem Yoga-Retreat oder in dem Brotbackseminar. Auch in der Welt der Tonkrügler wimmelt es von solchen gelangweilten Snobs mit einem sorgenfreien Leben, die Erfahrungen nachjagen und dabei nichts riskieren, Leuten, die wissen: Wenn das Spiel aus ist, dann warten ihre Familie, das Vermögen oder wie bei Mónica die Firma des Herrn Papa. Deine Schwiegertochter hat sich schon immer darauf verstanden, vom fahrenden Zug zu springen, bevor er entgleist. Erinner dich daran, wie ihr Vater in Sachen Kaution reagiert hat und wie wenig Zeit verging, bis sie sich aus dem einstürzenden Gebäude rettete. Schlaues Mädchen. Wenn sie sich jetzt mit einer Gemeinschaft einlässt, wird sie vermutlich auch da auf Gütertrennung bestehen. Und ihren reich- und wenig nachhaltigen Schuhschrank und Kleiderschrank selbstverständlich nicht mitnehmen. Das wird sie alles bei ihrem Vater lassen, für den Tag ihrer Rückkehr, wenn sie das Ganze zu langweilen beginnt, wenn sie Lust bekommt, andere Erfahrungen auszuprobieren. Oder wenn alles den Bach runtergeht. Wenn der scheiß Kollaps eintritt, von welcher Art auch immer, dann wird sie ihn nicht in ihrer Gemeinschaftssiedlung erwarten und auf gegenseitige Unterstützung und Brüderlichkeit vertrauen, sondern einmal mehr die Beine in die Hand nehmen und sich in Sicherheit bringen. In dem Bunker, den ihr Vater installiert hat und wo sie ohne Bedenken Schutz suchen wird.

Habe ich dir nicht erzählt, was sie gesagt hat, als ich ihr von meinem neuen Geschäft erzählte? Ich wollte ihr zeigen, dass ich fähig bin, wieder aufzustehen, dass mein Glück sich wenden wird, dass alles so werden kann wie früher, auch zwischen uns. So ein Narr bin ich, so ein Kriecher. Ich erzählte ihr also von den Sicheren Orten, führte ihr den Katalog meines amerikanischen Lieferanten vor, ließ sie den Verkaufsprospekt durchsehen, an dem ich schon arbeitete, behauptete, die Finanzierung sei praktisch geregelt, nannte übertriebene wirtschaftliche Prognosen. Und was, glaubst du, antwortet sie? Bunker sind nicht, was wir brauchen. So hat sie das wörtlich gesagt und mir ganz ernst in die Augen geschaut: Bunker sind nicht, was wir brauchen. Und ich Obernarr dachte für einen Augenblick, dass dieses wir mich einschließen würde, dass sie uns zwei meinte, uns drei, wenn man Segis mitzählt, dass also wir keinen Bunker bräuchten, sondern wieder eine Familie werden müssten; dass Liebe uns retten würde und nicht Stahlbeton. Aber darum ging es ihr nicht, Obernarr. Stattdessen fing sie an, mir ihre Theorie auseinanderzusetzen, die selbstverständlich nicht die ihre war, sie hatte das alles irgendwo gelesen oder bei einer der Tonkrügler-Versammlungen gehört, auf denen sie wohl damals schon ihre Neugier zu befriedigen suchte. Die Theorie, dass sich bei Katastrophen, öffentlichen Notlagen oder einem gesellschaftlichen Zusammenbruch nicht Gewalt und Chaos durchsetzen, nicht die Devise: Rette sich, wer kann, sondern das genaue Gegenteil – Kooperation, gegenseitige Unterstützung, Solidarität, Gemeinschaftlichkeit. Und alle liegen sich in den Armen. Die Geschichte, sagte sie, würde zeigen, dass uns die großen Unglücksfälle nicht in einen wilden Urzustand zurückwerfen, sondern aus jedem von uns das Beste hervorholen. Plünderungen, der Krieg aller gegen alle, die Szenen von Hysterie und Staus auf den

Autobahnen, während die Menschen versuchen zu fliehen, das alles gebe es nur in Filmen und in der ängstlichen Vorstellung der Regierungen und der Mächtigen! Das war ihr Ausdruck: die Mächtigen. Die einzige wirkliche Gewalt nach einer Katastrophe sei die der Armee, der Polizei und der Milizpatrouillen, die versuchten, die Ordnung zu sichern, ihre Ordnung, die nicht im selben Zusammenbruch zerfallen soll. Was ich da hörte, konnte unmöglich Mónica sein, meine Mónica. Sie kam mir vor wie eine Bauchrednerpuppe, und genau so geht es mir, wenn ich die Tonkrügler reden höre, mit einem Eifer und einer Begeisterung, die etwas Finsteres haben, wie bei rehabilitierten Junkies oder religiösen Fundamentalisten. Sie brachte sogar Beispiele, die sie offenbar in einem Flugblatt gelesen hatte: Erdbeben, Wirbelstürme, Bombenkrieg, große Attentate, alle möglichen Momente, in denen sich die Leute nicht in ihre Bunker verkrochen hätten, sondern spontan auf die Straßen gegangen seien, um Verwundeten zu helfen, Rettungsaktionen zu organisieren, eingestürzte Gebäude wiederaufzubauen oder Essen und Decken zu verteilen. Und alle lagen sich in den Armen. Sie stellte sogar infrage, was in der Heißen Woche passiert war, eindeutig der Argumentation der Tonkrügler folgend: Jenseits einiger Hitzeopfer, behauptete sie, sei die Mehrzahl gewaltsamer Todesfälle und Sachbeschädigungen in so vielen Ländern auf polizeiliche Übergriffe zurückzuführen gewesen. Sie ging so weit, die Plünderungen als reine Verzweiflungstaten zu rechtfertigen, die in einer noch nie da gewesenen Lage nun einmal vorkämen. Klar doch, deshalb haben sie die Hightech-Läden ausgeräumt, bestimmt waren sie bloß auf der Suche nach Ventilatoren, verkniff ich mir zu antworten. Zu guter Letzt bekundete sie Verständnis für die darauffolgenden Angriffe auf Unternehmen. Die sind doch schuld an der Erderwärmung, am Tod so vieler Menschen! Als sie dann Safe Place erwähnte, fiel ich ihr ins Wort, ich sah schon, worauf das hinauslief, und ging daher zum Gegenangriff über: Natürlich, meine Liebe, deshalb hat auch dein Vater in seinem Garten einen Bunker, der größer ist als meine Mietwohnung – er baut eben auf die altruistische Haltung seiner Nachbarn. Mein Vater liegt da falsch, sagte sie ungerührt. Mein Vater liegt falsch, denn selbst wenn wir einen Zufluchtsort bräuchten, wäre ein kollektiver Zufluchtsort auf jeden Fall besser als einer für den Einzelnen. Je mehr Leute sich versammeln, desto mehr Wissen und Kraft bringen wir in die Situation ein. Ein einzelner Mensch oder eine isolierte Familie dagegen hat nichts als ihre eigenen beschränkten Ressourcen. Kooperation wird uns retten, schloss die Unbekannte, mit der ich einmal verheiratet gewesen war.

Ich blieb stumm, biss mir auf die Zunge, ich bin nun mal ein Narr, das habe ich ja schon gesagt. Ich blieb stumm und gab ihr keines der zahlreichen Gegenbeispiele, die ihre Theorie entkräften würden: hinreichend bekannte Fälle, in denen eine Naturkatastrophe durch mafiöse Elemente verschärft wurde, Verbrecher witterten ihre Chance, es kam zu Abrechnungen, rassistisch oder religiös motiviertem Hass, Gerüchte führten zu Massakern, zur Verfolgung von Minderheiten, denen die Schuld an der Tragödie in die Schuhe geschoben wurde. Die Bibel ist voller solcher Blutbäder. Und im Krieg werden seit Jahrhunderten dieselben Hinrichtungen und Massenvergewaltigungen durchgeführt, sooft eine Stadt befreit wird, oder in der herrschaftslosen Zeit zwischen einem Regime und dem nächsten. Ganz zu schweigen von den Nazis, die auf der Jagd nach ihrem »Lebensraum« Millionen abgeschlachtet haben. Und darum kann es auch in Zukunft gehen, wenn sich nichts ändert: um Lebensraum, um knappe Ressourcen für zu viele Menschen.

Aber nichts davon sagte ich zu Mónica, ließ ihr lieber die Genugtuung des moralischen Siegs, das letzte Wort. So weit reichen die Rückstände meiner Liebe, stell dir vor. Auch weil ich weiß, dass sie das alles nicht wirklich glaubt. Dass sie es eigentlich nur gesagt hat, um mich zu verletzen. Da sprach nicht sie, sondern ihr Stolz, ihre eigene Verletztheit, also nichts als andere Rückstände von Liebe. Wie ihrem Sohn zu sagen, dass sie vorhat, sich einer Gemeinschaft anzuschließen. Sie wird das nicht tun, sie will nur, dass ich es mitbekomme, unser Sohn soll mir davon erzählen: Mama plant, in eine Ökogemeinschaft zu ziehen. Mama geht weg, sie entfernt sich von dir, wenn du nichts unternimmst, wirst du sie ganz verlieren.

Und was machst du, wenn Mama wegzieht?, fragte ich schließlich, innerlich gelassen in dem Wissen, dass Segis niemals seiner Mutter in ein Dorf oder in eine Kleinstadt folgen würde, nicht mal in eine Gemeinschaft im Viertel, wo er sein Talent für Geschäfte vergessen müsste. Er würde eingehen zwischen all dem Tauschhandel, den Sozialwährungen und Kooperativen. Ich stellte ihm meine Frage in der leisen Hoffnung, er könnte in Betracht ziehen, bei mir zu bleiben. Wir müssten uns eine größere Wohnung suchen oder mit dir zusammenziehen, kannst du dir das vorstellen? Die drei García-Generationen unter einem Dach, Segismundo der Erste, Segismundo der Zweite und der junge Segis. Mach dir keine Illusionen. Allzu viel hast du nicht mehr vor dir, und wenn du nicht vorher stirbst, bekommen wir irgendwann einen Platz im Seniorenheim, oder ich schaffe es, dieses Geschäft hochzuziehen, dann kann ich mir ein privates Heim leisten, und dann sind wir zwei allein, Segis und ich, oder besser gesagt: wir drei, Yuliana inklusive, die endlich davon befreit wäre, dich zu hüten. Es ist eine eitle Hoffnung, das weiß ich, aber eine Sekunde lang habe ich mir unser künftiges Leben als Weiterführung jenes glücklichen Wochenendes im Hotel ausgemalt.

Nein, Segis' Pläne sehen selbstverständlich nicht vor, mit Losern zusammenzuarbeiten. Weder mit Tonkrüglern noch mit mir. Er sagte, seine Mutter erwäge, mit dem Umzug noch ein Jahr zu warten, so lange, bis er sein Abitur hätte, danach plane sie, ihn auf eine Universität im Ausland zu schicken. Vielleicht in die USA, wenn sich die Situation dort stabilisiert. Oder nach China, dort scheint es am ruhigsten zuzugehen. Jedenfalls weit fort von mir; so weit wie möglich und so teuer wie möglich für mich, da ist Mónicas Absicht eindeutig, die konsequente und engagierte Mónica, eine Ökotante mit einem Sohn, der auf einer ausländischen Privatuni studiert, ihr würde es nichts ausmachen, in einer Gemeinschaft zu leben und mehrmals im Jahr gegen deren Prinzipien zu verstoßen, sich in ein Flugzeug zu setzen und den halben Planeten zu überfliegen, ihn mit Kerosin und umweltschädlichen Abgasen zu fluten, um ihren privilegierten Sohn zu besuchen und eine Woche mit ihm zu verbringen, in ein Hotel zu gehen und sich nach all dem guten Leben schadlos zu halten.

Mama hat sich ziemlich verändert, sagte da plötzlich Segis, als hätte er meinen Gedanken, meinen wütenden und schrillen Gedanken, gelesen oder besser gehört. Mama hat sich ziemlich verändert. Eine hervorragende Neuigkeit, hätte ich beinahe gesagt. Hervorragend, denn Mónica mag sich verändert haben, aber ich nicht, ich bin noch immer hier bei meinem Sohn, den ich nämlich verstehe, mir vertraut er seine Geschäfte an, weil er weiß: Ich bin so einer wie er, wir suchen beide dasselbe, wir wissen, worum es hier geht, und zu den Tonkrüglern haben wir dieselbe Meinung.

Um mich in diesem Punkt zu vergewissern, kam mir die Idee, ihn zum Mittagessen zu einer Gemeinschaftstafel mitzunehmen, ihn für eine Weile unter diese Leute zu bringen. Sollte er ihre Naivität mit eigenen Augen sehen, ihren Unfug selber hören und erkennen, wie schiefgewickelt sie sind. Wie schiefgewickelt seine Mutter ist.

Aber zuvor gingen wir zu zwei Terminen, die ich im Kalender hatte. Unterwegs berichtete ich weiter vom Geschäft, den Wachstumschancen, der schnellen Expansion dieser Branche in anderen Ländern, davon, wie wichtig es ist, eine Nachfrage zu bemerken und der Schnellste zu sein, so wird man zur Referenzmarke, zum beherrschenden Marktteilnehmer. Segis hörte mir kaum zu, schaute die ganze Zeit auf sein Telefon, es klingelte pausenlos, aber er nahm die Anrufe nicht an, tippte stattdessen gestresste Textnachrichten ein, von denen ich nichts wusste, irgendwelche Ausreden, die ihm bei seinem Problem Aufschub verschaffen sollten.

Alles klar, Junge?, fragte ich, aber er schenkte mir keine Beachtung. Substanzen, glaubte der Konrektor, allmählich glaubte ich das auch und machte mir allmählich sogar Gedanken, wie ich ihm diesmal helfen könnte, ihn decken, das Ganze vor seiner Mutter geheim halten, damit sie nichts davon mitbekam, sonst würde sie mal wieder mir die Schuld geben und daran anschließend auch dir, die Schuld daran, welch problematische Richtung unser Sohn eingeschlagen hat.

Der erste Kunde wohnte wenige Straßen vom Busbahnhof entfernt. Schon zu deiner Zeit war das ein heruntergekommenes Viertel, du hast dort eine deiner ersten Kliniken eröffnet, Zahnlose mit geringen Mitteln gab es da genug. Aber in den letzten Jahren hat sich der Verfall beschleunigt. Viele Tonkrügler der ersten Welle sind von dort weggezogen, und all die Wohnungen, die sie nun nicht mehr mieten oder zum Spottpreis an irgendeinen Fonds verkauft haben, wurden auf der Stelle von Leuten übernommen, die von noch weiter unten kamen. Oder auch gleich besetzt. Was das Viertel zu einem wundervoll fruchtbaren Terrain macht, auf dem Dutzende, ja, Hunderte Sicherer Orte entstehen könnten, wenn ich es nur geschickt anstelle. Die Kombination aus finanzieller Enge, Anfälligkeit und Xenophobie, in einem Umfeld von sozial schwachen Bewohnern, die hoffen oder, besser, träumen, es in ein besseres Viertel zu schaffen, und Fremden, denen schon jede kleine Stufe wie ein Aufzug erscheint – das alles ist der ideale Nährboden für unser Produkt: Angst und Geltungskonsum in einem. Bestätigt fand ich diesen Eindruck durch die hohe Zahl an Gittern und Alarmanlagen vor den Fenstern und hochklassigen Autos auf den Straßen. Die Leute leben in Angst und Schrecken und mit gerade so ausreichenden Mitteln, sind aber imstande, das Geld, das sie nicht haben, für ein schönes Auto auszugeben, sei es auch ein Gebrauchtwagen, um sich von ihren Nachbarn zu unterscheiden und abzuheben. Oder für einen Fernseher, der eine ganze Wand einnimmt. Oder sie lassen sich die Zähne richten, um nicht beim Lächeln Mitleid oder Abscheu zu erregen. Da können sie sich doch auch im Abstellraum einen Bunker installieren. Sogar Hausbesetzer werden, wenn sie sich erst einmal niedergelassen haben, recht bald von einer Bedrohung zu Bedrohten, und auch sie wollen dann ihre Sicheren Orte, zu deren

Installation man sich nicht als rechtmäßiger Eigentümer ausweisen muss. Und außerdem war der Typ, der uns aufmachte, der perfekte Kunde: ein Prepper, wie ich rasch feststellte.

Du hast die Prepper nicht mehr erlebt, in deinem geistig klaren Lebensabschnitt waren sie ja noch etwas Extravagantes, ein Hirngespinst bärtiger weißer Rassisten aus den USA, die auf ihren Ranches auf die Apokalypse warteten. Eine Seltsamkeit aus Fernsehsendungen, eine Karikatur. Aber in den letzten Jahren sind sie mehr geworden, haben sich immer weiter ausgebreitet, auch bei uns, und wir lachen sie nicht mehr ganz so sehr aus.

Prepper sind, wie ihr Name schon andeutet, vorbereitet, prepared, daran arbeiten sie schon ganz lange. Und wofür? Der ungläubigen Schwangeren von heute Morgen könnten sie sehr wohl antworten: fürs Überleben. Survivaltypen. Was wollen sie denn überleben? Sie bereiten sich nicht auf einen Kollaps vor, auf Ausschreitungen oder auf eine weitere Heiße Woche, ihnen geht es direkt um die Apokalypse. Ja, die Apokalypse in jeder ihrer Erscheinungsformen, die in jüngerer Zeit schon mal hervorgelugt haben, als Vorgeschmack und Mahnung: Krieg, Terrorismus, Pandemien, Naturkatastrophen, Umweltkrisen, der Einsturz des Finanzsystems. Meteoriten, eine Invasion durch Aliens oder der Zorn Gottes in seinen verrücktesten Versionen. Das Ende der Welt mit all seinen Möglichkeiten. Die ganz Altgedienten bereiten sich seit über einem halben Jahrhundert vor, ersetzen eine Bedrohung durch die nächste, ohne dass jemals eine in Erfüllung ginge, und doch finden sie in jeder Grund zum Weitermachen. Am Anfang standen der Kalte Krieg und die nukleare Zerstörung, und seither sind sie durch sämtliche Krisen und bevorstehende Weltenden hindurchgegangen, ohne ihren Elan zu verlieren, im Gegenteil: Es kamen ständig neue Gründe hinzu. Letzthin nähren sie sich von der Instabilität, die in immer mehr Ländern herrscht, den immer häufigeren extremen Wetterphänomenen, während sie den nächsten Blackout voraussagen, die Erschöpfung der Ressourcen, die Unbewohnbarkeit des Planeten, von Mangelsituationen ausgelöste Kriege, barbarische Invasionen. Sie sind aus ihrem Untergrunddasein herausgetreten und werden öffentlich immer präsenter. Die Heiße Woche hat ihre Reihen anwachsen lassen.

Eigentlich sind wir alle dabei, uns vorzubereiten, auch wenn wir nicht die Reihen der Extremprepper füllen, die wir weiterhin für Durchgeknallte halten. In den letzten Jahren haben wir alle mehr oder minder effektive Überlebensstrategien entwickelt, im Maß unserer Möglichkeiten und Ängste. Für den Ernstfall. Schau dir doch die Leute aus dem Club an oder die Familien aus Segis' Schule: Die bereiten sich vor, indem sie unter ihren Vorstadtsiedlungen oder auf abgelegenen Landstücken mit versteckter Zufahrt Bunker installieren lassen, für den Ernstfall, ich weiß ja nicht, wie viel da geheim ist und wie viel Großstadtlegende. Und dann fahren sie mit diesen Autos herum, die an Panzer erinnern, unangreifbar auf ihren Wegen durch die Stadt, damit könnten sie auch an ihre Zufluchtsorte fliehen, ohne dass eine Barrikade sie aufhielte. Wir anderen bereiten uns ebenfalls vor, auch wenn das mit Sicheren Orten geschieht, wie ich sie anbiete, billig und von zweifelhafter Wirksamkeit, aber besser als nichts, wenn man sie hat, gibt das einem Sicherheit für den Ernstfall. Und ich glaube kaum, dass noch jemand übrig ist, der nicht zu Hause für den Ernstfall ein Mindestmaß an Vorräten hortet: Masken, falls man mal wieder welche braucht, Batterien, falls es erneut zu Stromausfällen kommt und sie diesmal länger dauern, einige versorgen sich sogar mit Konserven und Toilettenpapier, in Erinnerung an die kurzzeitigen Engpässe während der letzten Streiks.

Prepper sind nur die Extremfassung dessen, was wir alle längst sind. Ich kenne immer mehr Leute, die mit ihnen sympathisieren, sich ihrer Sichtweise annähern und einige ihrer Empfehlungen befolgen. Vielleicht ohne große Überzeugung, vielleicht weisen sie dieses Panikdenken sogar von sich und machen sich über sie lustig, aber tatsächlich handeln sie nach denselben Kriterien und wählen beim Hauskauf, sofern ihr Budget das hergibt, ein Angebot mit unterirdischen Schutzräumen. Oder sie greifen auf meine Dienste zurück. Für den Ernstfall. Denn im Grunde glauben sie zwar nicht, dass es dazu kommen wird, bisher sind ja noch alle entsprechenden Vorfälle glimpflich ausgegangen, stets ist die Normalität wiedergekehrt, aber man kann nie wissen. Die Für-den-Ernstfall-Industrie wird unweigerlich wachsen. Ich bin nicht der Einzige, der da Businesschancen sieht. Immer mehr Leute nehmen an Erste-Hilfe-Kursen teil, an Selbstverteidigungs- und Survivaltraining, auch wenn sie sich nie als Prepper bezeichnen lassen würden; eher behaupten sie, dass sie das alles zum Vergnügen betreiben, als Sport, aus Langeweile, für den Ernstfall. Leute, die Serien wie Safe Place zum Erfolg verhelfen und all diesen Fernsehsendungen mit Survivalthemen, die in deren Fahrwasser lanciert wurden, Sendungen mit hohen Einschaltquoten, wobei niemand zugibt, dass er sie sich anschaut, sie werden überall als Panikmache kritisiert, aber verpassen will sie keiner. Leute, die erwarten, dass der Staat für alle möglichen Situationen Notfallpläne und Soforthilfen bereitstellt, zum Teil so unwahrscheinliche Szenarien, dass sie noch nicht mal ins Für-den-Ernstfall-Format passen. Leute, mit denen ich behutsam umgehen muss, auf dem schmalen Grat des Bedrohlichen, ohne jedoch in Panikmache oder Endzeitvisionen abzugleiten, denn als Prepper wollen sie sich nicht fühlen, sie wollen keine Angst, nicht so viel davon. Diese Leute, meine Leute, mein Markt.

Nimm Segis und so viele andere seines Alters: eine ganze Generation geborener Prepper. Sie sind in eine Welt ohne Zukunft geboren, haben, seit sie denken können, nichts anderes gehört: No future – die Welt des Punk. Sie erwarten nichts, stellen keine Forderungen. Sie können sich weder auf das Bildungssystem verlassen noch auf den Arbeitsmarkt, auf die eigene Anstrengung oder das Leistungsprinzip. Sie wissen, dass sie von der ersten Minute an schauen müssen, wo sie bleiben. Rette sich, wer kann. Und genau das tut Segis, mein junger Prepper.

Schau dir doch die Tonkrügler an, was sind die denn anderes als Prepper? Mit einer gemeinschaftsorientierten, solidarischen Einstellung, aber letztlich doch Prepper. Sie bringen ja gerne diesen sentimentalen Spruch, sie würden Samen pflanzen, die in der Zukunft Früchte tragen sollen. Oder immer größere Risse erzeugen, sodass eines Tages die Mauer einstürzt. Aber in Wirklichkeit organisieren sie nur ihr eigenes Überleben. Gemeinschaften, in denen sie einen Kollaps der Gesellschaft überstehen könnten; ausgerechnet sie, die doch die Vorstellung von einem Kollaps so sehr infrage stellen. Gemeinschaften, in denen man den Kollaps schon heute leben kann, den alltäglichen, der keine plötzliche Überschwemmung ist, sondern ein feiner und beständiger Regen, ein Nieseln, ein In-den-Kollaps-Rieseln. Gemeinschaften, die sich für sicher halten, ihre berühmte Sicherheit im Kollektiv, die gegenseitige Unterstützung, der Schwarm; die jedoch im Fall eines plötzlichen Notstands zusammenbrechen würden, sie würden nicht standhalten, sondern überfallen und ausgeplündert werden, von den Horden Verzweifelter in die Knie gezwungen. Echten Preppern kann das nicht passieren. Sie bereiten sich auf mehr vor als ein paar Tage ohne Strom und leere Geschäfte. Samenkörner ausstreuen, ja, von wegen. Die glauben nicht an Sicherheit im Kollektiv, die wissen genau: Wenn der Augenblick kommt, werden wir alle zu Wölfen. Sie bereiten sich auf den Krieg vor. Warten auf den Krieg. Ich würde sagen, sie wünschen sich ihn sogar.

Der Prepper, der uns aufmachte, war einer von denen. Natürlich stellte er sich nicht so vor, er sagte nicht: Hallo, Guten Tag, ich bin Prepper. Nicht mal ein Survival-Experte, wie sie sich untereinander nennen. Er sagte nichts dergleichen, weil Geheimhaltung zum Preppertum gehört, und ich habe daraus folgendes Verkaufsargument gewonnen: Niemand soll wissen, dass du vorbereitet bist, niemand soll wissen, dass du einen Sicheren Ort hast, wenn nämlich eines Tages der Ernstfall eintritt, dann kommen die Zombies. So nennen sie diejenigen, die nicht vorbereitet sind. Wenn das System kollabiert, werden diese Leute hungrig, verzweifelt, verschreckt und zu allem bereit losziehen, und dann werden sie von den Vorsichtsmaßnahmen profitieren wollen, die andere getroffen haben und nicht sie, die Zombies. Ich habe mich mit dem Prepper-Slang vertraut gemacht, ich erwarte von ihnen sehr viel. Auch wenn die Veteranen schon ihre Sicheren Orte haben, die meisten Marke Eigenbau, sind da noch sämtliche Prepper der letzten Generation, die Survival-Bücher lesen und Vorräte anhäufen, und bei denen reicht es, wenn sie von meiner Existenz erfahren. Wenn erst die Mundpropaganda unter ihnen läuft, in ihren Foren und Publikationen die Runde macht, dann werden sie mir die Türen öffnen, den Umschlag mit der Anzahlung zwischen den Zähnen. Ich habe auch schon Kontakt mit einer Prepper-Vereinigung aufgenommen. Sie sind recht verschlossen, ich habe Schwierigkeiten, eine Verbindung zu ihnen aufzubauen und ihr Vertrauen zu gewinnen, aber sobald sie mich empfangen, werde ich ihnen ein Angebot machen, Sonderkonditionen für Mitglieder.

Der Prepper von heute Mittag hat sich nicht als solcher vorgestellt, aber ich erkannte ihn auf den ersten Blick: Er trug ein T-Shirt mit dem Schriftzug WTSHTF, eine gängige Abkürzung in Prepper-Foren, und ich habe einige Abende damit verbracht, ihre Kommentare zu lesen, um sie zu verstehen und näher heranzukommen. WTSHTF: When The Shit Hits The Fan, oder wörtlich: Wenn die Scheiße den Ventilator trifft. Wenn also die Scheiße überall herumfliegt, wenn alles den Bach runtergeht. Oder YOYO: You're on your own, du stehst alleine da, schau, wie du klarkommst. Ich bin mir sicher, dass der Bursche das T-Shirt angezogen hat, um mich zu testen, um zu prüfen, ob ich vertrauenswürdig bin. Ich tat ihm den Gefallen, zeigte auf sein T-Shirt und sprach laut den Satz, der sich aus der Abkürzung ergibt, zur Überraschung von Segis, der nichts kapierte. Der Bursche lächelte nicht und schüttelte mir auch nicht kumpelhaft die Hand, ein Prepper wird niemals die Hängebrücke herunterlassen, so vertrauenswürdig man sich auch zeigt. Im Gegenteil, je näher man kommt, desto größer der Argwohn. Blanker Wahnsinn. Aber wenigstens ließ er uns rein.

Er wohnte im ersten Stock eines Wohnblocks mit billigen Behausungen, fünf Stockwerke ohne Aufzug. Da hast du's. Geh und erzähl Leuten was vom Gesellschaftlichen Fahrstuhl, die noch nicht mal einen echten haben, damit die alten Herrschaften in die oberen Stockwerke gelangen können. Er führte uns zügig über einen kurzen Gang, aber du weißt ja, wir Handelsvertreter haben wie Detektive die Fähigkeit, eine Umgebung in wenigen Sekunden zu erfassen, um ein Kundenprofil zu skizzieren und die passende Verkaufstaktik auszuwählen. So gelang es mir, einen raschen Blick in die Küche zu werfen, das schmutzige Geschirr stapelte sich in der Spüle, und der Kalender an der Kühlschranktür war seit drei Monaten nicht umgeblättert worden, vielleicht auch seit einem Jahr und drei Monaten; in ein enges Wohnzimmer mit mehreren Bierdosen auf dem Couchtisch und zwei Blumentöpfen mit verdorrtem Efeu; und in ein Schlafzimmer mit ungemachtem Doppelbett und Fotos von einem Paar auf dem Nachttisch, neben einer weiteren Bierdose. Halbliterdosen, versteht sich. Ach, und Wollmäuse in der Diele, Wollmäuse mit einem Kaliber von Monaten. Die Badezimmertür war zum Glück zu.

Er führte uns in das zweite Schlafzimmer, ursprünglich wohl für die Kinder bestimmt, die dann nie kamen, oder sie leben jetzt bei der Mutter, und er sieht sie nur an jedem zweiten Wochenende, wobei das schon viel vermutet ist. Als wir den Raum betraten, fand ich sein aktives Preppertum bestätigt, da hätte es die Botschaft auf dem T-Shirt gar nicht gebraucht. Das Zimmer war vorbereitet. Nichts Außergewöhnliches, nur die Grundausstattung: mehrere Wasserkanister, ein Regal voller Konservendosen und Lebensmittelpäckchen. Ich überschlug, wie viele Liter Wasser er da wohl hatte, und nutzte die Gelegenheit, seinen Personenstand zu überprüfen, zugegebenermaßen mit einer gewissen Boshaftigkeit: Vorräte für einen Monat, ja?, fragte ich. Für zwei, antwortete der Bursche nach kurzem Zögern.

Er hatte auch ein paar Metallkisten da stehen, vermutlich enthielten sie Werkzeug und eine Hausapotheke, neben einer kleinen Funkstation, Gasflaschen und anderem Kram. An einer Wand hingen zwei Jagdgewehre. Für Großwild. Aber ich sah bei meinem schnellen Blick vom Gang aus keine ausgestopfte Trophäe und auch kein Foto von der Hochjagd. Wir hatten es also mit einem Hardcore-Prepper zu tun. Mir lief es kalt den Rücken herunter. Ich stellte mir vor, wie er aus dem Wohnzimmerfenster schießt. Wie er heimkommt, um sein Gewehr zu holen, nach einem Streit in der Bar mit einem ausländischen Nachbarn. Wie er seiner Ex-Frau auflauert, vor dem Haus ihrer Schwester. Wie er selbst auf den Lauf beißt, schluchzend und mit einem Kloß in der Kehle, nach sieben oder acht Dosen Bier. Oder wie er mich bedroht, wenn ich ihm nicht bald seinen Sicheren Ort installiere, wenn ich ihm nicht sein Geld zurückgebe.

Ich möchte dieses Zimmer gern richtig vorbereiten, sagte er.

Ein Zimmer in einem ersten Stock? Ein Zimmer mit Fenster? In einem Gebäude aus billigstem Baumaterial? Der Kunde hat immer recht, also antwortete ich, das sei jetzt nicht ganz das Übliche, aber wir könnten es natürlich prüfen. Ich beschrieb ihm das Basismodul, das wir im Zimmer aufstellen könnten, ohne die Wände verändern zu müssen. Die würden wir so belassen, zur Verstärkung. Gerade als ich das sagte, hörten wir hinter der lächerlichen Trennwand den Nachbarn husten.

Ich will eine Panzerung, die allem standhält, sagte der Spinner. Die dürfen hier nicht reinkommen, und wenn sie das ganze Haus einreißen. Wer?, hätte ich ihn am liebsten gefragt, wer, glaubte er, würde versuchen, in sein mieses kleines Zimmer einzudringen und ihm sein Wasser wegzunehmen, seine Konserven mit den Fleischbällchen? Es war mir peinlich, Segis mitgebracht zu haben, wenn er mich mit diesem Spinner verhandeln sah, musste er denken, dass ich am Ende bin, dass mir nur noch bleibt, Durchgeknallte und Witwen aufs Kreuz zu legen. Da ließ ich meiner schlechten Laune freien Lauf, und diesmal feuerte ich mit echter Munition: Wir reden von einem Sicheren Ort für zwei Personen, oder? Der Bursche schwieg einige Sekunden lang und starrte mich an, als gebrauchte ich eine unbekannte Sprache, während die zwei Wörter in seinem Schädel widerhallten: zwei Personen, zwei Personen, zwei Personen, bis sie davonrollten und in irgendeinem Winkel seines Gehirns liegen blieben. Einem Winkel, so voller Wollmäuse wie seine Diele. Nein, nein, ich, nein, ich, stammelte der arme Teufel, bemühte sich dann schnell um Fassung: Ja, zwei Personen, klar, ein Sicherer Ort für zwei. Ich schenkte mir, ihn noch weiter zu demütigen, obwohl ich versucht war zu fragen, ob er sich nicht erst mit seiner Frau besprechen wolle, bevor er etwas unterschreibe. Aber dann tat er mir plötzlich leid, ich begriff, wie tief seine Wunde war, mit ihm verbrüdert durch einen fiesen Strom von Empathie.

Im Gegenzug bekam er Oberwasser und griff in die Klamottenkiste, um sich von dem Schlag zu erholen und die Initiative zurückzugewinnen, wieder zu dem unbesiegbaren Prepper zu werden, der uns hereingelassen hatte, nicht dem beschädigten Männlein, dem er jetzt glich. Viele Jahre lang, erzählte er, habe er sorglos vor sich hin gelebt, ohne Bewusstsein, ein potenzieller Zombie. Doch dann, nach der Lektüre eines Interviews mit einem Survival-Guru aus den USA, habe er sich Informationen zum Thema gesucht, sich in Foren umgesehen und anschließend seine eigene Wohnung durchgecheckt. Und da sei ihm klar geworden, dass seine Frau und er – endlich erwähnte er sie – keine drei Tage überleben würden. Das ist eine ganz simple Übung, sagte er, sollte jeder mal machen. Jeder sollte sich mal seine Vorratskammer anschauen und wie er zu Hause ausgestattet ist und durchrechnen, wie viele Tage er und seine Familie überleben würden, wenn auf einmal kein fließendes Wasser mehr da ist und kein Strom und wenn man nicht aus dem Haus gehen kann, um sich zu versorgen. Wissen die Leute, wie viele Tage ein Mensch es ohne Wasser aushält, ohne Nahrung? Haben wir nicht schon Zeiten erlebt, in denen wegen Streik oder Schneefall die Versorgung zusammenbrach? Manche Leute haben noch nicht mal eine Halbliterflasche Mineralwasser im Haus! Setzen die einfach darauf, dass, wenn es so weit ist, wenn der entscheidende Tag kommt, dass dann der Staat mit Tankwägen und Essenspaketen anrückt? Könnten die Feuer machen, Knochenbrüche richten, eine Blutung stoppen, eine Geburt begleiten? Wären sie in der Lage, ihre Familien vor gewalttätigen, ausgehungerten Angreifern zu schützen? Wären sie imstande, jemanden umzubringen, um das eigene Leben zu retten? Die wüssten doch noch nicht mal, wie man ein Gewehr lädt, die würden einfach die Bewegungen nachmachen, die sie im Film gesehen haben, und das kann ich Ihnen jetzt gleich sagen, dass das nichts bringt, so lädt man kein Gewehr, und während er das sagte, nahm er eine Waffe von der Wand, zu Demonstrationszwecken. Segis sah belustigt zu, ich war entsetzt, wir mussten so schnell wie möglich da raus.

Während wir den Vorvertrag ausfüllten, fand er noch Zeit, grummelnd über die Regierung zu schimpfen, über die hiesige und alle anderen, hier und in den meisten Ländern. All diese Regierungen, die sich über nichts Sorgen machen, was denken die sich eigentlich, warum informieren die nicht die Bevölkerung und verbreiten die wichtigsten Empfehlungen zur Vorratshaltung? Warum gibt es an den Schulen keine Erste-Hilfe-Kurse, keine Ausbildung in

Selbstverteidigung, in Survivaltechniken, warum bringen sie den Leuten nicht bei, wie man Feuer macht, wenn man kein Feuerzeug hat? Warum bauen sie keine Schutzräume für die gesamte Bevölkerung, warum verpflichten sie nicht die Baufirmen dazu, alle Neubauten standardmäßig damit auszustatten, so wie es jetzt schon bei hochwertigen Immobilien der Fall ist? Ich wisse doch bestimmt, dass es in der Schweiz verpflichtend sei, ver-pflich-tend, dass jedes Wohngebäude einen Schutzraum für seine Bewohner zur Verfügung stelle, das kommt noch aus dem Kalten Krieg, aber es hat sich gehalten, die Schweizer, die sind schlau, die verstehen was von Sicherheit, ob es um Geld geht oder um die Bevölkerung, die werden sich nie auf dem falschen Fuß erwischen lassen, im Gegensatz zu uns. Wir würden schon auseinanderfallen, wenn ein paar Tausend Zombies über die Grenze kommen, ob in Booten, schwimmend oder indem sie über Stacheldrahtzäune klettern. Aber die müssen ja gar nicht mehr kommen, sie sind schon hier, bestimmt hätten wir sie auf dem Weg zu ihm gesehen. Die sind überall, die führen sich auf, als wären sie die Herren des Viertels, sie haben Wohnungen gekauft und gemietet und besetzt, schnappen sich immer mehr Läden und Kneipen, und wenn der entscheidende Tag kommt, dann gieren sie wie die Tiere nach meinem Wasser und meinem Essen, aber die kommen nicht rein, die kriegen mich hier nicht raus, da müssten sie schon das ganze Gebäude einreißen, und dann bin ich immer noch da, an meinem Sicheren Ort.

Wir lachten beim Gehen, lachten uns schief, ein ehrliches und erleichtertes Lachen. Mehrere Straßen weit hielt es an, unter spöttischen Sprüchen und Nachäffen des Preppers. Tut das gut, dieses geteilte Lachen zwischen Vater und Sohn, wenn der schon alt genug ist für Erwachsenenscherze und das Lachen zu einer anderen Form der Liebe wird. Dann ersetzt es sämtliche Küsse und Umarmungen, die zwischen Eltern und Kindern entfallen, wenn sie größer werden. Du und ich, wie wenig haben wir zusammen gelacht, von Küssen und Umarmungen ganz zu schweigen. Du warst so streng, schon als ich ein kleines Kind war, vierundzwanzig Stunden am Tag das Fleisch gewordene Vorbild, moralisch und beruflich und später unternehmerisch, das Vorbild, an dem ich mich orientieren sollte: Lern von deinem Vater, schau her, wie es dein Vater macht, nimm dir ein Beispiel an deinem Vater, tritt in die Fußstapfen deines Vaters. Sicher gebe ich Segis kein gutes Beispiel, zeitweise war ich womöglich das Gegenteil: ein Versager, dessen Vorbild man meiden muss. Aber ich habe oft mit ihm gelacht, wir haben uns immer gut verstanden, haben uns unser Einvernehmen bewahrt, unsere Insiderwitze und unsere Privatsprache. Und obwohl wir uns durch die Scheidung und seine Pubertät ein Stück voneinander entfernt haben, ist uns doch nicht alles verloren gegangen. Ja, aus dem Einvernehmen wurde das Verheimlichen seiner Geschäfte gegenüber seiner Mutter, aber hin und wieder, ja?, da lachen wir noch herzlich miteinander, so wie heute beim Verlassen der Prepper-Wohnung unterwegs zum nachfolgenden Termin, wir lachten so sehr, dass wir für einen Augenblick vergaßen, was uns bedrängte: ich die von der Bank abgelehnte Finanzierung, Segis das Geld, das er diesem Typen schuldete, der ihn ständig anrief, wer immer das sein mochte. Und selbstverständlich vergaßen wir auch dich.

Aber da du ja immer dazwischenfunken musst, meldete sich in diesem Moment Yuliana. Sie klang nervös. Du seist aufgewacht und jetzt wieder ganz aufgeregt, sie fürchtete, du könntest jeden Augenblick noch einmal losziehen. Nach einer kurzen Siesta warst du anscheinend mit erneuerten Kräften aus dem Sessel aufgestanden und liefst jetzt wie ein eingesperrtes Tier durch die Wohnung, nicht ihr hinterher, wie du das sonst immer tust, an ihren Rücken geheftet, sodass sie kaum vom Fleck kommt, du hältst sie um die Taille und weiter oben, du alter Lustmolch, du altes Schlitzohr. Nein, jetzt folgte sie dir von einem Zimmer ins nächste, weil du so unruhig warst, unverständliches Zeug vor dich hin brummtest, sie rief mich an, weil sie wirklich erschrocken war.

Möglicherweise würde ein Spaziergang ihm guttun, Yuliana, sagte ich, befahl ich ihr fast, nun selbst aufgeregt: Du solltest dich wieder auf den Weg machen, weiter die Stadt mit deinen Krallen aufgraben, die junge Frau mitschleifen, du weißt, wohin – du allein weißt, wohin, vielleicht hast du dich erst heute erinnert. Möglicherweise würde ein Spaziergang ihm guttun, Yuliana, das würde ihn beruhigen. Aber sie sperrte sich dagegen. Nein, in diesem Zustand gehe ich nicht mit ihm raus, das ist mir zu gefährlich. Besser, es kommen Sie, bat mich dieses anbetungswürdige Wesen, das sich standhaft weigert, mich zu duzen, es ist zum Verzweifeln.

Ich komme gleich rüber, versprach ich, ich komme rüber und helfe dir, aber wenn er noch mal versucht, das Haus zu verlassen, dann hindere ihn nicht dran, besser, er reagiert sich an der frischen Luft ein wenig ab. Nicht dass er sich noch wehtut oder, noch schlimmer, dass er dir etwas tut, nur weil er zu Hause eingesperrt ist.

Wie Sie wollen, fügte sich Yuliana wenig überzeugt, letztlich hat der Kunde immer recht, und über meinen Gefühlen oder darunter steht doch immer die Wirklichkeit unserer Verbindung, unserer einzigen realen Verbindung: sechshundert Euro im Monat plus Kost und Logis.

Aber bevor ich mein Versprechen einlöste, zu euch zu fahren, wollte ich noch den letzten Vormittagstermin abhaken, der meiner Einschätzung nach schnell und positiv verlaufen würde.

Die Anfrage stammte aus einem Viertel, das ich beim ersten Sondieren des Marktes als vorrangiges Ziel eingestuft hatte, dort lagen optimale Bedingungen vor, noch bessere als in der Gegend des Preppers. Das La-Paz-Viertel ist ein Arbeiterkiez, einer, der noch diesen Namen verdient, sosehr die Bewohner sich dagegen sträuben mögen, als Arbeiter bezeichnet zu werden, und der Illusion anhängen, zur Mittelschicht zu gehören, zur unteren, untersten Mittelschicht. Früher hat man diese Gegenden als Schwemmviertel bezeichnet, weil sie die in die Stadt gespülten Zuwanderer aufnahmen. Errichtet in den Sechzigerjahren des vergangenen Jahrhunderts, werden sie inzwischen von der dritten oder vierten Generation bewohnt. Als besagte Emigranten in die Hauptstadt kamen, hausten sie in selbst gebauten Unterkünften, teils nur rudimentären Hütten, bis sich die Stadtverwaltung mit einem Bauunternehmer zusammenschloss, um eine neue Siedlung zu errichten, billige, enge Wohnungen, in denen sich ein Großteil des Gesindels sammeln ließ, das sich sonst unkontrolliert verbreitete und damit die Stadtplanung erschwerte. Dort hast du nicht nur eine, sondern zwei Sonríe!-Kliniken aufgemacht, das sagt wohl schon alles. Im La-Paz-Viertel müsste ich sehr allgemein gehaltene Visitenkarten verteilen, ohne meinen Namen, nicht dass mich noch ein Betroffener mit dir in Verbindung bringt und mit wütenden Fußtritten eindeckt, bis mein Gebiss so aussieht wie seines nach der Behandlung. Zahn um Zahn.

Das Viertel ist bestens angebunden: Am einen Ende grenzt es an den Südsektor, also die verdammte Hölle; im Osten führt daran die Ringautobahn entlang, hinter der sich die plastikstarrende, unaufhörlich qualmende Ausdehnung der Aufnahmelager erstreckt; und im Norden wird das Viertel durch den Graben, durch den die Bahngleise verlaufen, von einer Umgebung abgeteilt, die nicht minder extrem ist als der Südsektor: dem Reitclub und der Villensiedlung ringsherum, wo bestimmt schon jedes Haus über einen Sicheren Ort verfügt. La Paz lebt also eingezwängt zwischen dem größten Elend und dem größten Überfluss. Und zwischen dem Minimum und dem Maximum bewegen sich die Hoffnungen und Schreckgespenster der

Anwohner, wie auf einer Skala, die von Nichts zu Alles reicht, von ganz unten bis zum Himmel oder, wahrscheinlicher, von höchsten Höhen hinunter in den Schlamm oder Dreck, wie ein Fahrstuhl ohne Gnade. Im Süden sind täglich Polizeisirenen zu hören, dazu die eine oder andere Schießerei. Im Norden das Platschen beim Eintauchen in tausend private Swimmingpools. Vom Süden her kommen der Qualm und Gestank von dem verbrannten Müll, der dort nicht abgeholt wird; von Norden der saubere Luftzug aus Häusern, die täglich von einem Heer von Dienstmädchen feucht gewischt werden. Normalerweise also sollte in diesem Viertel jeder einen Sicheren Ort wollen, falls nämlich einmal der Ernstfall eintritt, wüssten sie nicht, wohin: Eingesperrt zwischen Straßen und Gleisen, ohne einen Weg nach Norden, wo sich die Clubmitglieder bereits verschanzt haben, würden sie von ihren Fenstern aus Hunderte von Zombies aus dem Südsektor als Erstes ihre nahe gelegenen Häuser ansteuern sehen, auf der Suche nach Vorräten oder einfach zum Plündern, wenn im Blackout die Zivilisation zusammenbricht. Schau, ich rede schon wie ein Prepper. Oder wie ein echter Verkäufer von Sicheren Orten.

An sich jedenfalls ein ideales Viertel, perfekt geeignet, um mein Produkt unter die Leute zu bringen. Sie werden es mir aus den Händen reißen. Monatelange Wartelisten. Die Chance zu Preiserhöhungen, das Gesetz von Angebot und Nachfrage. Aber. Jetzt kommt das Aber. Die Mehrzahl der Gebäude hat keine Kellerabteile, nicht einmal eine Garage. Die Behausungen wurden möglichst kostengünstig gebaut, mit billigen Materialien, in kurzer Frist und unter maximaler Ausnutzung des verfügbaren Platzes. Das Zielpublikum waren Familien, die nicht damit rechnen durften, allzu große Besitztümer anzuhäufen. Und so verfügen eben nur wenige über einen Keller oder eine Garage. Und nur ein durchgedrehter Prepper käme auf die Idee, sich einen Sicheren Ort in einem Zimmer oder auf dem Dach zu installieren.

Schade. Aber glaub nicht, dass ich jetzt aufgebe. Etwas wird hier schon zu holen sein. Wenn alles gut geht, wenn ich die Finanzierung bekomme und wir im vorgesehenen Tempo wachsen, dann habe ich für Viertel wie dieses so einige Ideen. Ein Netz externer Schutzräume unweit der Wohngebäude. In dem alten Industriegebiet neben den Bahngleisen stehen einige verlassene Hallen, die man gut als gemeinschaftliche Zufluchtsräume einrichten könnte. Oder man nutzt den Höhenunterschied zwischen dem Viertel und der Autobahn, da könnte man, ohne lange graben zu müssen, Sichere Orte einziehen, in Schichten, einen pro Wohnung, wie in einem Bienenstock. Du kennst doch diese Lagerhallen, in denen man Abstellräume mieten kann, die gibt's in verschiedenen Größen. Das wäre sogar ein Ersatz für Keller, dann hätte man beides in einem. Seinen eigenen Sicheren Ort nahe dem Heim und das beruhigende Gefühl, es rechtzeitig dorthin zu schaffen, bevor die Zombies da sind. Irgendwie werden wir es versuchen, aber dafür brauche ich Unterstützung. Sonst kommen mir andere zuvor, ich sehe es schon vor mir. Hättet nicht ihr all diese Kliniken eröffnet, dein Partner und du, dann wären andere bereit gewesen, irgendeine dieser Ketten, die später in eure Fußstapfen traten, mit demselben Geschäftsmodell: Zahnbehandlungen für jedermann, die niedrigsten Preise am Markt, Sonderkonditionen bei der Finanzierung. Wenn ich es nicht tue, dann macht es irgendein ausländisches Unternehmen oder eine Kaufhauskette wie Corte Inglés oder Ikea: Bunkor, die besten Schutzräume für die ganze Familie, Finanzierung zu Sonderkonditionen. Bunkea, dein Do-it-yourself-Bunker zum Zusammenschrauben.

Jedenfalls kamen wir gegen Mittag ins Viertel, und wir hatten kaum ein paar Straßenzüge hinter uns gelassen, da merkte ich: Sie sind schon hier. Die Tonkrügler sind da! Ich war seit einiger Zeit nicht mehr in die Gegend gekommen und hatte auch keine entsprechenden Neuigkeiten gehört, aber die Anzeichen waren unverwechselbar. Sie lassen sich immer dort nieder, wo die Arbeiterklasse lebt, in Villenvierteln wirst du keinen gemeinschaftlichen Öko-Geist vorfinden, auch nicht in den Vorortsiedlungen mit ihren breiten Straßen und den Häuserblocks mit Swimmingpool, in denen die Mittelschicht wohnt, die echte, die es noch gibt und die bestimmt schon dabei ist, Bunker zu installieren. Auch ich habe in diesen Vierteln keinen Markt, ich versuche es gar nicht erst, das ist eine Nummer zu groß für mich, da sahnen die Baukonzerne ab, die das passende Produkt anbieten, damit all die schreckhaften Familien von Angestellten mit dreizehntem Monatsgehalt und Urlaubsgeld, die Beamten und kleinen Unternehmer ihr Mittelschichtparadies in den Außenbezirken verwirklichen können: Swimmingpool, Garage, Gemeinschaftszonen für die Kinder, Paddleplatz, Grillstationen für die Sonntage und Bunker für den Tag, an dem die Zombies kommen. Aber in den Arbeitervierteln sieht es anders aus. Dort werden meine Sicheren Orte genauso gut aufgenommen wie die Tonkrügler.

Dass dieses Viertel dabei war, ökogemeinschaftlich zu werden, war mehr als offensichtlich. Auf den ersten Blick erkannte ich die unverwechselbaren, in lebhaften Farben überstrichenen Fassaden. Und die Wandmalereien. In den Städten fangen die Tonkrügler immer von außen an, reine Fassade, buchstäblich. Bunte Häuser, süße kleine Blumentöpfe, Hängegärten, die ja angeblich die Temperatur senken und sich in der Praxis hervorragend eignen, allerlei Getier anzulocken. Frisch gepflanzte Bäumchen, Bänke und Schaukeln aus Recyclingmaterial, Wandmalereien und Graffiti mit Gutmenschensprüchen, während im Inneren der Häuser weiterhin die Ungewissheit herrscht, die Ungleichheit, die Angst. BEMAL DEIN DORF UND DU BEMALST DIE WELT. VERÄNDER DEIN VIERTEL UND DU VERÄNDERST DIE WELT, las ich auf einer Mauer in riesigen Lettern, in Regenbogenfarben, dazu die Silhouette eines Mädchens, das eine Gießkanne über verschiedene Gebäude ausschüttet, aus denen Halme und Blumen sprießen. Süß, nicht wahr? Hätte das Segis mit Filzstiften auf ein Stück Pappe geschrieben, als er noch in die Grundschule ging, ich wäre gerührt gewesen. Aber Erwachsene, die ihre Zeit mit solchem Zeug verschwenden, dazu noch eimerweise Farbe. Wen wollen die verarschen? Die Welt wollen sie verändern, indem sie die Ziegel eines Problemviertels bunt anstreichen? Sie sind ja noch nicht mal in der Lage, die Riesenkakerlaken aus dem Weg zu räumen, die bei unserer Ankunft herdenweise durch die Straßen marschierten, ich stelle mir vor, dass sie sich auch in die Wohnungen schleichen und die Mieter erschrecken, wenn einer nachts aufsteht und das Ungeziefer vorfindet, auf der Arbeitsplatte in der Küche, auf dem Klo, in den Betten der Kinder.

Ich weiß schon, die Malerei und die albernen Sprüche sind erst der Anfang, das Anlanden oder, besser, das erste äußere Zeichen, dem Vernehmen nach brauchen sie ja monatelange Meetings, um auch nur eine einzige Wand zu bemalen. Und ich weiß auch, dass die Malereien nicht nur Malereien sind. Sie dienen dem Auftrag irgendeines Materials, mit dem sie Gebäude überziehen, angeblich neutralisiert es Umweltgifte und trägt auch noch zur thermischen Isolierung bei. Soweit ich gelesen habe, verwenden sie einen Keramiküberzug, der in Kombination mit einem Tropfwasser-Bewässerungssystem die Innenräume kühlt. Das Ganze basiert auf einem Schwitz- und Verdampfungsmechanismus, inspiriert von … na? Dem Tonkrug! Wenn es nach denen geht, wohnen wir künftig alle in Tonkrügen! Und sie finden auch noch Stadtverwaltungen, die ihnen diese Idee abkaufen.

Kürzlich war ich mal in einem anderen Viertel, das sich schon mitten im Übergang befand. Dort hatten sie nicht nur die Fassaden vertonkrugt und angestrichen, sie nutzten auch die Dachterrassen für Fotovoltaikanlagen und Gärtchen. Ich habe ja nichts dagegen, ich bin der Erste, der das anerkennt, wobei auch schon einige Hausverwaltungen solche Maßnahmen durchgeführt haben, nur ohne so ein Regenbogen-Tamtam. Und außerdem, wer, glaubst du, bezahlt für all die Sanierungs- und Umbauarbeiten? Natürlich wir. Das sind Experten für das Beantragen öffentlicher Gelder, für das Ausüben von Druck auf den Staat, der ihnen all die Experimente finanzieren soll, und EU-Mittel nutzen sie auch nach Kräften. Um ihre Bürgergemeinschaften für Energie aufzuziehen, gründen sie eigene Bau- und Consulting-Unternehmen, Solarinstallations- und Gartenbaufirmen. Alles Kooperativen, versteht sich, aber im Grunde geht es darum, mit öffentlichem Geld Geschäfte zu machen. Die hängen da schön am Tropf. Erst haben sie ihre Revolution mit dem Grundeinkommen angefangen, jetzt geht es mit Fördergeldern weiter. Die reinsten Genies sind das. Und während sie dir die Fassade richten oder Fotovoltaikanlagen aufs Dach setzen, drehen sie dir ihre ideologische Ware an wie eine aufgehübschte Schrottkarre. Manchmal ohne jede Verstellung: Schau dir nur all die Film- oder Theaterregisseure an, die Schriftsteller und Künstler, man weiß nicht, auf welchem Gebiet, aber alles Tonkrüglerpropagandisten. Ihre eigentliche Kunst ist es, ihre Schäfchen ins Trockene zu bringen. Mit öffentlichen Mitteln, versteht sich.

Der Spaziergang durch dieses andere Viertel im Übergang war wie ein Besuch in einem Themenpark. Tonkrugland. Es gab tatsächlich Touristen, Leute aus anderen Bezirken, die aus Neugier dorthin kamen und Selfies knipsten, ohne Witz. Die Anwohner schienen nur Statisten zu sein, angefangen mit all diesen Kindern, die überall draußen spielten, als hätten sie die extra für mich geholt, damit ich sehe, wie bewohnbar ihre Straßen jetzt sind. Und da fehlte keines der Accessoires, die bei den Allgemeinen Tonkrüglerspielen vorgesehen sind. In jedem Superblock gab es einen Gemeinschaftsmarkt, ich warf einen Blick hinein, um mich davon zu überzeugen, wie traurig die Regale sind; und eine Tafel, der Köder für neue Gläubige, billiges Essen. Ich sah auch einen Winterpark in einer alten Lagerhalle sowie ein Pflegehaus, tonkrüglerischer geht es kaum. Ja, pflegen wir uns alle gemeinschaftlich. Nachher erzähle ich dir noch etwas zum Thema, das wird dir gefallen. Es gab Werkstätten, in denen alles Mögliche repariert wird, du weißt ja, wie gern sie alten Krempel instand setzen, nach Ersatzteilen jagen oder selbst welche herstellen. Ach, und die berühmten Leihläden, in denen Haushaltsgeräte gesammelt werden, Werkzeug, Spielsachen, Computer und allerlei Gegenstände zum kollektiven Gebrauch.

Anschließend wurde der Themenpark immer finsterer: ein Arbeitslager im Tonkrüglerstil. Erdrückend. Wusstest du, dass sie in den Vierteln, in denen der Übergang am weitesten fortgeschritten ist, für jeden Superblock einen Projektleiter haben, so etwas wie ein Projektkoordinator in einer strukturschwachen Region? Theoretisch fungiert er als Bindeglied zwischen den Bewohnern des Viertels und der Ratsversammlung, und der Posten wird rotierend besetzt. Aber ich bin mir sicher, dass er letztlich polizeiliche Aufgaben wahrnimmt, wie die Hausmeister und Nachtwächter früherer Zeiten. Ein Spitzel also, der Leute meldet, wenn sie nicht mitziehen, wenn sie sich sperren oder vom Kurs abweichen. Die ziehen hier vor unserer Nase dystopische Verhältnisse auf, als wäre das ganz normal. Und wir bezahlen sie auch noch dafür.

Aber entschuldige, ich schweife ab. Zurück ins La-Paz-Viertel. Segis und ich trafen um die Mittagszeit dort ein. Mein Termin war nicht in einem Wohngebäude angesetzt, sondern in einem Lokal, eine überaus interessante Neuigkeit, womöglich fand sich ja ein alternatives Format für ein Viertel, in dem es an Abstellräumen und Kellerabteilen, wie gesagt, mangelt, stattdessen gibt es massenhaft leerstehende Gewerbeimmobilien, ich sah das auf dem Weg, kleine Geschäfte, die schon vor Ewigkeiten in Konkurs gegangen waren.

Als zweite Neuigkeit erwartete uns keine Einzelperson, auch kein Pärchen oder eine Familie, sondern eine Gruppe von Leuten. Acht oder neun Personen, Frauen und Männer, alle um die fünfzig. Sie erklärten mir, sie hätten da einen Raum, den sie zu einem Sicheren Ort für alle umfunktionieren wollten, für sich und ihre Familien, insgesamt etwa zwanzig Erwachsene und Kinder. Ein Sicherer Ort für eine größere Gruppe. Eine Gemeinschaft, wie Mónica sagen würde. Interessant, dachte ich. Dieser neuen Linie könnte man mal nachgehen. Da ließe sich der angeberische Stuss, den Mónica gerne ablässt, sogar als Verkaufsargument verwenden: Je mehr Leute sich zusammen einsperren, desto mehr Wissen und Energie, um die Situation zu bewältigen. Kooperation wird uns retten.

Wir betraten ein weiträumiges Lokal im Erdgeschoss

eines Wohnhauses. Auf den ersten Blick sah es aus wie ein Vereinslokal, vielleicht ein ehemaliger Nachbarschaftstreff: bunt zusammengewürfelte, vermutlich vom Sperrmüll geholte Stühle und Sofas, alle ziemlich abgeranzt; mehrere Regale mit Secondhand-Büchern und Brettspielen, eine kleine Küche, an den Wänden Plakate von uralten Demos. Das machte mich misstrauisch, war das etwa ein Tonkrügler-Lokal? Ich fürchtete schon ein abgekartetes Spiel, mit dem ich zu irgendetwas genötigt werden sollte. Dann sah ich zu meiner Beruhigung in den Regalen und auf den Tischen die Abdrücke von Gläsern. Vielleicht traf sich eine Gruppe von Freunden regelmäßig zum Feiern in diesem Lokal. Als ich sagte, der Raum würde sich ganz gut eignen, kam jedoch die Antwort: Es ist nicht hier, wir müssen nach unten.

Jemand zeigte auf eine Treppe, die im hinteren Teil des Erdgeschosses nach unten führte. Dann sind die Lokale im Viertel also unterkellert, dachte ich euphorisch. Über die Stufen erreichten wir einen schmalen Vorraum, von dem eine einzelne Tür abging. Ich wurde aufgefordert, einzutreten, jemand zog einen schweren Vorhang beiseite. Dahinter ein weitläufiges Zimmer, fast so groß wie der Raum im Erdgeschoss, leer geräumt bis auf zwei Sofas und mehrere Matratzen, die ganz hinten zusammengeschoben waren. Auf dem Boden schmutzige Teppiche, so viele davon, dass sie die gesamte Fläche bedeckten. Die Wände und die Decke waren mit schalldämpfenden Paneelen ausgekleidet, und das einzige Fensterchen, ein Oberlicht fast auf Gehsteighöhe, das sicherlich auf die Straße hinausging, war mit einem Brett und viel Klebeband abgedichtet. Alles in

Schwarz, was zusammen mit dem Umstand, dass es keinerlei Beleuchtung gab, nur das Licht der Lampe an der Treppe, etwas Höhlenartiges bewirkte, halb verlottert, halb wie in einer Kirche. Anfangs dachte ich an einen Proberaum für eine Band, doch der Gestank, der sich darin verdichtet hatte, und die Flecken auf den Teppichen und Matratzen brachten mich von dieser Vorstellung ab. Ich warf meinen Gastgebern einen Blick zu, die Scham war ihnen anzumerken, als sie sich entdeckt sahen. Hatten die sich dort alle zum Spielen eingeschlossen … Ich muss zugeben, dass mich dieses Bild erregte.

Wir haben den Raum früher für Gruppenaktivitäten genutzt, sagte einer von ihnen, als erriete er meine Gedanken. Wir haben den Raum früher für Gruppenaktivitäten genutzt, aber seit einiger Zeit sind wir kaum noch hier, und da kam uns der Gedanke, ihn für eine andere Verwendung vorzubereiten, für den Ernstfall. Gruppenaktivitäten, hätte ich beinahe laut wiederholt, unterdrückte aber meine sarkastische Regung. Sieh einer an. Will die Lottertruppe also einen Sicheren Ort. Die guten Zeiten sind vorbei, Freunde. Oder hatten sie vielleicht vor, den Raum weiter zu nutzen, wenn er einmal gepanzert war? Eine gute Art, das Ende der Welt zu begrüßen, warum nicht. Der Gedanke brachte mich zum Lachen. Er widerte mich auch an.

Manche wissen schon, wie man sich's passend macht, sagte ich zu Segis, als wir den Ort verließen, suchte wieder sein Einvernehmen, das gemeinsame Gelächter von vor einer Weile. Aber der Junge hatte nicht mitbekommen, was dieser Kellerraum in Wirklichkeit war, oder er war, seit wir das Lokal betreten hatten, mit dem Kopf woanders gewesen, fixiert auf sein Handy.

Während wir den Weg in die umgekehrte Richtung zurücklegten, aus dem Viertel hinaus, deutete Segis auf eine der bereits angemalten Fassaden und fragte, bestimmt, weil ihn das an die Pläne seiner Mutter erinnerte: Papa, was denkst du eigentlich von den Ökogemeinschaften?

Was ich von den Ökogemeinschaften denke? Ja, was denke ich von den Ökogemeinschaften. Gute Frage. Ich denke, dass sie falschliegen. Zutiefst falschliegen. Schrecklich falsch. Selbstmörderisch falsch. Und noch so ein paar Einordnungen mehr. Ich denke natürlich, dass sie recht haben, aber sie liegen trotzdem falsch. Sie haben recht, wie könnte man ihnen nicht recht geben, ihre Sorgen nicht teilen, sich ihren Wünschen nicht anschließen. Wenn wir's genau nehmen, ist Mama natürlich eine von ihnen, aber dann bin ich das auch. Wir alle wollen Veränderungen, wir alle wünschen uns eine bessere Welt für euch, eine Zukunft, einen Ausweg aus dem Kollaps, von dem so viel geredet wird. Aber sie liegen falsch. Sie haben recht, und gleichzeitig liegen sie falsch, weil die Antwort nicht darin besteht, feige vor der Zukunft davonzukrebsen, als könnte man das Rad der Geschichte zurückdrehen. Oder, wie sie es ausdrücken, ein Satz, den ich schon mal auf einem T-Shirt gelesen habe, irgendwann steht er dann auf Frühstückstassen: Die Notbremse ziehen, die Lok zum Halten bringen. Natürlich liegen sie falsch. In dem unwahrscheinlichen Fall, dass sie genügend Kraft aufbrächten, um den Zug aufzuhalten, würden sie ihn zum Entgleisen bringen. Weder gibt es ein anderes Gleis, noch kann er mit einem Schlag stehen bleiben, und selbstverständlich kann er auch nicht rückwärtsfahren, zurück wohin? Sie liegen falsch, weil es keinen Zug gibt, den man bremsen könnte, es ist eher ein Flugzeug. Oder eine Rakete. Und sie sind nicht mal an Bord, um irgendeine Bremse zu ziehen.

Sie liegen falsch, weil sich Probleme nicht dadurch lösen, dass man wegrennt, sich zurückzieht, seine eigenen Gemeinschaften am Rand der Gesellschaft gründet, seine sicheren Orte. Ja, sichere Orte, so habe ich es im Fernsehen von einem Tonkrügler gehört, es ging just um die Serie Safe Place: Wir glauben auch an sichere Orte, aber nicht so, sagte er. Wir arbeiten an einer Sicherheit anderer Art: nicht die Sicherheit von Schutzräumen und Waffen, sondern Sicherheit im Kollektiv. Was für ein Schwachsinn, merkst du das. Sicherheit im Kollektiv. Von da hat deine Mutter ihre komischen Ideen. Ich kenne nur eine kollektive Sicherheitseinrichtung, die eines solchen Namens würdig wäre, und zwar die Polizei, die Armee oder, wenn denen das lieber ist, die Guerilla, die Volksarmee. Aber, ach, unsere Tonkrügler sind ja Pazifisten, die werden alles durch

Gespräche lösen, durch ihre Debatten und Versammlungen, durch Kooperation und dadurch, dass sie füreinander sorgen. Wenn sie Grips hätten, würden sie die Spitzhacke nehmen und statt Gärten Sichere Orte ausheben, richtige, die einzigen, die zählen, wenn eines Tages alles in die Luft fliegt. Denn wenn es so weit ist, dann erwartet sie der freundliche Besuch Tausender von Zombies, die es auf ihre Biotomaten abgesehen haben, auf ihre PV-Anlagen und ihre gut gefüllten Tonkrüge. Sicherheit im Kollektiv … Schau, was ihren Gemeinschaften an der Ostküste passiert ist, als es neulich so geregnet hat. Die haben alles verloren, genau wie alle anderen, die nicht in Gemeinschaften leben. Das Hochwasser hat Häuser, Vieh, Äcker und Werkstätten weggespült, ohne sich um ihre guten Praktiken zu scheren. Und Todesopfer gab es bei ihnen auch. Mit einem wichtigen Unterschied: Sie sind von ihrer Sicherheit im Kollektiv derart überzeugt, dass sie keine Versicherungen abgeschlossen hatten. Und wie schnell dann nach staatlicher Hilfe gerufen wurde. Ja, es stimmt, sie haben Unterstützung durch andere Gemeinschaften bekommen, und von überall sind Leute angereist, um ihnen beim Wiederaufbau zu helfen. Aber ihre Mauern haben dem Hochwasser nicht standgehalten, so wie sie dem nächsten historischen Schneefall nicht standhalten werden, der nächsten Bankenkrise, Dürreperiode oder Pandemie. Oder der nächsten Heißen Woche, die schlimmer ausfallen wird als die erste, denn neben der Hitze und den Ausschreitungen ist dann auch noch die eine oder andere Revanche vom letzten Mal fällig. Nicht einmal vor den Heuschrecken sind sie in Sicherheit, wenn die nämlich mal kommen, machen sie keinen Unterschied zwischen den Feldern von Tonkrüglern und Nicht-Tonkrüglern, die verschlingen alles gleichermaßen.

Was ich von den Ökogemeinschaften denke? Dass sie falschliegen, wenn sie versuchen, Lösungen aus der Vergangenheit für Probleme der Gegenwart heranzuziehen, oder der Zukunft. Dass die Geschichte Lehren bereithält, aber keine brauchbaren Werkzeuge hinterlässt. Ich erinnere mich noch, wie ich mal einen von ihren Wortführern sagen hörte, sie würden jetzt die Arbeitswelt ins Visier nehmen, es sei an der Zeit, die Viertagewoche einzuführen und die Arbeitsbeziehungen zu demokratisieren, und ich weiß nicht, was sonst noch für Blödsinn; dazu würden sie gerade eine neue Organisation aufbauen, mit deren Hilfe die Arbeiter ihre Interessen und Rechte zusammen vertreten könnten, auf Grundlage gemeinschaftlichen Handelns und … Du Hohlkopf!, hätte ich beinahe in den Fernseher gebrüllt. Du Hohlkopf, du hohler Krug, das ist doch schon längst erfunden! Es nennt sich Gewerkschaft und ist älter als das Moos am Baum! Das ist ihr Problem, verstehst du: dass sie ständig das Rad neu erfinden. Und außerdem alte Räder ohne Luft im Schlauch, zu nichts mehr zu gebrauchen. Wenn sie so weitermachen, werden sie erst die Gewerkschaften wiederentdecken und dann die mittelalterlichen Zünfte, und wenn sie noch weiter rückwärtslaufen, sind sie bald wieder Jäger und Sammler und Höhlenbewohner noch dazu. Aber nicht einmal dort wären sie in Sicherheit, keine Höhle wird sie schützen.

Was ich von den Ökogemeinschaften denke? Dass sie keinen Plan haben, mein Sohn. Die wissen noch nicht mal, wie die Welt ist, die sie gerne verändern würden. Ständig reden sie davon, das Wirtschaftssystem zu transformieren. Alles soll anders werden, Arbeit, Produktion und Konsum, wo in Wirklichkeit längst ein anderes Spiel läuft, die Regeln haben sich geändert, das Spielbrett, sogar der Tisch. Das System muss nicht mehr produzieren, um Reichtum anzusammeln, es muss nichts mehr herstellen und nichts mehr verkaufen, es braucht keinen Anstieg des Bruttosozialprodukts, der Preise oder der Löhne. Wenn in den Nachrichten von Wirtschaft die Rede ist, laufen immer dieselben Archivbilder: Arbeiter, die in einer Fabrik Schrauben festziehen, in einem Büro vor dem Computer sitzen, Waren transportieren, die Ernte einbringen oder Kaffee servieren. Alles gelogen! Das sind Trugbilder, damit wir den wahren Ursprung der Gewinne übersehen, denn die stammen seit geraumer Zeit nicht mehr aus Fabriken oder Büros, von der Ernte oder aus Kaffeehäusern. Der wahre Gewinn, der die Welt am Laufen hält, wird nicht den Körpern entnommen, dem Schweiß, dem Talent oder der Erde. Er kommt aus der Luft, aus dem Nichts, aus Finanzprodukten und Terminmärkten, aus der Spekulation, der künstlichen Erschaffung von Geld, dem gezielten Einsatz von Schulden. Dein Großvater glaubte, das Geld komme aus dem Mund der Patienten, den Zähnen, die in seinen Kliniken gerichtet wurden, er dachte, je mehr aufgerissene Münder, desto mehr Gewinn. Bis er aus dem Sattel kippte, schon unterwegs ins Gefängnis, da hat er dann begriffen, dass Alberto und die Investoren ein ganz anderes Spiel spielten, mit einem anderen Brett und anderen Regeln, an einem anderen Tisch. Genauso sieht es bei den Tonkrüglern aus, die begreifen nicht, worum es geht.

Was denke ich von ihnen. Dass sie Verlierer sind. Die haben verloren, bevor es überhaupt losgeht. Die sind nun wirklich von Haus aus gescheitert. Sie holen nicht etwa auf und besetzen langsam, aber unaufhaltsam wichtige Positionen, wie die Optimistischsten unter ihnen glauben. Das wenige, was sie erreicht haben, ist beim nächsten Hochwasser futsch oder wenn der Wind der Geschichte wieder einmal schnaubt. Und dann werden sie nicht wissen, wohin, wo sich in Sicherheit bringen. Weißt du, wer stattdessen in Sicherheit sein wird, mein Sohn? Die aus dem Club. Und deine Schulkameraden. Dein sauberer Freund da, der einen Aufzug im Haus hat und einen echten Bunker im Keller, er und seine Familie und alle, die in seiner Villensiedlung wohnen. Willst du mal eine solidarische, brüderliche, autonome und selbstverständlich auch sichere Gemeinschaft sehen? Dann geh nicht zum Stamm der Tonkrügler, mein Junge. Geh an die Orte, wo deine Schulkameraden leben, die Gewinner-Kinder.

Was denke ich von den Ökogemeinschaften. Dass ich schon weiß, wo das alles endet, es ist ja nicht das erste Mal. Jede Generation hat ihre süße kleine Revolution, und auch die jetzige wird so ausgehen wie die davor. Im besten Fall wird nicht viel daraus, ein paar schüchterne Fortschritte, das eine oder andere neue Gesetz, Fassadensanierungen, Fotovoltaikanlagen. Also nicht viel, nichts oder noch weniger als nichts: Enttäuschung, nutzlose Mühe, vergeudete Kräfte. Wehmut und Nostalgie. Nichts. Die Revolution wird vorübergehen und nur dazu gedient haben, dass einige wenige im Rahmen ihres Spiels zumindest eine Schlacht gewinnen, wenn schon der Krieg verloren wurde, oder dass sie in irgendeiner Stadtverwaltung unterkommen oder endlich eine Partei gründen, um noch ein paar Jahre länger ihre Schäfchen ins Trockene zu bringen. Dieselben Leute, die heil aus der Sache rauskommen, weil für sie sowieso nichts auf dem Spiel stand, sie hatten ja schon vorher ein sorgenfreies Leben, wie deine Mutter.

Das im besten Fall. Im schlimmsten ist bekannt, wo Revolutionen hinführen, zum Glück ist das hier keine, aber wenn sich das Ganze weiterentwickeln sollte, dann wissen wir schon, wie Revolutionen unweigerlich enden: im Elend. Wenn ich die Tonkrügler und ihre Recyclingwerkstätten sehe, ihre sturen Versuche, Geräte, Maschinen und Fahrzeuge instand zu setzen, einmal und tausend Mal, der Obsoleszenz zu widerstehen, alles zum Funktionieren zu bringen, notfalls, indem man draufschlägt oder die Schrottplätze nach Ersatzteilen abgrast, die nicht mehr lieferbar sind, sie aus den Resten anderer Teile oder im 3-D-Drucker herstellt, zwei oder mehr Apparate zusammenfügt, um daraus einen hinkenden Frankenstein zu erschaffen, wenn ich das alles sehe, dann muss ich daran denken, wie wir Urlaub auf Kuba gemacht haben. Erinnerst du dich an die museumsreifen Autos, in denen kein einziges Originalteil mehr verbaut ist? So enden Revolutionen grundsätzlich, mein Sohn. Im Elend. Oder noch schlimmer: in Gewalt, auch dafür haben wir ja reichlich historische Beispiele. Sie lernen nichts. Wir lernen nichts.

Selbstverständlich sagte ich zu Segis kein Wort davon. Ich beließ es bei einer vagen Antwort, einigen Plattitüden, um seine Gefühle nicht zu verletzen, als Sohn seiner Mutter, die falschliegt, und ich wollte auch nicht so schwarzmalen, dass er in die Gegenrichtung pendelt und in einer Ökogemeinschaft landet, aus bloßer jugendlicher Aufsässigkeit und um den Vater zu töten und so weiter.

Ich bemühte mich also, Segis eine annehmbare Antwort zu geben, aber eigentlich hörte er nicht zu, sondern war weiter auf sein Handy fixiert, auf dem er sichtlich besorgt herumtippte. Ich fasste ihn am Arm, um ihn zu bremsen, und sah ihm ins Gesicht:

Ich weiß nicht, in was du da hineingeraten bist, aber ich will dir helfen.

Du willst mir helfen?, fragte er in aggressivem Ton. Ich hätte gewünscht, dass er diese Aggressivität gegen seinen Gesprächspartner im Chat gerichtet hätte oder gegen sich selbst, weil er sich in einen solchen Schlamassel hineingeritten hatte, und nicht gegen seinen unnützen Vater. Du willst mir helfen? Dann beschaff mir mein Geld wieder, das Geld, das du in der Schule gelassen hast.

Das ist nicht möglich, sagte ich, versprach ihm aber, gleich morgen früh noch mal hinzugehen und die Schule erst wieder zu verlassen, nachdem sie mir seinen Umschlag ausgehändigt hätten. Und dann schlug ich ihm eine Übergangslösung vor: Sag doch diesem … Informatiker, sag ihm, du gibst ihm heute einen Teil, als Zeichen deines guten Willens, und morgen den Rest. Dabei griff ich in meine Brieftasche und zog die Umschläge heraus, die mir die alte Frau und der Prepper gegeben hatten, die beiden, die ihre Anzahlung partout in bar leisten wollten. Viel war es nicht, 1.200 Euro. Und es war auch keine gute Idee, dieses Geld aus der Hand zu geben, wenn die Finanzierung nicht klappt, werde ich es zurückzahlen müssen. Aber es ging um meinen Sohn, und ich wollte ihm helfen. Ich weiß gut, was es heißt, Schulden zu haben, ständig angerufen zu werden, die Gläubiger vor der Tür stehen zu haben oder auf der Straße von ihnen bedrängt zu werden; wie das ist, wenn man richtiggehend gedemütigt und in aller Öffentlichkeit als säumiger Zahler kenntlich gemacht wird. Du weißt das nicht mehr, aber vor zwei Jahren hat uns zehn Tage lang ein Bär verfolgt. Dich hat das sehr amüsiert, deine Senilität ging gerade durch eine sympathische Phase, und du musstest lachen, wenn du den Burschen in seiner Verkleidung als behaarter und lächelnder Bär sahst, unter dem Arm sein Köfferchen mit dem Spruch darauf: Gibst du, was du schuldest, her, lässt in Ruhe dich der Bär. Er erwartete uns jeden Morgen vor der Haustür und klingelte so lange, bis wir herauskamen. Dann begleitete er uns durch die Straßen, wartete am Eingang zu Kneipen und Läden, in denen wir Zuflucht suchten. Und das alles wegen mickeriger fünftausend Euro, die wir am Ende auch zurückzahlten. Die ich zurückgezahlt habe. Plus fünfhundert Euro Schmerzensgeld von dem Mal, als ich Segis von der Schule abholen wollte und der Bär dort auftauchte, da musste ich ihn mit einer Tracht Prügel vertreiben, damit ihn mein Sohn nicht sah.

Nun bot ich Segis also 1.200 Euro an, und er nahm sie und schaute betrübt. Ich werd's versuchen, sagte Segis und trat beiseite, um seinen Schuldenbären anzurufen. Nach einer Minute berichtete er, er habe sich mit dem Dude verabredet, den er schon nicht mehr Informatiker nannte, das Vertrauen zwischen uns war allmählich wiederhergestellt. Ich schlug vor, ihn zu begleiten, ich weiß nicht, ob als Vater, Geschäftspartner oder Geleitschutz, aber er lehnte ab, er wolle die Sache selbst regeln. Zu einem Geschäftstermin geht man nicht Hand in Hand mit seinem Papa, sagte er, ich weiß nicht, ob, um mir eins reinzuwürgen.

Selbstverständlich ließ ich ihn nicht alleine gehen. Ich folgte ihm mit einigem Abstand, so unauffällig ich konnte. Vielleicht war das ja nicht nur ein Bär, der einen nervt, sondern etwas Gefährlicheres. Substanzen, hatte der Konrektor gesagt, womöglich besser informiert, als ich dachte.

Meine Befürchtungen bestätigten sich, als ich sah, wie Segis das Viertel verließ und die breite Straße überquerte, die es vom Südsektor trennt. Dort fahren eigentlich nur Autos, mit hoher Geschwindigkeit und ohne an Ampeln stehen zu bleiben. Einige Sekunden lang klammerte ich mich an die Hoffnung, er könne sich dort verabredet haben, an der Durchgangsstraße, vielleicht kam der Typ ja mit dem Auto aus einem anderen Stadtteil. Aber nein: Segis überquerte vorsichtig die vierspurige Straße, erklomm den mit Müll übersäten Damm und schlug einen Weg mitten in den Südsektor ein. Da wohnen nicht allzu viele Informatiker. Und niemand spaziert durch dieses Viertel als Abkürzung woandershin, im Gegenteil, wir alle nehmen erhebliche Umwege in Kauf, um es zu meiden. Verdammt, Segis, in was bist du da hineingeraten, dachte ich, während ich meine Schritte im Rhythmus meines Herzschlags beschleunigte und ebenfalls zwischen den Autos die Straße überquerte.

Wie die Mehrzahl meiner Mitbürger hatte ich die Gegend noch nie betreten. Nichts hat je meine Anwesenheit dort erfordert. Bei keinem meiner früheren Geschäfte hatte ich dort zu tun. Und ich habe auch jetzt nicht vor, dort Sichere Orte zu verkaufen. Auch du hast in der Gegend keine Klinik aufgemacht.

Ich hatte Angst, als ich das Viertel betrat, das gebe ich zu. Angst um Segis und um mich selber. Seit vielen Jahren liest man in den Vermischten Meldungen oder im Polizeibericht von Schusswechseln, Messerstechereien, Clan-Kriegen, den eigenen Gesetzen der Zigeuner, man hört Großstadtlegenden, die Berichte von Unglücksraben, die versehentlich dort landen oder die hinfahren, um Drogen zu kaufen, und dann geht das Ganze böse aus. Daran erinnerte ich mich, während einige Meter weiter vorne mein Sohn voranging, immer tiefer hinein, zwischen Wohnblöcken mit herausgerissenen Fenstern und geplünderten Innenräumen, komplett zugemauerten Gebäuden, von Bränden geschwärzt und dennoch bewohnt; auf dem Gehsteig kaputte Möbel und die Überreste von Lagerfeuern, dazwischen Pfützen, obwohl es seit Wochen nicht geregnet hat, ausgeschlachtete und ausgebrannte Autos, Laternen, die geköpft worden waren, um den Kupferdraht herauszuziehen, ein Lampenmodell, von dem ich nicht mal mehr weiß, wann es im Rest der Stadt verschwunden ist. Steine, eine Menge Steine, mit denen man Busse bewerfen könnte, die Feuerwehr oder auch mal ein Auto, das eilends über die Hauptstraße flieht. Und Müll, massenweise Müll, die kommunalen Dienstleister kommen seit einiger Zeit nicht mehr hin. Wenn ich auf der nahe gelegenen Umgehungsautobahn vorbeifahre und die ausgeweideten und mit Graffiti übersäten Häuser betrachte, dieselben Häuser, die so viele Bürger auf ihrem täglichen Arbeitsweg sehen, dann kommt mir das Viertel wie eine riesige Plakatwand vor, die für mich wirbt: Jeder, der diese Bilder sieht, wünscht sich doch einen Sicheren Ort, falls dieser Abschaum eines Tages beschließen sollte, seine paar Straßenzüge zu verlassen – dazu braucht es keinen Kollaps, keinen Stromausfall oder Versorgungslücken, da genügt schon ein so schlichter wie verständlicher Aufstand, der Wunsch nach Umverteilung und Rache, danach, sich eigenhändig zu nehmen, was einem immer verweigert wurde. Das ist mal ein reales Risiko, viel wirklicher als jede Klimakatastrophe. Und wenn das passiert, wenn der Damm bricht, wird keine Polizeimacht ausreichen, um sie aufzuhalten.

Da waren wir jetzt, Segis und ich, mitten im Dschungel, gingen eine Straße entlang, der irgendein Witzbold im Stadtrat den Namen Calle Utopía gegeben hatte. Ich schwör's dir, die Utopie-Straße, was für ein zynischer Mistkerl, sich so was auszudenken. Da gingen wir also, Vater und Sohn, die völlig kaputte Calle Utopía hoch, und ich versuchte nicht einmal mehr, mich zu verstecken, im Gegenteil: Ich beschleunigte meine Schritte, um Segis einzuholen und ihn so schnell wie möglich dort rauszuschaffen, denn zu allem Überfluss trug er auch noch die Schuluniform, die graue Hose und den Pullover mit dem Wappen des New Center auf der Brust, als wollte er in den gefährlichsten Straßen der Stadt, des ganzen Landes, herausposaunen: Alle mal herschauen, ich bin ein Junge aus guter Familie, einer Familie mit Geld, ich besuche eine Privatschule, überfallt mich, in meinen Taschen findet ihr Wertgegenstände, entführt mich, dann bezahlen meine Eltern ein schönes Lösegeld, haut mir aufs Maul und kühlt euer Mütchen im Klassenkampf. Ich beschleunigte meine Schritte, um ihn einzuholen, aber da bog er um eine Ecke, ich tat es ihm nach und blieb überrascht stehen.

Mir war inzwischen schon klar, dass nicht das ganze Viertel gleichermaßen heruntergekommen ist, hat man die ersten Straßen hinter sich, die von der Hauptstraße und der Autobahn aus am sichtbarsten sind, das Kriegsgebiet, das den Drogenhändlern als Kaserne und Einkaufszentrum dient, dann ist zwar der Rest des Viertels ebenso von Elend geprägt, bietet jedoch einen vergleichsweise bewohnbaren Anblick, die Leute dort tun, was sie können, um zu überleben. Überrascht war ich, weiter hinten in der Straße ein paar Gebäude zu finden, die mit großen, bunten Wandgemälden überzogen waren. Hatten es die Tonkrügler auch hierher geschafft? Hatten sie ernsthaft vor, ein solches Loch zu retten, das sämtliche Stadtverwaltungen schon aufgegeben haben, nach einer jahrelangen Serie gescheiterter Planungen, Projekte und Zukunftsagenden, die alle nur dazu gedient haben, Millionen zu verschleudern? Wollten die hier eine Gemeinschaft gründen, das Gesetz des Dschungels durch Selbstverwaltung und gegenseitige Fürsorge ersetzen? Unglaublich. Ich sage dir, wie das ausgeht: Eine Handvoll Aktivisten wird eine Show abziehen, Fassaden bemalen und Nachbarschaftsversammlungen einberufen. Dann machen sie ein paar Stadtteilhäuser auf, beginnen mit dem Übergang. Und wenn sie es leid sind, jeden Morgen die Rolltür beschädigt zu finden und zum zweiten oder dritten Mal den Krempel aus ihrem Leihladen und die wenigen Solarmodule geklaut zu bekommen, die sie schaffen zu installieren, dann verziehen sie sich wieder dorthin, woher sie gekommen sind, und lassen ihre Wandgemälde und Motivationssprüchlein da. Veränder dein Viertel, und du veränderst die Welt. Na, klar doch.

Während ich mir die schrill bemalten Fassaden ansah, war ich für einen Moment abgelenkt und verlor Segis aus den Augen. Ich rannte zur nächsten Ecke, aber da war er nicht. Wenn er ein Haus betreten hatte, konnte ich ihn abschreiben. Ich ging die Straße in der umgekehrten Richtung ab, spürte, wie mich mehrere Anwohner von ihren Fenstern aus musterten, sie sahen mich wohl als das, was ich war: ein Fremder, ein Eindringling. Einer mit Krawatte und Aktenköfferchen, vielleicht mit einem Tablet drin. Einer, der auch einiges an Euros dabeihaben konnte, eine Kreditkarte, ein ordentliches Handy, eine Uhr, die so viel kostet, wie eine Familie im Monat verdient, vielleicht auch im Jahr.

Da sah ich Segis am Ende einer Reihe von Arkaden, in denen sich der Müll stapelte. Er stand neben einem jungen Kerl, der so alt war wie er, vielleicht ein bisschen drüber. Und natürlich nicht wie ein Informatiker aussah. Auch nicht wie ein Schuldenbär. Ohne mich zu verstecken, beobachtete ich, wie der Typ die Scheine nahm, die Segis ihm hinhielt, und sie zählte, er strich sie rasend schnell von einer Hand in die andere, wie ein Croupier, so professionell mit Geld zu hantieren, das lernen sie bestimmt aus Unterweltfilmen. Dann lachte er kurz, aber dieses Lachen hatte überhaupt nichts Beruhigendes. Er hob das schmale

Bündel Scheine und schlug es Segis ins Gesicht, der zurückwich. Da packte er ihn am Kragen, stieß ihn gegen eine Wand und redete auf ihn ein, das Gesicht ganz nah an seinem, Stirn an Stirn. Als ich sah, wie er in die Tasche seiner Trainingsjacke griff, rannte ich auf die beiden zu und gab dem Burschen, ohne nachzudenken, aus rein väterlichem Instinkt, einen Schubs, eher schwach und nicht, wie das einer macht, der auf Streit aus ist. Ich schubste ihn und rief, er solle meinen Sohn loslassen, ganz laut, genau so: Lass meinen Sohn los!, als machte es mich irgendwie unantastbar, mich auf dieses Band zu berufen, meinen Status als Erwachsener und Vater. Ach, fuck, Papa, sagte Segis, enttäuscht von meinem heroischen Auftauchen. Ich drehte mich zu meinem Sohn um und sah nichts von der Faust, die ich in die Fresse bekam.

Benommen, vom Boden aus, hörte ich wie von weit her den Typen, der mich anschrie – uns anschrie –, wenn er nicht bis morgen sein Geld hätte, werde er meinem Sohn die Eier abschneiden, er wiederholte den Ausdruck mehrmals, um mir zu verdeutlichen, dass das nicht nur ein Spruch, sondern eine konkrete Drohung war. Benommen versuchte ich mich hochzurappeln, auf allen vieren hörte ich die Ohrfeige klatschen, die er Segis wohl mit der offenen Hand verpasste, es klang wie das Becken in einem Orchester oder die schallende Watschen eines Zirkusclowns.

Der alles andere als gemütliche Bär zog ab, wir zwei blieben zurück, Vater und Sohn als Prügelknaben. Segis lief ein dünner Faden Blut aus der Nase, und er hatte Tränen in den Augen, nicht so sehr aus Schmerz wie ob der doppelten Demütigung, die ich ihm mit meinem nutzlosen Eintreffen beschert hatte.

Tut mir leid, ich wollte dich nur beschützen, sagte ich.

Schon gut, Papa. Danke für den Versuch.

Etwas Schöneres hätte er mir nicht sagen können, verdammt, am liebsten hätte ich losgeheult und ihn in den Arm genommen und dann zusammen geweint, aber es war höchste Zeit, uns vom Acker zu machen, bevor dieser Typ wiederkam oder irgendeinem Kumpel Bescheid gab, damit der uns einen Nachschlag verpasste, am Ende müssten wir das Viertel nackt verlassen, das hat schon mehr als ein Upperclass-Bürschchen hier erlebt, das Drogen für eine Party kaufen wollte, ohne zu wissen, worauf es sich einließ, vielleicht erging es uns sogar noch schlimmer.

Wie ein Informatiker sah der aber nicht aus, sagte ich zu Segis, während wir auf die Hauptstraße zueilten, und es gelang mir, ihn damit zum Lachen zu bringen, wir beide lachten vor Erleichterung oder um die väterlich-kindliche Demütigung zu verscheuchen, aber dann wurde ich gleich wieder ernst. Wenn du so richtig in der Scheiße steckst, muss ich das wissen. Sonst kann ich dir nicht helfen, bevor es zu spät ist.

Es ist nicht, was du meinst, Papa. Nicht die Art von Scheiß, das ist nicht mein Stil.

Was dann?

Wettgeschäfte. Darum ging es, wie er mir endlich erklärte, während wir uns mit raschen Schritten entfernten. Sportwetten. Ihn habe so etwas nie interessiert, aber seine Schulkameraden seien alle drauf, und die hätten mehr als genug Geld, um zu verlieren und trotzdem weiterzuspielen. Als Minderjährige können sie ja nicht in Spielsalons, und seit es härtere Strafen gegen die Unternehmen gibt, ist es auch bei den Onlinecasinos nicht mehr so leicht, die Kontrollen auszuhebeln. Also macht Segis jetzt einen auf Wettbüro. Er fungiert als Mittelsmann, sammelt das Geld ein, zahlt die Gewinne aus und behält eine Kommission für sich. Da er noch minderjährig ist, hat er einen Halbstarken aus dem Südsektor hinzugezogen, der schon achtzehn ist und für ihn Wetten in den örtlichen Spielhöllen platziert. Es geht um alles Mögliche: die gängigen Sportarten, aber auch Hunderennen, Curling, Tischtennis, die vietnamesische Fußballliga und selbstverständlich E-Sports. Bisher, sagte Segis, sei es gut gelaufen, der Typ sei in Ordnung, der würde sie nicht abzocken, und er habe ihm seinen Anteil stets pünktlich ausgezahlt. Bei der letzten Runde war allerdings mehr Geld im Spiel, da hatten sich mehr Schüler beteiligt und höher gewettet. Es ging um eine Menge Geld, zu viel. So viel, dass in dem Umschlag nicht die Einsätze steckten, sondern der Schnitt dieses Kleinkriminellen. Der hatte ihn von Anfang an gewarnt, dass er verspätete Zahlungen auf keinen Fall dulden werde, das sei seine eiserne Regel, bei irgendeinem früheren Deal habe es da Probleme gegeben, jedenfalls werde er irgendwelchen Privatschul-Bubis nichts durchgehen lassen. Segis' morgendliche Nachricht, dass heute kein Umschlag kommen würde, und der Umstand, dass er dann den ganzen Vormittag nicht ans Telefon gegangen war, hatten nicht gerade dazu beigetragen, einen Aufschub auszuhandeln.

Wetten, Mensch. Keine Substanzen. Wetten, ein legales

Geschäft, trotz der illegalen Komponente, dass es sich um Minderjährige handelte. Es ging nicht um Substanzen, wir brauchten nicht zu befürchten, eine Kugel ins Knie zu bekommen. Selbst die Drohung der Kastration verlor an Kraft, wenn man wusste, dass der Bursche nur ein Halbstarker war, der von ein paar Privatschülern Kommissionen einstrich, kein Dealer. Wir standen also nicht so schlecht da, ging mir durch den Kopf. Eins aufs Maul und eine Ohrfeige, größere Repressalien würde es nicht geben. Die Sache lässt sich regeln, dachte ich. Wir können aufatmen.

In Wirklichkeit hatte der Tag gerade erst angefangen, kompliziert zu werden.

Erst als wir die breite Straße überquerten und um die erste Ecke bogen, nahm ich eine Bestandsaufnahme des Schadens vor, denn bis dahin hatte mich die Eile getragen, das Adrenalin, die Erschütterung über das Geschehene.

Ich hatte den Geschmack von Blut im Mund, und die Unterlippe tat mir weh, der gesamte Kiefer, dieser Halbstarke hatte mir ordentlich eine verpasst. Ich fuhr alles mit der Zunge ab und stellte fest, dass meine schlimmste Befürchtung Wirklichkeit geworden war, mein wiederkehrender nächtlicher Albtraum. In der unteren Reihe entdeckte ich eine heiße Lücke, die Zunge erkannte das Zahnfleisch an der Stelle, wo sich eigentlich der linke seitliche Schneidezahn befinden musste. Schau her. Ja, schau dir meine Scharte an und lach, du Mistkerl. Da hast du das Karma, von dem Mónica immer spricht. Die kosmische Gerechtigkeit. Dein Handeln kommt zu dir zurück. Was du anderen nimmst, wird irgendwann auch dir genommen. Zahn um Zahn. Nur dass mein Karma immer ein Querschläger ist, ein Erbstück. Dieser Faustschlag war für dich. Und da haut mir eben wieder einer für dich aufs Maul.

Ein Zahn, verdammt, ein scheiß Zahn! Mein erster Gedanke kam ohne Verzögerung: Was wird das kosten? In welcher Billigklinik kann ich mir das leisten? Mit einem schartigen Lächeln kann ich keine Sicheren Orte verkaufen. Lach nur, du Mistkerl, schau mich an und lach mit deinem intakten Gebiss, den Zähnen, die du mithilfe der lieben Yuliana jeden Abend sorgfältig bürstest, sie redet dir gut zu und führt dein Händchen, damit du auch den hintersten Winkel erreichst, sehr gut, mein Schatz, mach schön den Mund auf, und jetzt bürsten, sehr gut, braver Junge, das sind aber saubere Zähnchen.

Wir müssen noch mal hin, wir müssen ihn finden, sagte Segis, als er die Lücke und mein gestresstes Gesicht sah. Mit all seinem guten Willen und seiner jugendlichen Unbedachtheit schlug er vor, an den Ort des Angriffs zurückzukehren, meinen verlorenen Zahn zurückzuholen, ihn in Milch zu legen oder im Mund zu behalten, mit Speichel benetzt, wie er nach einer kurzen Google-Suche gelesen hatte. Dann könnten wir in eine Notaufnahme fahren, die würden ihn mir wieder einsetzen, wenn es ging. Ein bescheuerter Plan, klar, es war keine gute Idee, dorthin zurückzukehren und mir mit Fußtritten das restliche Gebiss entfernen zu lassen, aber der Junge hatte diesen Impuls, und ich wollte ihn nicht bremsen. Ich empfand den Vorschlag als Liebesbeweis, er war bereit, für seinen Vater – den Zahn seines Vaters – alles zu riskieren. Er lief also los und ich hinterher, wie zwei Helden auf einem Himmelfahrtskommando, wenn wir untergehen mussten, dann würden wir das auf ehrenhafte Weise tun und nicht fliehen wie die Ratten. Wir würden zurückgehen und unter dem Müll meinen Zahn finden und uns mit jedem darum prügeln, der sich uns in den Weg stellte. Wir würden diesen Dschungel mit dem Schneidezahn in der geschlossenen Faust verlassen, als handelte es sich um einen Diamanten, selbst wenn uns im Gegenzug das restliche Gebiss fehlte. Ich war trunken vor Adrenalin, und so verhielt ich mich nicht wie ein verantwortungsbewusster Vater.

Im Laufschritt überquerten wir ein weiteres Mal die Grenzstraße, wichen den Autos aus, die feige vorüberrasten; umkurvten den herumliegenden Müll, als gingen wir über ein Minenfeld, duckten uns an den Fassaden entlang in die erste Seitenstraße hinein, als fürchteten wir, aus den zugemauerten Fenstern beschossen zu werden; verkrochen uns hinter einer Säule, als wir ein Auto hörten, das im Vorbeifahren beschleunigte, und erreichten schließlich wieder den Ort der Attacke. Erregt, fast trunken, rekonstruierten wir die Szene, grenzten sauber ein, wo jeder von uns gestanden, an welcher Stelle ich den Hieb abbekommen hatte. In welche Richtung könnte der Zahn meinen Mund verlassen haben? Du hättest uns sehen sollen, wie wir da hockten und nach diesem winzigen Etwas suchten, in einem Mosaik aus Glassplittern, Brocken vom Gehsteig und der Fassade, allerlei Schmutz und Dreck. Segis verwechselte ein Steinchen mit meinem Zahn, drängte mich, den Mund aufzumachen, um ihn probehalber in die Lücke einzufügen, machte sogar Miene, ihn mir ins Zahnfleisch zu drücken, während ich mich sträubte. Vielleicht hast du ihn ja verschluckt, sagte er schließlich resigniert. Dann finden wir ihn später wieder, riss ich den naheliegenden Witz, und mir mussten lachen, wir fielen vor Lachen auf den Hintern, ein Lachen der Erleichterung, ein Lachen, um die Angst loszuwerden, das Lachen von Gescheiterten, das Lachen von Vater und Sohn, tut das gut. Segis tat im Scherz so, als würde er einen Zahn finden, der gar nicht mir gehörte, sondern einem zuvor Verprügelten, einem anderen Vater, der an derselben Stelle versucht hätte, seinen Sohn zu beschützen. Wenn wir den fänden, könnten wir ihn zum Zahnarzt bringen und mir dort einsetzen lassen. Ja, gab ich zurück, wir könnten in eine der Sonríe!-Kliniken fahren, ich habe mir sagen lassen, die sind preislich ganz okay. Wir lachten so laut, dass ich fürchtete, die Zombies herbeizulocken, und da fuhr ich zusammen, als ich Schritte hinter uns hörte, das Knirschen von Kies und Glassplittern, und wieder dachte ich, wir sind verratzt, wir waren ein zweites Mal in die Höhle des Löwen eingedrungen, jetzt würden wir mehr verlieren als nur einen Zahn.

Ich drehte mich um, noch einen Rest Gelächter im Mund, aber schon Spannung im Leib, der Reflex zu kämpfen oder zu fliehen war wieder aktiv, da sah ich, dass es eine junge Frau war, und sah vor allem das Armband an ihrem Handgelenk, zu meiner tiefen Erleichterung. Nie habe ich mich so gefreut, eine Tonkrüglerin zu sehen.

Alles klar bei euch?, fragte die junge Frau, verwundert, einen Erwachsenen und einen Jugendlichen an diesem Ort zu sehen, inmitten des Dschungels am Boden hockend, ein Mann in Sakko und Krawatte, ein Junge in Privatschuluniform, und beide lachten laut.

Wir suchen einen Zahn, sagte Segis noch immer in Scherzstimmung, und ich machte den Mund ein wenig auf, um die Lücke und die Schwellung zu zeigen, aber da konnte ich schon nicht mehr lachen, mir tat immer mehr die Lippe weh, das Zahnfleisch, der ganze Kiefer, und noch mehr schmerzte mich der Gedanke an den zu ersetzenden Zahn, die Tage, die ich in einer Klinik werde vergeuden müssen, um das Implantat vorzubereiten, das Geld, das mich das kosten wird. Gibt es nicht irgendwo eine Tonkrüglerzahnklinik?, hätte ich sie am liebsten gefragt. Schlagartig, als wäre alles Adrenalin durch eine Ritze entwichen, das aufgerissene Zahnfleisch, floss alles aus mir ab, der heroische Impuls verrauchte, und zurück kamen der Schmerz und der Stress wegen dieses Vorfalls, und dann war da ja auch noch das Geld, das Segis binnen vierundzwanzig Stunden heranschaffen musste, dazu das Geld, das ich ihm geliehen hatte und das die Leute zurückverlangen konnten, das Geld, das mir die Bank vor einer Weile verweigert hatte, das Geld, das es mich kosten würde, den scheiß Zahn zu ersetzen. Ich bekam Lust zu weinen, ich glaube, ich fing tatsächlich an zu weinen, ohne ganz mit dem Lachen aufgehört zu haben, eine unheilvolle Maske.

Gaya, so hieß unser Schutzengel. Gaya oder Gaia, keine Ahnung. Auf jeden Fall lächerlich, oder? Ich weiß nicht, ob sie ihren Namen geändert hat, um ihr ökogemeinschaftliches Bekenntnis zu unterstreichen, oder ob ihre Eltern die Ärmste so getauft haben, um sie als eine von so vielen Garcías, González' oder Pérez' aus der Masse hervorzuheben. Damit man unter Millionen von Niemanden heraussticht, wird man von den einen dazu verurteilt, eine Saga fortzuschreiben, die anderen nötigen einen schon bei der Namensgebung, ihrem Hippie-Pfad zu folgen. Ich stellte mir ihre Eltern von vorneherein als Prä-Tonkrügler vor, Ökos der alten Schule, selbstverständlich mit einem sorgenfreien Leben, ordentlichen Gehältern und Vermögen, denn die junge Gaya war bildhübsch und kerngesund; ihre Haut, ihr Haar und ihre Zähne ließen eine gutbürgerliche Herkunft erkennen, eine Kindheit zwischen Wattebäuschen und eine verwöhnte Jugend, nur die Finger wollten nicht dazu passen, grob und mit kaputten Nägeln, typische Tonkrüglerhände, ein Zeichen obsessiver Gartenarbeit. Ich hielt sie für eine Wohlstandsgöre auf der Mission, im elendsten Viertel der Stadt eine Gemeinschaft zu errichten, mit demselben schlechten Gewissen und derselben Abenteuerlust, derselben Glut und Naivität, mit denen andere ihresgleichen als Helferinnen in arme Länder gehen, einen Ferienmonat dort verbringen, in einer schilfgedeckten Entbindungsklinik oder Schule mit anpacken, Selfies mit den glücklichen kleinen Schwarzen machen und die Gelegenheit nutzen, um wilde Strände kennenzulernen und mit anderen Helfern zu vögeln; nebenbei polstern sie ihren Lebenslauf mit dem sozialen Engagement auf, das von potenziellen Arbeitgebern gerne gesehen wird. Tja, ich lag völlig daneben! Wenn sie mir nichts vorgeschwindelt hat, ist Gaya die Enkelin alteingesessener Südsektor-Bewohner, der ersten Generation von Zuwanderern, die von den damaligen Behörden zwangsangesiedelt wurden, als die Gegend noch kein übles Loch war, und dann unter großen Anstrengungen und Opfern – du wärst von ihrer rührend meritokratischen Erzählung begeistert – ihre Kinder großgezogen haben; die wiederum schafften es in eine andere, weniger heruntergekommene Gegend, wo sie eine Gaya der dritten Generation aufzogen, abgesichert gegen das Elend, aber mit so viel Bewusstsein und Familienstolz ausgestattet, dass sie heute ins Viertel zurückgekehrt ist. Dort will sie die Lehren der ländlichen Gemeinschaft in die Tat umsetzen, in der sie das letzte Jahr verbracht hat. Was mir andererseits meinen Verdacht bestätigt: dass die Ökogemeinschaftsbewegung nichts Spontanes hat, nicht das Volk entscheidet, sich zu organisieren und Gemeinschaften zu schaffen und Solarpaneele zu installieren und Haushaltsgeräte zu teilen oder im Park Urban Gardening zu betreiben; nicht die Bewohner*innen beschließen aus eigenem Antrieb, ihr Viertel zu verändern, um die Welt zu verändern, vielmehr werden sie dazu aufgewiegelt, gedrängt und, wenn du mich fragst, regelrecht genötigt: von militanten Aktivisten, wahren Profis der Tonkrüglerei. Wie der jungen Gaya, die sich seit ihrem Uniabschluss mit Leib und Seele der Sache verschrieben hat. Das heißt, sie hat ihr Leben lang für nichts anderes gearbeitet. Leute, die sich die Revolution zum Beruf machen, hat es ja schon immer gegeben. Nichts sorgt für größere ideologische Treue als ein regelmäßiges Einkommen.

Sie selbst erzählt natürlich nicht, dass das hier ihre Arbeit ist, und auch nicht, dass sie dafür bezahlt wird, Wandbilder zu malen und in diesem Loch eine selbst verwaltete Tafel aufzuziehen; sie teilt, sie ist gekommen, um Erfahrungen und Kenntnisse zu teilen; sie setzt Impulse, begleitet den Übergang, überlässt die Initiative aber stets den Bewohnern. Es hat hier nämlich schon immer ein starkes nachbarschaftliches Engagement gegeben, verdeckt durch das ungerechte Stigma, das auf dem Viertel lastet, die Leute kennen es nur von der Durchfahrtsstraße aus oder aus den Vermischten Meldungen, aber das Viertel besteht nicht bloß aus Kriminalität, Drogen und gesellschaftlichen Randgruppen, hier gibt es eine Menge Energie, eine Menge Lust, etwas zu verändern, eine Menge Liebe, auch Selbstliebe, die bezaubernde junge Frau redete wie ein Wasserfall, während sie mir die Lippe desinfizierte, sie tupfte mir ganz köstlich mit einem Wattebausch den Mund ab, und ich fühlte mich unter ihrer Fürsorge auf dümmliche Weise heroisch.

Wie ist das eigentlich passiert?, fragte sie, keine Spur von Ironie in ihren Worten, sie schien nichts selbstverständlich zu nehmen, als gäbe es zahllose Möglichkeiten, im gefährlichsten Viertel der Stadt einen Zahn zu verlieren. Ich könnte ja auch einfach gestolpert sein, während ich seelenruhig mit meinem Sohn spazieren ging, im Slalom um die Fäkalpfützen.

Man hat versucht, uns auszurauben, log ich ein wenig, suchte nicht einmal Segis' Einvernehmen, der meine Version natürlich bestätigen würde: Man hat versucht, uns auszurauben implizierte, dass es mehrere gewesen wären, ein Typ alleine hätte es nicht mit uns zweien aufnehmen können, und außerdem war es bei dem Versuch geblieben, sie hatten es nicht geschafft, wir hatten uns gewehrt, nur einen Zahn hatten sie mir abnehmen können, die Uhr war noch immer an meinem Handgelenk, die Brieftasche unangetastet. Die reinsten Helden.

Tut mir sehr leid, sagte unser Engel, während sie Segis' geschwollene Nase untersuchte, und das war keine Floskel: Sie entschuldigte sich im Namen des Viertels, seiner guten, aber im Stich gelassenen Bewohner, dieser Leute, die nichts erfahren haben als Armut, dazu die Vernachlässigung durch die Stadtverwaltung, die Zurückweisung durch den Rest der Bürgerschaft, das brutale Vorgehen der Polizei, deshalb verhalten sie sich manchmal – seltener, als man gemeinhin glaubt, seltener, als es die sensationslüsterne Presse vermittelt – wie Verzweifelte. Sicherlich hätten diejenigen, die versucht hatten, uns auszurauben, keine andere Chance bekommen, seien ihnen allzu viele Türen vor der Nase zugeschlagen worden, man habe sie zu einem Randdasein verurteilt, zu Schwarzarbeit, Bettelei oder leider auch Kriminalität. Nicht nur tat es ihr leid und rechtfertigte sie es, nicht nur versuchte sie uns davon zu überzeugen, dass die Schuld an dem Angriff, den wir erlitten hatten, beim Staat liege, der schließlich hatte das Viertel in seine missliche Lage gebracht, nein, sie wollte das Ganze auch wiedergutmachen, uns entschädigen und außerdem Gelegenheit geben, das andere Gesicht des Viertels kennenzulernen, das leuchtende Gesicht voller Hoffnung, die Zukunft zu sehen. Und so lud sie uns ein, bei der Gemeinschaftstafel zu Mittag zu essen, die die Bewohner*innen vor nur einem Monat eröffnet hatten.

Mit größtem Vergnügen, sagte ich und meinte es tatsächlich so, denn in einem Tonkrüglerlokal zu essen, sich den wohlmeinenden Stuss anzuhören, den Gaya und andere Gleichgesinnte verbreiteten, erschien mir als die beste Impfung für Segis. Das würde ihm die Augen öffnen, würde ihm zeigen, wie falsch seine Mutter liegt, und ihm letztlich ersparen, selbst als Helfer in einem Slum-Viertel zu landen oder sein Talent in einer ländlichen Gemeinschaft zu vergeuden, im Schlepptau irgendeiner Freundin oder beim Durchleben einer jugendlichen Sinnkrise. Selbstverständlich blieben wir zum Mittagessen, sehr gerne.

Erst rief ich allerdings Yuliana an, der ich versprochen hatte, hinzufahren und ihr mit dir zu helfen, aber ich fand sie diesmal ruhiger. Dir seien nach und nach die Kräfte ausgegangen, sagte sie, nun seist du wieder zahm wie ein Lamm, ihr würdet gerade essen. Ich malte mir die Szene bildhaft aus: Du am Tisch, mit Ganzkörperlatz und so gierig schlingend, wie du es schon immer getan hast, durch die Demenz hat sich das noch verschärft; und Yuliana, die geduldige Yuliana, die heilige Yuliana der Senilen, die dich mit süßen Worten besänftigt und zu bremsen versucht, damit du nicht den Teller umstößt oder dich verschluckst, wenn du das Kauen vergisst.

Wir folgten Gaya von dem kleinen Nachbarschaftstreff, in dem sie uns verarztet hatte, zur nahe gelegenen Gemeinschaftstafel im Erdgeschoss eines der Häuser, die bereits ein Wandgemälde an der Fassade hatten. Der Übergang hat gerade erst begonnen, erklärte sie, aber wir setzen große Hoffnungen hierauf, und die Reaktionen im Viertel sind ziemlich berührend. Das kann ich mir vorstellen, sagte ich mit meiner besten empathischen Miene.

Es war nicht das erste Mal, dass ich eine Tonkrüglertafel betrat. Im Unterschied zu vielen anderen gehe ich nicht hin, weil man dort billig essen kann, viel billiger als in jedem Restaurant, sogar umsonst – man darf nämlich mit echtem Geld bezahlen, wie ich das tue, oder in einer ihrer lustigen Sozialwährungen, die einen dazu verpflichten, eine Gegenleistung zu erbringen, einen Teil seiner Zeit oder seines Wissens der Sache zu widmen. Ich gehe auch nicht hin, weil man dort gut essen würde, wobei sie zugegebenermaßen nicht schlecht kochen, trotz der geringen Bandbreite ihrer Lebensmittelpalette, sie sind ja sehr strikt darin, Importwaren und industrielle Erzeugnisse auszuschließen, verwenden ausschließlich saisonale Produkte. Nein, ich suche diese Lokale hin und wieder auf, um die Tonkrügler in ihrem Element zu erleben. Mich amüsiert, ihnen zuzuhören, wenn ich mit ihnen am Tisch sitze, sie sind nämlich redselig, quatschen beim Essen ohne Punkt und Komma, vor allem wenn sie einen Gast vor sich haben, der nicht zur Szene gehört, denn das Reden ist ihre Überzeugungsarbeit, so gewinnen sie neue Anhänger. Dazu sind all diese Tafeln ja da, die sie in den Vierteln eröffnen, als Vorhut für das, was anschließend kommt. Die offizielle Version lautet, dass die Bewohner sie selbst gründen, um den Familien eine würdige Ernährung zu sichern, ein paar Arbeitsplätze zu schaffen, die landwirtschaftliche Produktion der Gemeinschaften und ihrer eigenen urbanen Gärten aufzunehmen und blablabla. Aber in Wirklichkeit erfüllen die Tafeln eine andere Funktion: Sie sind für die Tonkrügler eine ganz wesentliche Propagandawaffe. Die Leute gehen aus Not dorthin und nehmen zusammen mit den Linsen auch einige Löffel voll Ideologie ein. Bei einigen wird das vermutlich funktionieren, es kommen ja zahlreiche mittellose Familien, Migranten, junge Studenten und Malocher von nahe gelegenen Baustellen, alle auf der Suche nach billigem Essen, so mancher lässt sich wohl durch Linsen mit Propaganda vertonkrugen.

Bei mir ist das nicht der Fall. Ich kenne die Typen gut genug, habe mir ihren Schwachsinn so oft angehört, dass ich dagegen immun bin, und dieselbe Immunisierung suchte ich heute für Segis. Der sollte mal etwas Zeit mit ihnen verbringen und zuhören, und dazu genügte es, eine Tafel zu betreten und sich an einen dieser lang gezogenen Tische zu setzen. Wenn sie dich für einen neuen Gast halten, wenn sie glauben, du seist noch nicht recht überzeugt, dann legen sich deine Tischgenossen ins Zeug, um dich für sich zu gewinnen, sie sind da wie eine Sekte. Oder wie eine Ponzi-Pyramide, eines von diesen Betrugssystemen, die fortlaufend neue Teilnehmer brauchen, um Geld in die Kasse zu bringen. Manchmal setzt sich einer auf den Nachbarplatz und macht auf sympathisch, zieht dich unter irgendeinem Vorwand ins Gespräch, um zu sehen, wo der Schuh drückt, und erzählt dir alsbald, wie sich sein Leben verändert hat, seit er Teil der Bewegung ist, in welchem Irrglauben er so viele Jahre lang gelebt hat, erzählt dir von den Vorzügen des Gemeinschaftslebens, dem wahrhaft guten Leben, fernab des entfesselten Konsums; es ist wirklich nervig, sie reden zu hören, sie kommen rüber wie Junkies, die von ultrareligiösen Fanatikern gerettet wurden, oder trockene Alkoholiker, die einen davon zu überzeugen versuchen, wie gut Ananassaft schmeckt. Eine Versammlung von Tonkrüglern hat wohl überhaupt viel mit einer Sitzung der Anonymen Alkoholiker gemeinsam: Hallo, ich bin Juan, ich verzichte heute auf Flugreisen, habe meinen ökologischen Fußabdruck reduziert, baue mein eigenes Essen an. Und alle begrüßen ihn in der Gruppe und reden ihm gut zu: Hallo, Juan, sehr gut, Juan, du hast es geschafft.

Bei anderen Gelegenheiten gehen sie subtiler vor. Sie tun so, als würden sie sich untereinander austauschen, aber laut genug, dass einen das Gespräch erreicht, es klingt ganz natürlich, ist aber reines Theater, sie sind wie Schauspieler in einem schlechten Film, die informative Dialoge herunterbeten, damit der Zuschauer etwas mitbekommt. Dann hörst du sie einander, also dir, erzählen, was sie bereits alles erreicht haben, wie viele neue Gemeinschaften es gibt, was in diesem oder jenem Land vor sich geht, erfährst von den Gesetzen, die die Regierung demnächst erlassen soll, selbstverständlich dank ihnen, von noch einer Stadtverwaltung, die ihnen ihre Schrottkarre abkauft. Lustiger ist es, wenn du dich als Sympathisant ausgibst, auf ihr Spiel einsteigst und dich an ihren Gesprächen beteiligst. Du hättest mich mit den alten Haudegen darüber diskutieren sehen müssen, wie sich der Ökofaschismus am besten bekämpfen lässt, welche Rolle beim Übergang dem Staat zukommt, ob uns noch genug Zeit bleibt, um den Kollaps abzuwenden, oder ob es schon zu spät ist und wir ihn nur noch abfedern können, und viele weitere faszinierende Themen: Ist der Green New Deal eine Chance oder ein mieser Trick der Großunternehmen? Lässt sich der Klimawandel noch aufhalten, oder ist es besser, ihn zu beschleunigen, um so bald wie möglich im Postkapitalismus anzukommen? Reform oder Revolution? Und was ist besser, der Tonkrug mit zwei Ausgüssen oder mit einem?

Als wir hinter Gaya die Tafel betraten, empfing uns der übliche Schwall von Hitze und menschlichen Ausdünstungen, denn die Gemeinschaftler sind natürlich keine großen Fans von Klimaanlagen, so etwas akzeptieren sie nur im Extremfall. Ansonsten erfrischen sie sich mit Fächern und Abdunkelung der Räume, nach alter Sitte, dazu allenfalls ein Ventilator und ein tiefer Schluck aus dem Tonkrug. Klimaanlagen weisen sie ebenso von sich, wie sie sich weigern, mit dem Flugzeug zu fliegen, und auch Autos lehnen sie selbstverständlich ab, einschließlich der elektrisch betriebenen. Letztere sind ihrer Ansicht nach nicht so ökologisch, wie Hersteller und Regierungen es behaupten, von wegen verzögerte Emissionen, eingesetzte Materialien, Ausbeutung in den Minen, Giftabfälle und so weiter. So wie sie natürlich auch die Kernenergie ablehnen und gegen den Bau neuer Atomkraftwerke demonstrieren, obwohl ein einziger Reaktor so viel bringen würde wie all die niedlichen Fotovoltaikanlagen, die sie auf ihren Dächern installieren können. Sie wollen keine AKWs, aber sie wollen auch keine Windparks, jedenfalls keine großen. Das heißt, keine, bei denen sie nicht selbst die Hand drauf haben. Geoengineering gegen die Erderwärmung wollen sie ebenso wenig akzeptieren. Es gibt ja Experten, die vorschlagen, die Atmosphäre mit ich weiß nicht welchen Substanzen zu beschießen, aber die feinen Herrschaften von den Tonkrüglern finden das nicht in Ordnung, sie finden gar nichts in Ordnung, jede technologische Lösung ist schlecht. Denn obwohl sie sich mit ihren 3-D-Druckern und neuen Baumaterialien brüsten, sind ihnen doch Tonkrüge und Lastesel am liebsten, Töpferwaren und Gemüsegärten, die Rückwendung zu primitiven Lebensformen.

Erste Enttäuschung: Die Tafel verfügte nur über spärliche Dekoration. Nackte Ziegelwände, zusammengeschobene Bänke. Mit Dekoration meine ich jetzt nicht Kronleuchter oder Leinentischdecken, sondern die bei den Tonkrüglern üblichen Requisiten: Plakate mit rührseligen Sprüchen, glückliche Fotos vom Leben in der Gemeinschaft, Schreibtafeln mit dem Aufgabenplan, Pinnwände, auf denen man seine Anregungen hinterlassen kann. Offensichtlich ist die Tafel im Südsektor noch nicht lange in Betrieb, da hatten sie noch keine Zeit, die Räumlichkeiten entsprechend auszustatten. Oder vielleicht haben die Benutzer alles ausgeräumt, so wie sie auch in besetzten Häusern alles mitgehen lassen, sogar die Angeln an den Türen. Sehr schade, die Dekoration hätte mir gegenüber Segis die Arbeit erleichtert, da hätte er schon mit einem Blick gemerkt, was die Tonkrügler für ein infantiler Haufen sind. Auch die Tischgenossen waren meinem Vorhaben nicht eben förderlich. Sie sahen aus wie Leute aus dem Viertel, die tatsächlich zum Mittagessen da waren, eher schweigsam, nichts von der aufgesetzten Begeisterung, die man sonst von diesen Orten kennt. Die wenigen Gesprächsfetzen, die ich aufschnappen konnte, drehten sich nicht um Postkapitalismus, sondern um die Müllabfuhr, die Stromausfälle oder ein bevorstehendes Protestcamp vor dem Rathaus. Ich tröstete mich mit dem Gedanken, dass Segis die Bewegung der Ökogemeinschaften mit dieser abgerissenen Klientel verbinden würde, die mit seinem Leben, seiner Schule, seinen Freundschaften oder Geschäften nicht das Geringste zu tun hatte.

Es gibt keine Softdrinks, sagte ich, um das Gefühl des Mangels zu verstärken, einer Sozialtafel, die auch von Nonnen betrieben werden könnte. Wir waren mit Gaya an die Essensausgabe getreten, und obwohl die aufs Nötigste beschränkte Auswahl schon genügte – die unvermeidlichen Linsen, viel Kartoffeln, Salat und andere Gerichte, die für einen Jugendlichen von einer Privatschule wenig anziehend sein mussten –, unterstrich ich die dürftigen Aussichten noch ein wenig: Hier gibt's keine Softdrinks, sagte ich zu Segis, für den es völlig abwegig ist, außerhalb von zu Hause Leitungswasser zu trinken. Sehr gerne hätte ich ihn auch in einen Kooperativladen gebracht, da hätte er die kargen Regale sehen können, das Fehlen so vieler Produkte, die Segis für unverzichtbar hält, man fühlt sich wie in einem armen Land, in dem die Waren rationiert werden, in einer Sonderperiode. Da soll mir keiner etwas von Selbstverbrauch erzählen, von Produktionsgemeinschaften und fairem Handel, soll keiner mit dem Märchen daherkommen, dass sie direkt bei kleinen Erzeugern kaufen und nur in der Region, von wegen Degrowth und frugaler Wohlstand: Das ist Elend, anders kann man das nicht nennen. Die können so viele Euphemismen verwenden, wie sie wollen, aber es ist Elend. Verarmung. Mit weniger leben, mit viel weniger. Darauf läuft ihr Vorschlag hinaus, da liegt ihre Grenze und da werden sie scheitern: beim Umgang mit dem Begehren. Sie können nicht erreichen, dass wir aufhören, etwas zu wollen. Oder das auf andere Weise tun. Die meisten Leute, auch die armen Teufel, die heute bei der Tafel waren – vor allem sie –, die meisten Leute begehren, wir alle begehren mit Macht. Wir begehren weit über das hinaus, was uns ein Kooperativladen bietet, eine Tafel, eine Ökogemeinschaft. Auch wenn wir zu vielerlei Verzicht fähig sind, begehren wir doch weiter. Sie können das Produktangebot einschränken, uns gewisse Formen des Konsums unmöglich machen, aber sie werden nicht erreichen, dass unser Wunsch danach versiegt. In dem Punkt ist ein Übergang undenkbar. Sie haben uns nichts zu bieten, das den Verzicht auf das Begehren aufwiegen würde. Das Leben ist viel mehr als Nahrung und ein Dach über dem Kopf. Auch diejenigen, denen Dach und Nahrung nicht sicher sind, begehren mit Macht. Man will uns Flugreisen nicht verbieten, wir selbst sollen darauf verzichten, mehr zu reisen als unbedingt erforderlich. Aber sag mal den Leuten, dass sie sich abschminken sollen, irgendwann in ihrem Leben, ich weiß nicht: nach New York zu reisen. Da spielt gar keine Rolle, dass sich das die meisten nie werden leisten können. Was man von ihnen verlangt, ist, dass sie auf den Wunsch verzichten, New York zu besuchen, den Wunsch, mit einem großen Koffer aus dem Haus zu gehen, zwei Stunden auf einem blitzblanken Flughafen zu verbringen, acht oder zehn Stunden im Flugzeug zu sitzen, während ihnen die Stewardessen aufwarten und ihre Essenstabletts servieren, vom Fenster aus die Skyline zu sehen, mit schmerzendem Nacken durch breite Straßen zu spazieren, tausend Fotos zu schießen, an einem Straßenstand einen Hotdog zu essen, all die Orte abzuklappern, die einem eigentlich scheißegal sind, die bei einem New-York-Besuch aber dazugehören, ein Souvenir mit dem Aufdruck I love NY zu kaufen und nach Hause zurückzukehren, vor allem nach Hause zurückzukehren und die Genugtuung zu haben, in New York gewesen zu sein. Der Gesellschaftliche Fahrstuhl ging nicht nur senkrecht nach oben, sondern auch horizontal, transatlantisch, bis nach New York. Und wer New York sagt, der sagt auch Paris, Istanbul, Karibik. Erklär mal all diesen Leuten, dass das nicht mehr geht, dass sie auf den Wunsch verzichten müssen, nach Paris oder nach Istanbul zu fahren, auf eine Reise in die Karibik. Auf eine Edelabsteige in einem Schloss mit Frühstücksbüfett, auf ein Hotel mit Charme. Auf ein Restaurant, in dem man einen ganzen Monatslohn liegen lässt, und wenn es nur einmal im Leben passiert. Dass sie sich abschminken sollen, ein Auto zu haben, mit dem man hin und wieder aus der Stadt hinausfahren und es dann einfach laufen lassen kann, für die bloße Lust am Fahren und Beschleunigen und Benzinverbrennen und daran, auf Nebenstraßen herumzukurven und den Arm aus dem Fenster zu halten, weil man einfach gerne fährt. Erklär all diesen Leuten, dass es zum Essen keine Softdrinks mehr gibt und auch kein Bier, außer selbst gebrautes. Sag ihnen, sie sollen sich zusammenreißen und aus dem verdammten Tonkrug trinken.

Doch, es gibt Softdrinks, riss mich auf einmal die rettende Gaya aus meinen Gedanken. Wir haben unsere eigenen Softdrinks, hergestellt von einer Kooperative in der Extremadura, die sind unerwartet erfolgreich, immer mehr Kneipen bestellen bei ihnen. Tonkrüglerpropaganda, diese Leute rasten nie. Die junge Frau öffnete den Kühlschrank und nahm ein paar Flaschen heraus. Ich lehnte ab, Segis nahm an und trank einen Schluck. Er verstellte sich sehr gekonnt, nicht einmal mir fiel sein Missfallen auf, der Scherzkeks sagte sogar, das wäre aber lecker. Ich zwinkerte ihm komplizenhaft zu. Ersatzprodukte, das bieten sie hier an. Misslungene Ersatzprodukte. Softdrinks aus der Extremadura, um unser sprudelndes Begehren zu lindern. Jahreszeitliche Zutaten aus lokalem Anbau statt des gigantischen globalen Speisezettels, dessen einzige Grenze deine finanziellen Mittel sind. Bionahrung ohne Chemie, ohne Zusatzstoffe oder Geschmacksverstärker; das heißt, ohne Begehren, supergesundes Essen, aber keines, das man wollen kann. Glück in der Gemeinschaft, auf dass einem die Lust auf New York abhandenkomme. Einander hüten anstatt zu begehren. Sie haben sogar ihre eigene Vorstellung von Liebe und Sexualität, die einem genauso viel Lust macht wie ihre Linsen. Und selbstverständlich Sicherheit für alle als Ersatz für tatsächliche Sichere Orte. Da liegt ihre Grenze und ihr Scheitern. Denn während sie darauf drängen, dass wir mit Ersatzprodukten leben, gibt es auch diejenigen, die auf keinen einzigen ihrer Wünsche verzichten, die sich jeden einzelnen davon erfüllen und das auch zur Schau stellen. Sie lassen unter ihren Häusern Bunker bauen, ausgestattet wie Luxusjachten, und haben Autos, die Panzern gleichen, und fliegen immer noch und begehren inzwischen nicht mehr, in die Karibik oder nach New York zu reisen, sondern auf den Mond, auf den verdammten scheiß Mond, raus in die Stratosphäre und dabei tonnenweise Kerosin verbrennen, eine halbe Million hinblättern, um für ein paar Minuten die Schwerelosigkeit zu erfahren, mit all dem prahlen sie, stellen es ganz ungezwungen aus, machen beneidenswerte Selfies, die sie anschließend veröffentlichen, um die Grenze des Möglichen und Begehrenswerten noch ein Stück weiter hinauszuschieben. Wärst du auch unter die Weltraumtouristen gegangen, wenn dir nicht dein Sturz dazwischengekommen wäre? Das glaube ich doch. Die Raketen füllen sich vor allem mit Neureichen. Sie sind es, die unsere Fähigkeit zu begehren am weitesten ausdehnen, sie sind der beste Beweis dafür, dass es noch einen Aufzug gibt, und der fährt dich hoch bis zum Mond.

Wir setzten uns mit Gaya an den Tisch, die pausenlos redete, so bezaubernd wie ermüdend. Fast alle Nahrungsmittel, mit denen dort gekocht werde, erzählte sie, stammten von nicht weit weg entfernten ländlichen Gemeinschaften, aber mittelfristig werde urbane Selbstversorgung angestrebt. Die Städte sollten den überwiegenden Teil der Nahrung, die sie verbrauchen, selbst erzeugen. Dazu müsse man in der Metropolregion landwirtschaftliche Gürtel und Viehbetriebe schaffen und in den Vierteln essbare Gärten. Essbare Gärten, wiederholte ich. Ja, man muss die Städte ruralisieren, sagte sie begeistert. Die Städte ruralisieren, wiederholte ich und blickte aus dem Augenwinkel zu Segis hinüber, der sich wohl gerade eine Zukunft mit ruralisierten Städten vorstellte, mit essbaren Gärten und in den Parks weidenden Schafen, alles höchst wünschenswert für ein jugendliches Schlitzohr wie ihn. Gaya fuhr fort, meinen jungen Unternehmer zu überzeugen: Wir bauen gerade unsere eigene Distributionskette für Lebensmittel auf, zunächst mal mit einem Netz von Gemeinschaften, die Ackerbau und Viehzucht betreiben, und immer mehr auch mit kleineren und mittleren Erzeugern. In einigen Städten haben wir erreicht, dass Schul- und Krankenhauskantinen mit uns zusammenarbeiten, auch der lokale Einzelhandel und sogar die eine oder andere Supermarktkette. Das alles stärkt die kleinen Erzeuger gegenüber den großen Zwischenhändlern. Es wird Zeit, den überteuerten Preisen und obszönen Gewinnen ein Ende zu setzen, bei Nahrungsmitteln wie bei allen anderen Basisprodukten. Obszöne Gewinne, wiederholte ich, falls Segis es nicht richtig gehört haben sollte.

Das ist total wichtig, sagte Gaya und wies mit einer ausladenden Geste zum nackten Speisesaal hin, den zwei Dutzend armen Teufeln, die hier aßen, weil sie keinen anderen Ort hatten. Total wichtig. Es ist nur ein erster Schritt, aber wenn es uns gelingt, dieses Viertel zu verändern, gerade dieses Viertel, das für so viele Leute ein Symbol dafür ist, dass es keine Veränderung geben kann, keinerlei Hoffnung, wenn es uns gelingt, das zu ändern, dann werden wir einen großen Schritt getan haben, und dann wird es für andere Gemeinschaften leichter.

Veränder dein Viertel, und du veränderst die Welt, sagte ich, ohne zu lachen, so überzeugend, dass Gaya mir ein köstliches Lächeln schenkte.

Und warum tretet ihr nicht bei den Wahlen an?, fragte auf einmal Segis, der allmählich zu merken schien, was für leeres Gewäsch sie da von sich gab. Und so versuchte er, sie in ein ernsthaftes Gespräch zu verwickeln. Wenn ihr die Welt verändern wollt, dann lasst das mit den Tafeln und den Schafherden in Parks. Tretet bei den Wahlen an, setzt euch an den Erwachsenentisch, regiert, mal sehen, was ihr erreicht.

Einige würden das gerne wollen, antwortete Gaya, ohne mit dem Lächeln aufzuhören. Einige würden wollen, dass wir bei den Wahlen antreten, unsere ganze Zeit, Energie und Lust damit vergeuden, eine neue Partei zu gründen, ein Programm zu erstellen, Kandidatenlisten, dass wir zu allen Wahlen antreten, Kampagnen betreiben, den Marsch durch die Institutionen antreten, Parlamentssitze besetzen, an Plenarsitzungen und in Kommissionen teilnehmen, uns untereinander streiten, uns spalten, die Attacken der Medien auf uns ziehen, unsere Ziele reduzieren, Kompromisse schließen, Koalitionen bilden, sogar irgendwo in die Regierung eintreten, um am Ende gegen die Wand zu fahren, gegen eine unüberwindliche Mauer, und unterwegs vergehen uns die Zeit, die Energie und die Lust. Game over. Spielt ihr mal weiter, vielleicht hat ja die nächste Generation mehr Glück. Aber nicht mit uns. Wir werden die Fehler aus der Vergangenheit nicht wiederholen. Wir haben daraus gelernt. Wir respektieren diejenigen, die es weiter versuchen und innerhalb der Institutionen arbeiten, sie sind unsere Verbündeten und öffnen uns viele Türen. Und wir sehen der Tatsache ins Auge, dass wir allein durch Gemeinschaften und die Arbeit im Viertel keinen großen Wandel erreichen werden, wir brauchen den Staat schon auch, zumal die Transformation global erfolgen muss, nicht nur in einem Land. Aber der Weg über Wahlen ist nicht der unsere, wenigstens nicht jetzt. Zu viel Mühe für so geringe Ergebnisse, das haben wir schon einige Male gesehen. Diesmal ist es anders. Jetzt geht es darum, aktiv etwas zu bewirken, und zwar Tag für Tag. Den Wandel herbeizuzwingen, sodass den Regierenden keine andere Möglichkeit bleibt, als diese Veränderungen, die bereits etabliert sind, abzusegnen, sie zur Norm zu erheben, sie ins Gesetzblatt zu schreiben. Neue Wirklichkeiten zu schaffen, neue Lebensformen. Eine neue Gesellschaft, nicht von oben, sondern von unten her. Ein ganzes Volk, das bereit ist, den Übergang zu gestalten, mit anzuschieben, sich Rückschritten entgegenzustellen, Widersprüche auszuhalten. Einen neuen Gemeinsinn herbeizuführen, und zwar durch praktische Maßnahmen. Und der letzte Schritt, schon zum Ende des Weges hin, fast ohne Anstrengung, könnte dann darin bestehen, an die Regierung zu kommen, ich sage nicht, dass das nicht eintreten kann. Aber erst sollte all die Vorarbeit gemacht sein. Die Widerstände überwunden. In der Zwischenzeit erreichen wir auch schon Veränderungen, ohne in irgendwelchen Gremien zu sitzen. Parteien integrieren unsere Forderungen in ihre Programme. Stadtverwaltungen übernehmen und finanzieren Projekte. Landesregierungen machen mit oder stellen uns wenigstens keine Hindernisse in den Weg. Und es gibt Gesetze, die man ohne diese große kritische Masse nie erreicht hätte. Nimm zum Beispiel die letzte Reform des Energiemarkts, okay, sie geht noch nicht weit genug, aber vor wenigen Jahren wäre sie undenkbar gewesen. Erst als die gesehen haben, dass wir bereit sind, die Dächer im ganzen Land mit Solarpaneelen zu füllen und unsere eigenen Versorgungsnetze zu schaffen, haben sie einen Markt reformiert, der unantastbar war. Oder das neue Wohnungsgesetz, was sagst du dazu? Oder die Diskussion über die Viertagewoche, die immer mehr Anhänger findet.

Typisches Tonkrüglerverhalten: sich mit allen möglichen Erfolgen zu schmücken, vor allem mit fremden. Die Viertagewoche? Soweit ich weiß, waren das die alten Gewerkschaften, und es ist ja schön, wenn sie mit der Jugend sympathisieren, aber letztlich setzen sie und einige Parteien sich schon seit Jahren für die Reduktion der Wochenarbeitszeit ein – nur damit, wenn sie sich endlich durchsetzen, die Gayas ankommen und sich einen weiteren Orden umhängen. Ich habe sogar schon gehört, wie sie sich den europäischen Green New Deal zugutehalten, dessen Ursprung noch vor der Gründung der ersten ländlichen Gemeinschaft liegt. Sie heften sich Errungenschaften an die Brust und verwerfen sie im selben Atemzug als unzureichend. Wie es ihnen gerade passt. Ich widerlegte Gaya nicht, auch nicht in Sachen Energiereform. Ich wollte meine Karten noch nicht offen auf den Tisch legen, und so griff ich Segis' realistischen Einwand auf: Du hast recht, sagte ich. Du hast recht, Gaya, aber selbst wenn wir einen anderen Weg einschlagen, vorbei an den Institutionen und so, selbst wenn wir neue Wirklichkeiten schaffen, letztlich stoßen wir irgendwann doch auf dieselbe unüberwindliche Mauer.

Aber die Mauer hat Risse, erwiderte Gaya. O Gott, die

Risse. Wie oft habe ich die tonkrüglerische Theorie von den Rissen gehört. Vom Eiskeil. Der Frostsprengung! Das plappern sie alle nach wie Papageien. Die Theorie der Risse habe ich schon manches Mal schlucken müssen, zusammen mit den Linsen. Gaya spürte offenbar meinen Unmut, jedenfalls konzentrierte sie sich darauf, die Theorie Segis zu erklären, diesem Frischling. Sie fragte ihn, ob er auf dem naturwissenschaftlichen Zweig sei, was er bestätigte. Dann habe er sich vermutlich mit Verwitterungprozessen beschäftigt? Ja, die hätten sie durchgenommen, er erinnere sich gut. Nun, da wisse er ja, wie Frostsprengung ablaufe: Regen- oder Schmelzwasser sickert in die Risse in einem Felsen ein. Bei sinkenden Temperaturen gefriert es. Daraufhin nimmt das Volumen zu, und es entsteht ein derartiger Druck auf die Innenwände, dass der fortwährend von Schmelze und Frost betroffene Stein schließlich birst. Selbst die stärksten Felsen können am Ende durch ein paar Tautropfen gesprengt werden, die in ihren Rissen gefrieren und sich ausdehnen und die Spalte dabei immer stärker erweitern, sodass sich zusätzliches Wasser ansammelt, das wiederum gefriert und einen Eiskeil bildet, der mit der Zeit wächst, bis er den Felsen zum Bersten bringt – die Mauer. Und so machen wir das auch, bekräftigte Gaya und schloss uns ein in ihr Wir, oder wenigstens Segis, inzwischen galten ihre Blicke nur noch ihm. So bauen wir nach und nach eine neue Welt auf, aber nicht auf den Trümmern der alten, sondern in ihren Rissen. Wir warten nicht darauf, die Revolution zu machen, wir beginnen mit der Zukunft hier und jetzt. Jede Gemeinschaft auf dem Land oder im Viertel, jede Kooperative, jedes Verteilungsnetz, jeder Häuserblock, dessen Anwohner sich uns anschließen, ist ein Eiskeil. Auch die Tafel hier, die nach nichts aussehen mag, ist ein Tropfen in einem Riss, noch nicht mal in einem Riss, einer Pore. Aber sie wird wachsen und die Pore erweitern, bis daraus ein ganz feiner Spalt wird, der sich zu einem Riss auswächst und am Ende zum Bruch führt. Und all die Leute, die nie einer Gemeinschaft beitreten werden, die sich noch nicht mal in ihrem Viertel engagieren, aber dieselben Sorgen teilen, bringen immer mehr Veränderungen in ihr Leben, und wenn der Moment dazu kommt, dann wählen sie auch entsprechend. Und gerade diese Ansammlungen von kleinen Veränderungen werden am Ende das System verändern. In der Zwischenzeit ändert jede davon das Leben der Leute zum Besseren. Wir verfolgen hier keine Utopie, kein Versprechen auf ein fernes Paradies: Alles, was wir fordern, setzen wir auch um, es ist wirklich, es ist schon da, es ist das, was du hier siehst. Die Leute können durch die Risse durchschauen. Und da sieht man die andere Seite der Mauer. Die Zukunft!

Die Zukunft. Die letzten Sätze sagte sie mit ausgebreiteten Armen, um das gesamte schmuddelige Lokal zu umfassen, in dem wir beim Mittagessen saßen, die zerlumpte Bande, die auf den umliegenden Plätzen hockte, die rein auf Nahrungszufuhr ausgelegten Speisen. Die Zukunft. In der von den Tonkrüglern versprochenen Fassung. Besser hätte sie es nicht erklären können. Und ich hätte darauf so vieles zu erwidern gehabt. Ich hätte ihr so leicht antworten können. Hätte darlegen können, dass ihre Metapher nichts taugt. Dass gesellschaftliche Veränderungen nichts mit geologischen Prozessen zu tun haben. Dass ihre geliebten Eiskeile, ihre Tautropfen, die gewaltige Felsen sprengen, Tausende von Jahren dafür benötigen. Dass das System kein Felsen ist, kein so offensichtlicher. Dass das System hart ist, aber auch weich, ein Festkörper und gleichzeitig auch flüssig und sogar gasförmig, dass es in allen Aggregatszuständen besteht und widersteht. Dass Macht nicht mit dem Staat gleichzusetzen ist und dass sie keine Standorte hat, an die man sich wenden, vor denen man demonstrieren oder die man eines Tages besetzen könnte, sie ist nämlich ortlos und überall und lässt kaum Spalten, ihre Herrschaft hat einen Grad an Verfeinerung erreicht, die historisch ohnegleichen ist. Und deshalb sind die Tonkrügler keine Alternative. Vielleicht gibt es gar keine Alternative. There Is No Alternative, TINA, wie auf der Tasse stand, die ich mir in London gekauft habe. Ich hätte ihr erklären können, dass die Mauer zwar Risse hat, aber zum Atmen, eben dazu, den Veränderungen besser standzuhalten und nicht zu zerbrechen, so wie Brücken Dehnungsfugen haben. Die Risse sind dazu da, dass die Gemeinschaftler hineinkriechen und glauben, sie würden die Welt verändern. Aber ebenso, wie sich die Risse verbreitern, können sie sich auch verengen, sie werden sich schließen und die Aktivisten erdrücken, sobald diese zu einer Bedrohung werden. Ich hätte Gaya daran erinnern können, wie wenige sie sind. Ihre Gemeinschaften wachsen, ja, aber sie sind immer noch wenige, und ich weiß, die Quote der Aussteiger ist hoch. Viele schließen sich ihnen an, machen eine Zeit lang mit und springen schließlich wieder ab, sei es aus Ermüdung oder aus Enttäuschung, denn der Weg der Tonkrügler ist überaus beanspruchend. Oder sie unterstützen die Bewegung mit Lippenbekenntnissen, so wie Roberto, der Banker, der ohne Probleme an einem Handgelenk sein Armbändchen trägt und am anderen eine Schweizer Uhr. Sie sind wenige, eine Minderheit. Sehr laut, sehr sichtbar, aber eben doch eine Minderheit. Sie leben in einer Blase, während es in der Außenwelt noch immer unzugängliche Clubs gibt, in denen Familien mit sechs- oder siebenstelligem Jahreseinkommen ihre Töchter auf luxuriösen Feiern in die Gesellschaft einführen, um sie später mit jungen Männern aus demselben Club zu verheiraten und sich weiter zu verewigen, unantastbar. Und so weit sich die Tonkrüglerblase auch ausdehnen mag, die meisten Leute leben weiter außerhalb davon, außerhalb dieser Tafel. Sie wohnen nicht in Gemeinschaften, sie wollen ihre Sonntage nicht auf Nachbarschaftsversammlungen vergeuden, um darüber zu befinden, ob eine PV-Anlage aufs Dach soll oder ein essbarer Garten. Sie wollen weiterhin mit dem Auto durchs Gebirge fahren, den Arm aus dem Fenster gestreckt, und die nächsten Ferien planen. Wollen weiter von New York träumen. Sie haben andere Sorgen und Ängste, noch größere als die Klimakrise oder die gesellschaftliche Ungleichheit. Sie haben Arbeitsstellen, die sie viel Kraft kosten, haben Finanzierungsprobleme, Schulden, Kinder auf der schiefen Bahn, Partner, die sie betrügen, senile Eltern, um die sie sich kümmern müssen. Sie haben auch andere Befriedigungen und Sehnsüchte, sogar noch größere als die, eine Gemeinschaft aufzubauen oder ernährungsautark zu werden. Sie haben ihr eigenes gutes Leben. Die menschliche Komplexität lässt sich nicht ins Tonkrüglermuster integrieren, daher die vielen Konflikte, die es in den

Gemeinschaften gibt, in einigen Fällen ist das schlimm ausgegangen, obwohl Gaya das natürlich nicht erwähnt. Es stimmt nicht, dass sie dabei sind, einen Mentalitätswandel herbeizuführen, und auch nicht, dass die bereits sichtbaren Folgen des Klimawandels es leichter machen werden, Veränderungen auf dem Schnellweg durchzuführen. Schau dir die Leute doch an: Sie – wir – haben wochenlang bei fünfzig Grad ausgehalten, haben ertragen, dass Schneefälle alles zum Erliegen brachten, dazu Wassersperren wegen Trockenheit im Frühling, unkontrollierbare Waldbrände, verlorene Ernten, furchtbare Überschwemmungen. Wir haben eine Heiße Woche ausgehalten. Wir haben sämtliche Berichte des Expertenrats gelesen und sämtliche Prognosen gehört, die Zunahme der Temperatur, den Anstieg des Meeresspiegels, den Kollaps. Und weißt du, was am meisten dazu beigetragen hat, dass wir wach wurden und auf die Straße gegangen sind und Maßnahmen gefordert haben? Die Kakerlaken. Die verdammten Kakerlaken aus Madagaskar! Erst als wir auf eine neue Kakerlakenart stießen, riesige, widerwärtige Viecher, die dank milderer Winter die Mittelmeerländer erreicht und sich rasant reproduziert haben, und jetzt bevölkern sie die Städte, die Kanalisation und die Straßen und dringen in die Häuser ein, in Küchen und Schlafzimmer, wo sie uns nachts mit ihrem Fauchen wecken, erst da griff Panik um sich und wir machten uns bewusst, dass der Klimawandel ein ernstes Problem ist. Wegen ein paar verdammten Kakerlaken. So sind wir. Und sie redet von Rissen. Von der Zukunft.

Das alles hätte ich ihr sagen können, aber Gaya hörte gar nicht mehr zu reden auf, sie hängte einen Satz an den anderen, ihre Argumentationskette war sehr gut vorbereitet, wie aus einem Handbuch für Telemarketing, und sie hatte beschlossen, ihre Anstrengungen auf Segis zu konzentrieren, denn mir begann sie allmählich zu misstrauen. Oder vielleicht lag es auch daran, dass sie grundsätzlich lieber junge Leute rekrutieren, die formbarer, unschuldiger und enthusiastischer sind, wenn sie sich der Gruppe anschließen, so wie auch Gaya selbst.

Apropos Zukunft, wie stellst du dir die Zukunft vor?, fragte sie Segis unverhofft, der so konzentriert zuhörte, dass mir gar Zweifel kamen, ob er nicht seinen eigenen Gedanken nachhing, während er die Leier im Hintergrund hörte, womöglich lachte er im Stillen darüber oder spürte eine Art von Faszination, sogar romantische Faszination für diese so hübsche und überredungsstarke junge Frau. Oder begann etwa das Tonkrüglergeseier eine Wirkung auf ihn zu entfalten, hatte Gayas steter Tropfen auch angefangen, in die Risse meines guten Segis einzusickern? Ich versuchte, das Gespräch abzubrechen, bevor es wirklich gefährlich wurde:

Wir sind etwas in Eile, wir müssten jetzt los. Damit versuchte ich es, doch keiner der beiden hörte mir zu.

Die Zukunft?, fragte Segis zurück, wie ich mir die Zukunft vorstelle? Keine Ahnung. Schwierig vermutlich. Und er versank für einige Sekunden in Nachdenken. Ich bekam Lust, ihn daran zu erinnern, wie die Zukunft aussah, nicht die der Menschheit, sondern seine Zukunft, die des Segismundo García, Sohn von Segismundo García und Enkel von Segismundo García: Abitur an der Schule für Gewinner. Studium an einer Universität im Ausland. Erfolg mit irgendeinem seiner Geschäfte. Kein Ausstieg aus dem Aufzug. Sondern ein Aufstieg in Höhen, die weder du noch ich je erreicht haben. In die Stratosphäre. Das ist deine Zukunft, Segis. Sag es ihr.

Aber Gaya ließ ihn nicht zu Wort kommen, fest entschlossen, ihm all ihre Ware anzudrehen:

Als ich in deinem Alter war, sagte sie, als wäre sie nicht nur sechs oder sieben Jahre älter als Segis. Als ich in deinem Alter war, haben sie uns mal in der Schule gefragt, wie wir uns die Zukunft vorstellen, die Welt in zwanzig oder dreißig Jahren. Die Antworten fielen alle sehr ähnlich aus. Unsere Zukunft würde schlechter sein, viel schlechter, unweigerlich schlechter. Mehr Ungleichheit, weniger Demokratie. Autoritäre Staaten, technologische Überwachung. Umweltkatastrophen, Kriege um immer knappere Ressourcen. Megakonzerne. Ein völlig entfesselter Raubtierkapitalismus. Failed states, ganze Länder in den Händen mafiöser Organisationen. Terrorismus, Aufruhr, weiträumige Gewalt. Extreme Luftverschmutzung, Trinkwassermangel, häufige Hungersnöte. Rette sich, wer kann.

Verdammt, ich sollte die junge Frau als Vertrieblerin anstellen. Aber sie war natürlich nur dabei, die passende emotionale Grundstimmung zu schaffen, damit wir die Deckung fallen ließen und sie uns anschließend aufs Kreuz legen konnte:

Bis heute stellen sich viele Leute die Zukunft so vor. Und in den meisten Filmen, Serien und Romanen bekommen wir routinemäßig dystopische Zukunftsszenarien vorgeführt. Zum Beispiel dieser Schrott-Serie Safe Place, die habt ihr doch sicher auch gesehen.

Wirklich, wir müssen jetzt los, wiederholte ich mit einem Blick auf die Uhr, aber es war ebenso schwierig, Gaya zum Schweigen zu bringen, wie Segis' Aufmerksamkeit zurückzugewinnen. Mir blieb nichts anderes übrig, als weiter zuzuhören:

Manche von uns geben sich nicht damit zufrieden, dass die Zukunft Safe Place wird, auch nicht Mad Max. Wenn du mich heute fragst, wie ich mir das Leben in zwanzig oder dreißig Jahren vorstelle, fällt meine Antwort völlig unterschiedlich aus. Jetzt sehe ich eine andere Zukunft. Ich glaube, dass sich die Risse weiter verbreitern werden. Und darin entstehen neue Gemeinschaften, auf dem Land und in der Stadt, die ihrerseits die Schaffung weiterer Gemeinschaften befeuern, mit exponentiellen Wachstumsraten. Wir alle haben PV-Anlagen auf den Dächern, und es gibt Solar- und Windparks der öffentlichen Hand oder im Eigentum der Bürger. Eigenverbrauch und dezentrale Stromerzeugung sind erfolgreich eingeführt, alles mit erneuerbarer Energie, und wenn die Gebäude und das Transportwesen entsprechend angepasst sind, dann wird das auch effizienter. Ebenso ist es mit der autonomen Versorgung im Nahrungssektor, wenn erst die ländliche Umwelt ihre Eigenständigkeit zurückhat und die Städte ihre Grundnahrungsmittel selbst herstellen. Tausende von Kooperativen decken in Zusammenarbeit mit demokratisch geführten öffentlichen Unternehmen einen Großteil der Bedürfnisse ab, es gibt Güter und Dienstleistungen zu fairen Preisen und unter Berücksichtigung der Würde der Arbeitenden. Die Städte werden bewohnbarer, auch das Land eine attraktive Option. Wir forsten große Flächen auf und renaturieren sie, beheben Zerstörungen an Umwelt und Landschaft. Wir besitzen weniger und leben damit besser, während alternative Konzepte von Wohlstand und Entwicklung sämtliche Bereiche staatlichen Handelns durchdringen. Die Grundbedürfnisse sind durch ein bedingungsloses Grundeinkommen abgedeckt, sodass wir weniger, viel weniger arbeiten.

Und das alles kostet uns nur 'n Appel und 'n Ei, stimmt's?, hätte ich beinahe dazwischengerufen. Was für eine politische Versammlung die Kleine hier abhielt, inzwischen hörten auch andere Tischgenossen zu, sie sprach nämlich jedes Mal lauter:

Wir verteilen durch eine gerechte Besteuerung den Reichtum neu. Wir schreiben die Verfassung um, ökologisch und feministisch geprägt und an den Prinzipien der Gleichheit und sozialen Gerechtigkeit ausgerichtet. Und dann leben wir in einer partizipativen Demokratie mit starken Regionen und vom Volk bestimmt.

Herr Ober, noch 'n Appel und 'n Ei!

Wir regieren. Innerhalb oder außerhalb des Ministerrats, aber wir regieren. Mehr noch: Wir sind an der Macht. Und wir sind keine Insel mehr, keine planetarische Anomalie. Ähnliche Prozesse sehen wir in anderen Ländern ablaufen, einige sind bereits weiter als wir, und viele werden noch folgen, die Bewegung ist unaufhaltsam. In manchen wird der entscheidende Impuls durch Bürgerbewegungen kommen, in anderen durch Wahlsiege, vielleicht auch die eine oder andere Revolution. Mit all diesen Initiativen werden wir Bündnisse schließen und so eine neue Weltordnung erreichen, alternative Formen von Führung, Kooperation, internationalistischem Denken. Wir werden unseren ökologischen Verpflichtungen gerecht werden, die Umweltkrise überwinden, die schlimmsten Folgen des Klimawandels vermeiden und die nicht mehr aufzuhaltenden lindern, indem wir mit den am stärksten betroffenen Ländern zusammenarbeiten. Denn es stimmt nicht, dass es zu spät ist. Wir steuern keineswegs auf den Kollaps zu, von dem einige so ausführlich berichten, um uns den Wind aus den Segeln zu nehmen. Wir haben noch Zeit. Es wird weder schnell noch einfach gehen, auch nicht ohne Schmerzen. Der Weg wird nicht geradlinig verlaufen, es wird Engpässe und Rückschritte geben, Missgeschicke und Enttäuschungen, manche werden scheitern oder aufgeben, aber am Ende werden wir es schaffen. Wir werden ans Ziel gelangen. In die Zukunft.

Beifall, Ovationen, Seufzer und Tränen, alle im Raum fielen einander in die Arme, ehe ich michs versah, küsste ich die salzigen Wangen des halben Südsektors. Nein, so weit kam es natürlich nicht. Aber es hat wenig gefehlt. Als Gaya ihre I-have-a-dream-Rede beendet hatte, saßen die Anwesenden ganz still da. Dann brach Segis das Schweigen:

Klingt nicht schlecht, diese Zukunft.

Natürlich nicht, sagte sie völlig ironiefrei, es lag doch auf der Hand, dass sich mein Sohn über sie lustig machte, über ihr kindisches Gerede und ihre glückliche Welt! Natürlich klingt das nicht schlecht, wiederholte sie, und wisst ihr, was das Beste ist? Dass es sich nicht um eine Illusion handelt. Diese Zukunft ist in unserer Reichweite, sie liegt in unseren Händen. Und wir tun schon die ersten Schritte darauf zu. Schaut nicht nur auf diese Tafel oder auf die Gemeinschaften. Das ist nur der sichtbare Teil, aber da gibt es noch viel mehr.

Jetzt sagt sie gleich das mit dem Eisberg, dachte ich, fast hätte ich es ihr laut vorgesprochen. Und tatsächlich:

Das Ganze ist ein gewaltiger Eisberg. Manche glauben, in den Ökogemeinschaften wären wir alle nur damit beschäftigt, Gärten zu pflanzen, das passt ja zu dieser Karikatur naiver Blumenkinder, als die einige uns sehen wollen. In Wirklichkeit ist die Mehrheit von uns mit anderen, ebenso notwendigen Aufgaben beschäftigt. Wusstet ihr, dass wir schon eine eigene Bank haben? Wir vergeben Mikrokredite und finanzieren die Projekte der Gemeinschaften.

Das ist ja toll, wäre ich ihr beinahe ins Wort gefallen, da kann ich ja bei euch eine Kreditlinie für meine Sicheren Orte beantragen.

Momentan spielt sich das noch im kleinen Maßstab ab, aber es wird wachsen und sich vielleicht zu einem alternativen Finanzsystem entwickeln, das im Zusammenwirken mit einer öffentlichen Bank die Macht der Großbanken stark einschränken würde. Für jetzt finanzieren wir die ersten Baugenossenschaften. Und planen einen iberischen Telefon- und Internetanbieter, in Zusammenarbeit mit den portugiesischen Ökogemeinschaften. Wir werden unser eigenes Netz aufbauen, setzen auf eine Datentechnik, die von den großen Dienstleistern unabhängig bleibt. Was soll an all dem utopisch sein? Wir streuen die Samen für einen künftigen Frühling.

O nein, die abgegriffene Metapher von den Samen und

dem Frühling, bitte nicht das. Wir hatten genug gehört, und so stand ich auf, bevor sie den Satz zu Ende sprechen konnte: Tut mir leid, wir müssen jetzt gehen, es war uns ein Vergnügen, danke für das Essen.

Segis stand ebenfalls auf, er wirkte peinlich berührt, vermutlich fand er meine Intervention zu abrupt. Nicht so das Dummchen:

Geht ihr schon? Wenn ihr wollt, kommt doch heute Abend wieder. Hierher oder in die Gemeinschaft in eurem Viertel. Wir treffen uns freitags immer zum Abendessen: Jeder bringt etwas zum Teilen mit, es wird Musik gespielt, und am Ende wird getanzt. Ihr wisst ja, wenn ich nicht tanzen darf, dann ist das nicht meine Revolution. Da seht ihr dann mal, dass wir auch Spaß haben können. Ich würde sagen, wir können das ganz besonders gut.

Ein Superplan. Freitagabend, Dinner in der Gemeinschaft. Ich stellte mir vor, wie Segis all seinen Freunden Bescheid sagte: Heute lassen wir das mal mit dem Vorglühen im Park und der Disco, die Ökos veranstalten ein Essen auf dem Platz.

Und wenn nicht, dann hoffe ich, dass wir euch ein andermal wieder sehen, sagte die dumme Pute zum Abschied. Ihr seid immer willkommen, wir können Leute gebrauchen, die mit anpacken, und sicher habt ihr auch viel beizutragen.

Ganz bestimmt, sagte ich und unterdrückte dabei ein Schnauben.

Was machst du eigentlich beruflich?, fragte sie mich schon an der Tür, in der Hoffnung, ich könnte zu ihrer glücklichen Gemeinschaft irgendwelche nützlichen Kenntnisse beitragen. Ich zögerte kurz, dann antwortete ich mit einem schartigen Lächeln:

Ich bin Zahnarzt.

Gerade in dem Moment, als wir dieses Drecksviertel mit raschen Schritten hinter uns ließen und ich Segis fragte, wie er den Auftritt der Tonkrüglerin gefunden habe – bestimmt könnten wir uns auf ihre Kosten eine Weile lang schlapplachen –, gerade da rief Yuliana an und sagte, sie habe dich verloren.

Du warst verloren gegangen. Oder ausgebüxt. Jedenfalls warst du nicht da, die gestresste Yuliana konnte dich nicht finden, und sie konnte auch nicht aufhören zu weinen, ich hatte Mühe, sie zu verstehen, Wörter aus ihrer Muttersprache kamen ihr in die Quere, und ich war nicht an ihrer Seite, um sie zu trösten, sie in den Arm zu nehmen, ihr zärtlich übers Haar zu streichen: Ist doch alles gut, ganz ruhig, ihr die Tränen wegzuküssen. Ist doch alles gut, wir werden ihn schon finden.

Du warst verloren gegangen, verstand ich schließlich, als sie sich ein wenig beruhigte. Noch immer schluchzend, erzählte sie, nach dem Mittagessen habe sie dich im Vertrauen auf deine wiedergewonnene Gefügigkeit vor dem Fernseher zurückgelassen, im Sessel dösend, und ihrerseits die Gelegenheit genutzt, in die Badewanne zu steigen, nervös, wie sie war, erzählte sie es so, ich weiß nicht, ob sie nur geduscht und die Wörter verwechselt oder ob sie tatsächlich gebadet hatte, aber so sah ich sie jetzt vor mir: tief in der schaumigen Wanne, mit geröteten Wangen und beschlagenem Spiegel, sie fuhr sich mit einem Waschlappen zart und langsam über die langen Arme, von den Fingern bis zur Achsel und wieder zurück. Lach mich ruhig aus, aber wenn ich mich selbst befriedige, geschieht das seit einiger Zeit immer zum selben Thema. Als sie aus der Dusche kam, und jetzt sprach sie von Dusche, aber das war für mich genauso gut, ich sah sie trotz ihres Weinens in der Diele, eingehüllt in ein kurzes Handtuch oder nicht einmal das, sie hält dich ja nicht mehr für einen erregbaren Mann, der imstande wäre, ihr auf ihr Zimmer zu folgen und sie aufs Bett zu stoßen, oder vielleicht hält sie dich doch noch für ein Geschlechtswesen, aber für harmlos, und das ist ein Geschenk, das die barmherzige Yuliana dir macht. Als sie aus der Dusche kam, fragte sie dich von der Diele aus, ob alles okay sei, und da keine Antwort kam, dachte sie, du seist eingeschlafen, sie hörte im Hintergrund den Fernseher und dachte, du seist eingeschlafen, wie es dein eingespielter Tagesablauf vorsieht, und so ließ sie dich noch einige Minuten lang unbehütet, um sich einzuölen, und warum schilderte Yuliana mir das so detailliert, warum bot sie mir dieses Bild an, wie sie sich die glänzenden Schenkel und den Bauch massiert, kreisförmig vor dem Spiegel, vielleicht sah sie auch mich nicht mehr als erregbaren Mann, oder doch, und dann war es auch ein Geschenk an mich. Sie ölte sich also ein und zog sich an und kämmte sich und föhnte sich die Haare, Einzelheiten, die, wie ich jetzt begriff, nicht Teil einer erotischen Erzählung waren, sondern einer Chronologie, es ging darum, die Zeit abzuschätzen, wie lange du schon fort und wie weit du gekommen sein mochtest: solange es eben dauert, zu duschen, sich einzucremen und eine lange Mähne zu kämmen und zu föhnen. Nachdem sie ihre Körperpflege abgeschlossen hatte, ging sie schließlich doch ins Wohnzimmer, aber du warst nicht da. Sie suchte nach dir, aber du warst nicht auf der Toilette, du warst nicht in deinem Zimmer, du warst nicht in der ungleich gefährlicheren Küche, zum Glück warst du auch nicht auf dem geschlossenen Balkon und lagst nicht platt auf dem Lichthof, auf den sie aus dem einzigen Fenster, das erschreckend offen stand, angsterfüllt hinunterblickte. Nach einer zweiten Hausdurchsuchung, bei der sie mit wachsender Beklemmung die Wohnung durchkämmte und hinter dem Sessel nachsah, unter dem Bett und in den Schränken, als wäre das alles nur eine Schelmerei, und dabei deinen Namen rief, wo sind Sie, Segismundo, wo haben Sie sich versteckt, Segismundo, bestand für sie kein Zweifel mehr: Du warst nicht zu Hause. Sie ging zur Wohnungstür und stellte fest, dass der Schlüssel steckte, aber nicht umgedreht war, und Yuliana schwor, die verzweifelte Yuliana schwor mir, sie lasse nie, nie, nie den Schlüssel stecken, sie verwahre ihn immer in der Tasche oder nachts in einer Schublade in der Küche. Allerdings könne sie nicht vollkommen sicher sein, dass sie bei dem aufregenden Vormittag und eurem überhasteten Aufbruch und dem Lauf durch die Straßen und der Rückkehr nach Hause nicht mit dem Kopf woanders gewesen wäre, den Schlüssel stecken gelassen hätte, denn es komme ihr schon komisch vor, dass du ihn in ihrer Jackentasche gefunden haben solltest, ganz sicher, ihn dort verwahrt zu haben, war sie auch nicht, es konnte auch sein, dass sie ihn bei der Ankunft auf dem Tisch hatte liegen lassen, sie konnte sich nicht mehr erinnern, ihr Kopf war wie leer gefegt, es tat ihr sehr leid, entschuldigte sie sich ein ums andere Mal, ihr Anruf kam von unterwegs, sie war rasch hinuntergelaufen, hatte dich aber weder im Treppenhaus noch bei Nachbarn gefunden und auch nicht unten auf der Straße, die ging sie nun entlang, schaute um jede Ecke und befragte Passanten und Ladenbesitzer und Kellner, aber niemand hatte einen einsamen alten Mann in Pantoffeln gesehen. Du warst verloren gegangen. Oder ausgebüxt.

Immer mit der Ruhe. Du warst nicht verloren, nicht vollständig. Du konntest nicht so einfach abhauen. Ich öffnete die App auf meinem Handy, und da warst du: deine bläuliche Spur, die sich über den Stadtplan zog, abermals fast in gerader Linie, auf demselben Weg wie am Vormittag, jetzt aber schneller, als durchquertest du die beim vormittäglichen Versuch freigeschaufelte unterirdische Galerie.

Ich bat Segis, mit mir zu kommen, und wies Yuliana an, zu Hause zu warten, wir würden dich schon finden und zurückbringen. Wir brauchten ja nur der gepunkteten Linie auf dem Bildschirm zu folgen, weit weg waren wir nicht, wir konnten dich auf der Strecke abfangen, und in dem Fall hatte ich nicht vor, dich festzuhalten, noch nicht mal, mich dir in den Weg zu stellen, vielmehr würde ich dich weiterziehen lassen und dir so lange auf den Fersen bleiben, bis sich dein Ziel herauskristallisierte, die Vorahnung, die mich seit dem Vormittag begleitete. Dafür hatte ich dir die Uhr mit dem Peilsender gekauft, als es vor über einem Jahr mit deinen Streifzügen losging: nicht, weil ich befürchtete, dich zu verlieren, und auch nicht auf Rat der Krankenschwestern, die uns vor der folgenden Phase deines Verfalls, dem Weglaufen, gewarnt hatten, sondern um sicherzustellen, dass ich dein Ziel finden würde, wenn du ausbüxtest.

Segis und ich gingen zügig, diagonal zu deiner Linie, so

würden wir dich an einer Kreuzung einholen, die weniger als einen Kilometer entfernt lag. Da bliebst du stehen. Mit einem Schlag. Der leuchtende Punkt fror auf der Karte ein, länger als die Minute, die du an einer viel befahrenen Straße an der Ampel stehen könntest, oder als die Zeit, in der du dich nach einem Sturz mit schmerzenden Gliedern aufrappeln müsstest. Du verharrtest fast drei Minuten lang so, um deinen Weg schließlich fortzusetzen, aber mit einer Abweichung, im rechten Winkel links abbiegend, in Richtung Norden, fort von uns. Als hättest du es dir anders überlegt, dich plötzlich erinnert. Oder als wolltest du uns aus dem Weg gehen, als würdest du fliehen.

Segis, lauf, bat ich den Jungen, der seine Schritte beschleunigte, sicher hielt er meine Sorge für die eines Sohnes um seinen verwirrten Vater, für die Befürchtung, dass ihn ein Bus überrollte, wenn er, ohne zu schauen, über eine viel befahrene Straße ging, aber jetzt war nicht der richtige Moment für Erklärungen. Segis, lauf, der Opa rennt uns noch davon. Denn die Linie auf deinem GPS wich nicht nur von der bisherigen Route ab, sie hatte sich auch beschleunigt, sein Tempo übertraf das unsere bei Weitem, es passte nicht zu einem alten Mann. Segis, lauf, und wir fingen an zu rennen, stießen mit Passanten zusammen und schlängelten uns zwischen Autos hindurch, du warst in einem unmenschlichen Tempo unterwegs, für das es nur eine Erklärung gab: Du saßest in einem Auto. In einem Taxi. Denn die Vorstellung, dass ein Wagen auf dich gewartet hätte, war mir dann doch zu überdreht.

Ich sah auf dem Bildschirm, wie sich deine Markierung mit dreißig oder vierzig Stundenkilometern in Richtung

Norden entfernte. Die Zeit war zu knapp, um ein Ubify zu rufen, also winkte ich das erstbeste Taxi herbei, wir stiegen ein, aber ich konnte dem Fahrer keine Adresse nennen. Also sagte ich nur, er solle nach Norden fahren, ich würde ihm dann weitere Anweisungen geben.

Ich kapiere gar nichts, sagte Segis, der tatsächlich nichts kapierte, weil er bis heute so gut wie nichts von deiner Geschichte wusste, du kannst mir dafür danken, dass ich das Bild deines Enkels von dir makellos gehalten habe. Das ist eine lange Geschichte, wenn wir ihn finden, erkläre ich dir alles, versprach ich.

Der Taxifahrer beobachtete uns misslaunig im Rückspiegel, da ich ihn immer nur aufforderte, weiterzufahren. Endlich blieb dein Signal stehen. Verdammt, der Bahnhof. Ich wartete eine Minute, bis ich sah, dass du dich wieder in Bewegung setztest, nun jedoch langsamer, also zu Fuß, und zwar in den Bahnhof hinein. Ich nannte dem argwöhnischen Taxifahrer das Ziel. Bitte beeilen Sie sich, sagte ich, denn vor meinem geistigen Auge sah ich dich schon auf tausend verschiedene Weisen dein Ziel erreichen: Du konntest ein Bahnhofsschließfach aufsperren, das seit Jahren verschlossen war, auf der Toilette eine lose Fliese anheben, dich mit einem Anwalt treffen, mit einer Geliebten oder deinem früheren Partner, sie würden dir ein verstaubtes Köfferchen aushändigen, und dann würdest du in einen Zug steigen und schallend lachen, während er sich in Bewegung setzte, bevor wir eintrafen.

Nachher erkläre ich dir alles, versprach ich meinem verdatterten Sohn noch einmal, dann zahlte ich hastig, und wir sprangen aus dem Wagen, liefen durch den Bahnhofseingang, und ich rannte durchs Foyer, ohne recht zu wissen, wohin, den Blick auf deine Markierung gerichtet, die einen allzu großen Bereich anzeigte, bei all den Leuten um diese Stunde. Ich bat Segis, bei den Schließfächern nachzuschauen, und lief selbst zu den Toiletten. Ja, sogar in den Kabinen habe ich nach dir gesucht, wie ein richtiger Volltrottel, völlig überzeugt, dass heute der Tag wäre.

Aber du warst nicht da. Wir konnten dich nicht finden. Ich ging bald in die eine, bald in die andere Richtung, machte immer wieder kleine Sprünge, um über die Köpfe der Leute hinwegzuschauen, ich würde dich verlieren. Da fiel mir eine Funktion der App ein, die ich nie benutzt hatte, sie war genau für solche Situationen gedacht: nicht für einen in der Menge untergetauchten Schwindler, sondern für einen zwischen den Leuten verlorenen Kranken. Ich aktivierte die Remote-Ruf-Funktion deiner Uhr. Im Bahnhof war es zu laut, aber ich lief weiter in alle Richtungen, bis ich endlich einen anhaltenden Pfeifton vernahm. Ich hielt Ausschau nach der Quelle, eigentlich nach deinem Gesicht, vergeblich. Und dann sah ich ihn: einen Jungen, der hinter einer Säule stand, auf sein Handgelenk starrte und nach einem Knopf suchte, mit dem er dieses Pfeifen abstellen könnte.

Wo hast du die Uhr her?, fragte ich ihn ohne Umschweife und zeigte auf den Apparat, der weiter vor sich hin pfiff. Die gehört mir, verteidigte er sich wenig überzeugt. Hat dir deine Mutter eine Uhr mit Peilsender verpasst, falls du dich verläufst?, fragte ich übertrieben aggressiv, berührte dabei mit der Zunge meine noch frische Scharte im Mund.

Ich habe sie auf der Straße gefunden, sagte er schließlich, als Segis sich neben mich stellte, zwei gegen einen. Wo das gewesen sei, fragte ich, und er nannte die Straße, in der du tatsächlich vor einigen Minuten plötzlich abgebogen warst. Dann war es also das: Der Richtungswechsel hatte in Wirklichkeit einen Wechsel des Trägers angezeigt.

Ich zeigte ihm die geöffnete App auf meinem Handy als Beweis dafür, dass das Gerät mir gehörte, und er händigte es mir widerwillig aus und entfernte sich unter Beschimpfungen.

Ich musste lachen, ein abgekämpftes Lachen nach dem angespannten Lauf, der Taxifahrt, den Runden durch den Bahnhof. Nicht du warst unterwegs gewesen, sondern bloß deine Uhr. Nicht du hattest in einem Taxi oder im Auto eines Komplizen gesessen, sondern ein Halbstarker war auf einem Tretroller gefahren. An die Stelle des pumpenden Soundtracks der Verfolgungsjagd vor einigen Minuten trat die hektische Musik einer irren Komödie. Und jetzt hatte ich dich wirklich verloren, ohne Spur. Die perfekte Flucht. Ein Köfferchen oder noch nicht einmal das, eine Mülltüte mit mehreren Bündeln Scheine und einem Reisepass. Vielleicht auch ein Flugticket, beschafft durch einen Kontakt, mit dem du hinter Yulianas Rücken kommuniziert haben musstest, ohne das Festnetztelefon zu verwenden, ich konnte ja die Anrufliste überprüfen. Und in dem Fall würde mein abgekämpftes Lachen mit deinem triumphalen Gelächter zusammentreffen, in der Zeit, aber von ferne. Das alles schoss mir durch den Kopf, als ich deine Uhr wiederhatte.

Segis' vernünftigere Version lautete, dieser Mistkerl mit

dem Roller hätte einen dementen Alten abgezogen, den er alleine durch die Straßen ziehen sah. Hätte dir die Uhr mit Betrug oder Gewalt abgenommen, um sie weiterzuverkaufen. Meine noch von der Erregung geprägte Theorie war, dass das Ganze von dir ausgegangen wäre, du hättest gewusst, dass wir dich verfolgten, und deshalb die Uhr abgestreift und fallen gelassen, wie wenn einer seine Fußstapfen im Sand verwischt, um Verfolger abzuschütteln.

Warum sollte Opa so was machen?, fragte Segis. Es war nicht einfach, diesen vernünftigen Einwand zu beantworten. Also erzählte ich ihm, während wir an die Stelle zurückkehrten, an der wir deine Spur verloren hatten, von Brubaker und deinem sicheren Ort.

Brubaker. Der Name sagt dir nichts mehr, wenn ich ihn ausspreche, zeigt sich keine Veränderung auf deinem stumpfsinnigen Gesicht. Brubaker. Bru-ba-ker. Ich halte dir auf meinem Handy das Foto von Robert Redford hin, in der grauen Gefängniskluft und mit ungepflegtem Bart, aber du reagierst nicht. Brubaker, Brubaker, Brubaker. Der unbestechliche junge Gefängnisdirektor, der alle täuscht, indem er sich als Kriminellen ausgibt, um das Gefängnis, das er reformieren will, zunächst von innen kennenzulernen. Der Mann, der lügt, um die Wahrheit zu finden, sich in eine Maske hüllt, um alle anderen zu entlarven.

Ich habe den Film vor nicht allzu langer Zeit wieder gesehen, ich fand ihn nicht so besonders, vielleicht habe ich ihn deinetwegen satt. Ein typischer Gefängnisfilm voller Klischees, die Figuren mit grobem Pinsel gezeichnet. Segis kennt noch nicht einmal den Titel. Er war ja noch klein, du hattest keine Gelegenheit, ihn einer kommentierten Brubaker-Vorführung zu unterziehen. Schon lange vor deiner Einweisung ins Gefängnis war das dein Lieblingsfilm, drinnen wurde er dann zur Obsession.

Ich bin der neue Gefängnisdirektor, mein Name ist Brubaker. So hast du mich bei meinem ersten Besuch begrüßt, als du noch in Untersuchungshaft warst und darauf vertrautest, in wenigen Tagen freizukommen. Damals habe ich mitgespielt, weil ich noch nicht alles wusste und nicht damit rechnete, dass der Polizeieinsatz und die U-Haft nur der Beginn des völligen Zusammenbruchs waren, und ebenso wenig damit, dass der Schutt auch mich unter sich begraben würde, dein Schutt. Also wies ich deine Annäherung nicht ab, sondern ging auf dein Spiel ein und übernahm meinen Part, zum x-ten Mal, jetzt aber auf einer unerfreulichen und zugleich unübertrefflichen Bühne.

Ich bin der neue Gefängnisdirektor, mein Name ist Brubaker, flüstertest du.

Ich will den Boss sprechen, sagte ich, um die Szene an ihren Anfang zurückzuholen, dabei imitierte ich den irren Blick von Morgan Freeman, hielt sogar den Arm, als drückte ich einem anderen Gefangenen die Kehle zu, den ich als Geisel genommen hätte: Ich will den Boss sprechen!

Ich bin der Boss, erklärtest du mit gelassener Miene von deiner Seite der Trennwand. Ich bin der neue Gefängnisdirektor, mein Name ist Brubaker.

Du, der Direktor? Am Arsch vielleicht!, wiederholte ich Wort für Wort den Dialog, den du mich von klein auf so viele Male hattest rezitieren lassen. Mit der Zeit war er zwischen uns zum Insiderwitz geworden, einem Beweis für das Einvernehmen zwischen Vater und Sohn, selbst in schlechten Momenten konntest du damit an eine Zuneigung anknüpfen, die nicht viele Ausdrucksformen kannte, um nicht zu sagen keine. Du, der Direktor? Am Arsch vielleicht!

Es ist wahr, ich schwöre es, versichertest du.

Wie kommt's dann, dass du wie 'n Drecksack rumläufst?, fragte ich mit einem Ekel, der zu diesem Zeitpunkt nur gespielt war.

Ganz einfach. Weil ich den Jungs hier was vormache, flüstertest du mit einem Nicken zu einem imaginären Wachmann hin, der mit seinem Gewehr in der Hand dastand, mit Sonnenbrille und Kaugummi im Mund. Dann zwinkertest du mir zu.

Wir lachten, an diesem Tag haben wir gelacht wie selten zuvor. Du brauchtest das Lachen, um zu glauben, dass du nicht verloren warst, dass das nicht das Ende war, dass sich alles noch klären konnte, die Wahrheit würde ans Licht kommen, eines Morgens würdest du den Hof überqueren, aus dem Wachturm würde ein Maschinengewehr auf dich zielen, und du würdest ins Büro des korrupten Gefängnisdirektors treten, der dich verblüfft anstarren würde, wenn du sagtest: Ich bin Brubaker, ich bin hier, um Sie abzulösen. Ich wiederum konnte noch lachen, weil ich nicht spürte, dass dein Treibsand mich allmählich verschluckte.

Monate später hast du es noch einmal versucht, nach deiner Rückkehr in die Untersuchungshaft und nun ohne Kaution: Es waren Auslandskonten aufgetaucht, die das Fluchtrisiko erhöhten.

Ich bin der neue Gefängnisdirektor, sagtest du hinter der gläsernen Trennwand. Ich verstand dich erst gar nicht, hatte keine Lust mehr zum Spielen. Bitte, was?

Aber du haktest nach, mit einem traurigen Lächeln und noch in der Hoffnung, meine Antwort hätte nicht gestimmt, weil ich dich hinter der Scheibe nicht richtig gehört hätte: Ich bin der neue Gefängnisdirektor, ich bin Henry Brubaker. Das war dein Codewort, die Möglichkeit, zu überprüfen, ob ich noch auf deiner Seite stand, ob nicht auch ich dir den Rücken gekehrt hatte. Da verstand ich und reagierte entsprechend harsch, ließ dir nicht das geringste Schlupfloch: Verpiss dich doch mit deinem scheiß Brubaker.

Brubaker. Du Clown. Darf ich dir ins Gesicht lachen? Du hast dich ja auch im Club für Brubaker gehalten, den Eingeschleusten, den Hochstapler, den Selfmademan, der sich unter jene gemischt hatte, die schon von Haus aus Gewinner waren, du hattest so getan, als wärst du einer von ihnen, hattest allen etwas vorgemacht, irgendwann würdest du die Maske abstreifen und die kaiserliche Nacktheit all dieser Hampelmänner aufdecken, deren Gesellschaft dir so verhasst wie begehrt war. Brubaker. Haha.

Aber pass auf, während ich Segis davon erzählte, schlich sich ein kleines Grinsen auf mein Gesicht, und in meiner Brust pochte ein Rest von Rührung, ich weiß nicht, ob deinetwegen, meinetwegen oder wegen Segis, mir war nämlich aufgefallen, dass mein Sohn und ich kein solches Codewort haben. Wir haben gemeinsame Scherze, aber nicht diese wenigen Wörter, die niemand außer uns beiden mit Sinn zu füllen weiß, Wörter, die uns einander näherbringen, uns versöhnen und daran erinnern, dass wir uns gernhaben, und die wir auch dann noch im Herzen spüren, wenn wir einander nicht ausstehen können.

Um diesen bitteren Geschmack loszuwerden, erzählte ich dem Jungen auch noch das Ende der rührenden Geschichte von Opa und seinem Filmchen um den unbestechlichen Gefängnisdirektor – die Sache mit der Brubaker GmbH. An dem Tag, als ich im Fernsehen die Nachricht vom Durchbruch bei den Ermittlungen hörte, vom Auftauchen einer Briefkastenfirma in Panama, die du mir gegenüber nie erwähnt und deren Existenz du abgestritten hattest, bis das Dokument mit deiner Unterschrift ans Licht kam, da genügte mir, diesen Namen zu hören, Brubaker S. L., um zu wissen, dass du am Tiefpunkt angekommen warst.

Aber heute fiel mir der gute Brubaker wieder ein, als ich deine Spur verlor und davon ausging, du seist geflohen. Ich dachte, du würdest mir gegenüber genau das abziehen: eine Brubaker-Nummer. Demnach hätte dein Betrug nicht wie bei Redford nur ein paar Wochen gedauert, eingesperrt bei widerwärtigem Essen und den gefängnisüblichen Demütigungen, sondern mehrere Jahre. Und ich, oder genauer: Yuliana und ich, dazu natürlich der Arzt, der Gutachter und der Bewährungsrichter, wir wären die Betrogenen. Heute nun wäre der Tag gekommen, nur wärst du nicht über den Hof gegangen, um, ohne anzuklopfen, ins Büro des Gefängnisdirektors zu gehen, sondern von zu Hause ausgebüxt, hättest die unbewachte Straße überquert, ohne von den Türmen aus anvisiert zu werden, die Uhr mit dem Peilsender abgenommen wie einer, der seine Fußfesseln abreißt, und hättest, einmal befreit, deinen sicheren Ort aufgesucht. Dort hättest du dir dein Köfferchen zurückgeholt, die Schachtel oder den vollen Müllbeutel, und von dort aus würdest du die Flucht fortsetzen, ohne Ende. Den Teil habe ich Segis nicht erzählt, er sollte mich nicht für einen Spinner halten, aber ganz ehrlich, manchmal habe ich daran gedacht, oft sogar, all die Male, bei denen ich dich wie ein Möbelstück vor dem Fernseher sah, vom Löffel schlürfend und dabei dein Hemd bekleckernd, oder wenn du durch die Diele schlichst wie ein

Gorilla im Zoo, sinnloses Zeug redetest, zur Unzeit lachtest und weintest oder mir mit belämmerter Miene ins Gesicht starrtest; und auf einmal war mir, als sähe ich etwas in deinen Augen, etwas Unbestimmtes, aber unverwechselbar deines, einen Abglanz von Schelmerei, und dann fragte ich mich, ob du hier etwa eine Brubaker-Nummer abzogst, die größte Brubaker-Nummer aller Zeiten.

So habe ich das Segis nicht erzählt, aber Lust dazu bekam ich allmählich. Da ich diese Version als Erklärung für dein Verschwinden nicht völlig ausschließen wollte, erzählte ich ihm von dem Prozess, mal sehen, ob er zu demselben Schluss gelangte wie ich. Ich erwähnte deinen vorangegangenen Versuch, deine fehlgeschlagene Brubakerei, als du während des Verfahrens versuchtest, eine mildere Strafe zu erwirken, dem Gefängnis zu entgehen oder bessere Haftbedingungen zu bekommen: Du gabst kognitive Probleme vor, um wegen einer degenerativen Krankheit als nicht straffähig eingestuft zu werden. Ein plumper Ansatz, der dich am Ende teuer zu stehen kam, letztlich trug er dazu bei, dass sich die Waage der Justiz zu deinen Ungunsten neigte und sich deine Haft später auf grausame Weise verlängerte, als die Demenz tatsächlich eintrat. Bei jener ersten Gelegenheit schenkte niemand – weder der Richter in deinem Verfahren noch das Strafvollstreckungsgericht – dem Arztbericht Glauben, den dein Anwalt vorlegte, oder deinem Theater im Büro des Richters, als du vor dich hin stottertest und dem Gutachter falsche Antworten gabst. Ein jämmerlich schlechter Schauspieler, ein Westentaschen-Brubaker. Schlecht beraten von deinem Anwalt, wie du später sagtest, wobei ich sicher bin, dass die Idee von dir stammte. Ich habe Segis nicht alles erzählt. Habe ihm verschwiegen, wie du mich zum Komplizen deines Betrugs machtest, wie ich für dich aussagen und behaupten musste, gewiss, im vergangenen Jahr habest du immer wieder Dinge vergessen und unter Zerstreutheit gelitten, verheerende unternehmerische Entscheidungen getroffen und eine Reihe von Symptomen an den Tag gelegt, die ich vor dem Richter herunterleierte, ohne mich sonderlich anzustrengen. Davon habe ich Segis heute Nachmittag nichts erzählt, und zwar nicht um deinet-, sondern um meinetwillen, ich wollte mich nicht noch mehr demütigen, er sollte nicht sehen, wie sehr ich mich an dich geklammert habe, während uns derselbe Treibsand verschlang, derselbe Berg Scheiße.

Deshalb habe ich, als einige Jahre später die ersten Symptome auftauchten, dieselben Symptome, die ich auf Anweisung deines Anwalts auswendig gelernt und probeweise aufgesagt hatte; als schon nicht mehr der klinische Bericht einer Prozesspartei, sondern der Gefängnisarzt selbst deine wachsenden Orientierungsprobleme bestätigte, die Fehler in der Werkstatt, die Wortfindungsschwierigkeiten und den Umstand, dass du deine Zellennummer vergaßt oder den Tag, an dem dein Sohn dich besuchen käme; als auf einmal die echte Demenz ausbrach, was einer Strafe zu gleichen schien, einer zusätzlichen Sanktion, einer Abrechnung für deinen vorangegangenen Betrugsversuch; deshalb also war ich es, der das Ganze nicht glaubte: Ich sah durch die Scheibe im Sprechzimmer deinen belämmerten, desorientierten Ausdruck, hörte dein unzusammenhängendes Gebrabbel, den Taubstummendialog, der zwischen uns ablief, wenn ich dir etwas erzählte, an das du dich nicht erinnern konntest. Ich glaubte dir also nicht, sah immer noch den Täuscher, den unermüdlichen Schelm, den Brubaker, der allen etwas vormacht: vom Wachmann mit Gewehr und Sonnenbrille über den Scharfschützen auf dem Wachturm bis hin zum Gefängnisdirektor und dem gutmütigen, vertrauensseligen Gefängnisarzt.

Mein Unglaube hielt monatelang an, während dein Verfall allmählich unübersehbar wurde, bei meinen seltenen Besuchen fand ich, dass du immer häufiger stammeltest, zu Wiederholungen und Vergesslichkeiten neigtest, dusselig und an einem Wort hängend, das dir nicht über die Zunge wollte, frisch genäht an der Augenbraue, nicht etwa, weil korrupte Wachleute dich verprügelt hätten, sondern, weil so ein seniler Alter eben manchmal stolpert und hinfällt. Dann akzeptierte ich die Diagnose des neuen Gutachtens, das diesmal nicht von deinem Anwalt bestellt worden war, sondern von dem menschenfreundlichen Anstaltsarzt; wie ich auch deine Überstellung zum offenen Vollzug akzeptierte und schließlich deine vorgezogene Haftentlassung. Deren Genehmigung zog sich gewiss ein wenig länger hin als bei einem anderen Gefangenen, der nicht wie du schon als Trickser und Täuscher bekannt gewesen wäre. Eine Verzögerung, die dem Spezialisten zufolge durchaus zur Verschlimmerung deines Zustands und Beschleunigung deines Verfalls beitragen konnte, weil es an fachkundiger Betreuung fehlte und du dich nicht in einer vertrauten Umgebung befandest, sondern orientierungslos und ohne persönliche Bezugspunkte lebtest, für einen senilen Menschen gibt es wohl keinen schlechteren

Ort als ein Gefängnis. Du kannst dich nicht mehr erinnern, hast mir auch nichts davon erzählt, aber ich erfuhr es durch den Arzt, der stets darauf Wert legte, mich über deine Entwicklung auf dem Laufenden zu halten. Damals verlorst du zum ersten Mal die Kontrolle über deinen Schließmuskel. Dieser Moment, der allen Kranken widerfährt, bevor sie sich mit der Windel abfinden, dieses erste Mal, das sich mit etwas Glück zu Hause und ohne weitere Zeugen abspielt, aber manchmal geschieht es demütigenderweise auf der Straße, in einem fremden Haus oder in der Kneipe. In deinem Fall passierte es auf dem Gefängnishof. Mitten auf dem Hof hast du dich eingeschissen. Alle haben es gesehen und gerochen, ein alter Scheißer, dem Kot den Hosenboden verdunkelte, dann lief etwas an den Beinen hinunter, verpestete die Luft sogar im Freien; ein alter Scheißer unter Männern, die von der Haft und ihrem harten Leben zu Tieren geworden waren. Selbst mir erscheint diese Strafe zu harsch.

Endlich akzeptierte ich die Diagnose, akzeptierte deine Freiheit, akzeptierte sogar die Vormundschaft, die mir als Sohn zufiel. Doch an dem Tag, an dem der richterliche Beschluss veröffentlicht wurde, die endgültige Bestätigung, dass du nicht mehr ins Gefängnis zurückmusstest, entfuhr mir der Spruch: Du hast es geschafft, Oller, jetzt kannst du das Theater einstellen. Du sahst mich derart elend an, derart verloren und erschrocken und dabei so gefügig, so sehr deines Stolzes und deiner wilden Entschlossenheit beraubt, dass ich es mir eingestehen musste: Diesmal war es kein Simulieren. Und doch, trotz des offenkundigen Verfalls der letzten Jahre, eines absoluten Niedergangs, der einen Betrug eigentlich undenkbar machte, wegen der langen Dauer und weil er dir mehr geschadet als möglichen späteren Nutzen gebracht hätte, trotz all der Belege habe ich dir ja schon gesagt: Kein Tag vergeht, an dem ich dir nicht in die Augen schaue und daran denke.

Auch heute habe ich selbstverständlich daran gedacht, als du auf einmal weg warst und ich nicht wusste, soll ich dich jetzt als verloren betrachten oder geflüchtet. Das Vernünftigste war immer noch, von dem Drang zum Weglaufen auszugehen, der diese Phase deiner Krankheit charakterisiert; oder vielleicht hatte dich eine plötzliche Erinnerung angeweht, wie es Dementen tatsächlich manchmal widerfährt, die in ihrer vom Vergessen geprägten Leere auf einmal ein Kleinod aus fernster Vergangenheit aufblitzen sehen, und dann wird es zur Obsession, die ihre Flucht anleitet wie ein Magnet: eine Rückkehr an den Ort der Kindheit, an die Schule, an den Arbeitsplatz, wo sie Jahrzehnte verbracht haben, in die alte Wohnung, an irgendeinen Ort, der in ihrem Gedächtnis eine unauslöschliche Spur hinterlassen hat und jetzt aus diesem Gewirr unverbundener Bruchstücke hervorglänzt, das ihr Gehirn ist. Ja, das wäre das Vernünftigste gewesen. Aber in den wenigen Stunden, in denen du verschwunden bliebst, bis ich dich schließlich fand, konnte ich meinen Verdacht nicht abschütteln.

Neben der Sache mit Brubaker erklärte ich Segis, um das Ganze abzurunden, auch das mit deinem sicheren Ort. Als wir an der Kreuzung ankamen, wo sich deine Spur verlor, dort, wo ein billiger Gauner deine Gefügigkeit ausgenutzt und dir die Uhr weggenommen hatte, erzählte ich ihm von meinem ersten Besuch nach deiner Verurteilung. Noch hatten das Gefängnis und die Krankheit dich nicht gebeugt, du gabst dich stolz. Du würdest dich im Gefängnis nicht unterkriegen lassen, all das sei eine Ungerechtigkeit und blanker Unfug, tatsächlich seist du das Opfer fremder Habgier, man würde dich für einen Schaden bezahlen lassen, den du nicht verursacht hättest, zu deinem Sturz sei es nur gekommen, weil du nicht zu denen gehörtest, weil sie dich nie akzeptiert hätten, dein Aufstieg sei ihnen gegen den Strich gegangen, sie wollten dich dorthin zurückstoßen, wo du herkamst, oder sogar noch tiefer, wärst du einer von ihnen gewesen, so wäre dir überhaupt nichts passiert, da wärst du straflos davongekommen, wie das eben ist, wenn man das Geld hat, die Stellung, den Familiennamen und die Kontakte, aber das alles könne dich weder sorgen noch schrecken, wer zuletzt lacht, lacht am besten, früher oder später würdest du rauskommen, nicht wie ein Brubaker, sondern wie der Graf von Monte Christo, rachedürstend und triumphierend. Ich musste deinen prahlerischen Wortschwall unterbrechen: Papa, du bist rechtskräftig verurteilt, viereinhalb Jahre und sechs Monate wegen Vollstreckungsvereitelung, Geldwäsche und Mitgliedschaft in einer kriminellen Vereinigung, zweieinhalb Jahre wegen Steuerbetrugs und noch mal zwei wegen Untreue, das macht fast neun Jahre Gefängnis. Die Aufzählung deiner Strafen aus meinem Mund zu hören, änderte kein bisschen an deiner Überheblichkeit: Ich komme viel früher wieder raus, versichertest du; ich komme viel früher raus, du wirst schon sehen. Und ich sage dir mal was: Im Gefängnis ist es nur halb so schlimm, wenn du danach nicht mit leeren Händen dastehst. Ich riss die Augen auf, um meine Verblüffung zu bekunden: Du hast doch nichts, Papa, sogar noch weniger als nichts, du bleibst ja für den wirtschaftlichen Schaden verantwortlich. Das kommt alles in Ordnung, wiederholtest du, das kommt alles in Ordnung, vertrau nur deinem Vater. Aber ich konnte deine Botschaft zwischen den Zeilen noch immer nicht verstehen, ich sah nur verletzten Stolz, die Unfähigkeit, deine Niederlage anzunehmen, daher legte ich nach: Kapierst du's denn nicht, du kannst noch nicht mal deinen Anwalt bezahlen. Du reagiertest mit einem Lächeln, diesem Lächeln, mit dem du auf mich herunterblicktest, wenn ich eine deiner unternehmerischen Entscheidungen nicht begriff, weil mir das Geheimnis verschlossen blieb, dein Geheimnis; lächelnd sahst du dich nach beiden Seiten um, senktest die Stimme wie ein Brubaker und sagtest: Der Anwalt hat sein Honorar schon bekommen. Wie, der hat …?, versuchte ich zu fragen, aber du fielst mir entschlossen ins Wort, mit erhobener Hand: Vertrau deinem Vater, und das war alles, mehr Beweise gab es nicht.

Aber ja, der Anwalt hatte sein überzogenes Honorar bekommen, denn er reklamierte nicht, kam dir weder mit einer Klage noch mit einem Schuldenbären. Und da ich noch immer nicht wusste, woher die Mittel für diese Zahlung stammten – eine großzügige Hilfeleistung seitens dieser Abzocker aus dem Club oder deiner Investoren, die dir im Prozess die gesamte Verantwortung in die Schuhe geschoben hatten, um sauber daraus hervorzugehen, war ausgeschlossen –, ließ mir die Sache keine Ruhe, und ich fragte dich bei den nächsten Besuchen weiter aus, aber du machtest: Psst, zwinkertest mir zu, zeigtest in die Ecke wie dein heldenhafter Gefängnisdirektor und sagtest immer nur: Vertrauen, mein Sohn, vertrau nur deinem Vater.

Ich vertraute dir also, was blieb mir anderes übrig. Ich wartete geduldig, bis du zum ersten Mal ein Wochenende lang Freigang bekamst. Da holte ich dich am Gefängnistor ab, du trugst einen stolzen dunklen Anzug, zu weit ob der verlorenen Kilos. Ich brachte dich in meine Mietwohnung, du hattest ja nicht einmal mehr ein Dach über dem Kopf, von der Zelle abgesehen, dir blieb keinerlei Vermögen. Und ohne dir Zeit zu lassen, mich nach Segis zu fragen, eine erste Dusche fern der Gemeinschaftsanlagen im Gefängnis zu genießen oder dir ein schönes Glas Wein in Freiheit einzuschenken, forderte ich, kaum dass du durchs Tor getreten warst, die Auflösung deines Rätsels vom Grafen von Monte Christo: Sag mal, das Geld für den Anwalt – woher kam das? Deine Konten waren doch alle blockiert, die Firma abgewickelt, dein gesamtes Vermögen weg? Vertrau deinem Vater, wiederholtest du im Auto. Vertrau nur deinem Vater, sagtest du aufs Neue in der Wohnung, worauf ich dir in Erinnerung rief, dass uns dort niemand hören konnte: Hör endlich mit deinem scheiß Vertrauen auf und erzähl mir, was los ist. Da offenbartest du mir, sie hätten dir nicht alles wegnehmen können. Du hättest den Banken noch nie vertraut, schon gar nicht denen im Ausland oder irgendwelchen Scheinfirmen, deren Funktionsweise dir unklar war, all den Anwälten und Strohmännern, die dich bestimmt übers Ohr hauten; du warst von der alten Schule, hattest noch immer die Gewohnheiten eines Mannes, der Zeiten des Mangels erlebt hat und sich ein Polster zulegen muss, falls sie wiederkommen. Und so hattest du jahrelang, sicherlich weil du ein solches Ende voraussahst, den unvermeidlichen Sturz, einen Teil deiner Erträge beiseitegeschafft, vorbei an den offenen Konten der Firma und vor allem an den Blicken von Buchhaltern, Partnern, Anwälten und Finanzberatern. Als fleißige Ameise, die du stets bliebst, im Einklang mit deinen Ursprüngen, hattest du Scheinchen um Scheinchen gehortet, denn das war das einzige Geld, das für Segismundo García etwas galt: solches zum Anfassen und zum Zählen, bündelweise raschelndes Papier, das du greifen konntest, dir den Zeigefinger ablecken und beim Durchzählen die Ecken voneinander lösen, dann die Scheine falten und mit einem Gummiband zusammenbinden und sie in die Tasche stecken, die fast überquoll; echtes Geld, schmutzig und wohlriechend, nichts, was sich bei Finanzoperationen in Luft auflösen oder von einem Gericht beschlagnahmt werden könnte. Und wo ist dieses Geld?, fragte ich an jenem Tag, ohne aus meiner Ungeduld einen Hehl zu machen, der Ungeduld des Sohnes, der vom Fall seines Vaters mitbegraben wurde, ein um sein Erbe Gebrachter, dem nichts bleibt als ein übel beleumundeter Name und eine routinemäßige Aufnahme in die schwarzen Listen von Banken und Unternehmen. Wo ist dieses Geld? An einem sicheren Ort, lautete deine Antwort. Und sooft ich auch nachhakte, dir war kein weiteres Wort zu entlocken: Das Geld ist an einem sicheren Ort.

Da blieb kein Zweifel, warum du mir deinen sicheren Ort nicht offenlegtest, deine Alibaba-Höhle, die Karte der Insel von Montechristo mit der genauen Stelle, wo der neue Edmond Dantès nach seiner Flucht aus dem Château d'If den verborgenen Schatz finden würde. Du hast ihn mir nicht offengelegt, weil du mir nicht vertrautest. Die Aufforderung, dir zu vertrauen, die du bei jedem meiner Besuche im Gefängnis wiederholtest, beruhte nicht auf Gegenseitigkeit: Du hattest kein Vertrauen zu mir. Du hattest Angst, wenn mir dein sicherer Ort bekannt würde, könnte ich dir zuvorkommen und das Geld aus dem Versteck holen, ohne deine Freiheit abzuwarten, könnte es an meinem eigenen sicheren Ort unterbringen oder damit durchbrennen, wobei ich ja nicht einmal wusste, ob es sich um wahre Reichtümer handelte oder um einen Notgroschen. Du hattest Angst vor meinem Groll, meiner eigenen Rache dafür, dass du mich bei deinem Sturz mitgerissen hattest, du hattest mich ja über deine unternehmerischen Schiebereien im Unklaren gelassen, mich erst während der Ermittlungen belogen, dann beim Prozess und erneut nach der Verurteilung. Du hattest mich enterbt. Und ich behaupte nicht, dass ich dergleichen nie getan hätte, ich kann dir keineswegs garantieren, dass ich an jenem Sonntag nach deiner Rückkehr ins Gefängnis nicht schleunigst losgezogen wäre, um deinen Schatz auszugraben, ohne auch nur eine Minute zu verlieren, also ohne Hacke oder Spaten, im Knien und mit bloßen Händen hätte ich so lange den Boden aufgescharrt, mir die Fingernägel eingerissen, bis ich fündig geworden wäre.

Ich spreche vom Ausgraben, weil ich mir beim Gedanken an dein Geld immer eine Kiste vorgestellt habe, eine Tüte oder Piratentruhe einen halben Meter unter der Erde. Ich stellte mir vor, du würdest mit einem Spaten in der Hand das Versteck schaufeln, diese Aufgabe konntest du niemand Vertrauenswürdigem aufhalsen. Ich stellte mir vor, du würdest ein ausreichend großes Loch ausheben, das Geld hineinlegen, das Loch wieder zuschütten und das Erdreich platt treten, bis es wieder der Umgebung glich. Bestimmt ist es nicht so gewesen, es wäre nicht sonderlich intelligent, etwas Wertvolles für Jahre einzugraben, dem Ungeziefer ausgeliefert, den Regengüssen, öffentlichen Baumaßnahmen oder diesen Typen, die nach römischen Münzen suchen, bewaffnet mit einem Metalldetektor. Wahrscheinlicher ist ein Safe, ein Bahnhofsschließfach, ein Schrank mit doppeltem Boden, eine lockere Fliese oder sogar eine Geliebte oder ein treuer Freund, von denen ich nichts weiß. Der Anwalt höchstpersönlich, falls es denn Anwälte gibt, die so loyal sind. Aber mir gefällt dieses Bild vom verbuddelten Schatz. Vermutlich hat das mit den Spielen zu tun, die du dir in meiner Kindheit für mich ausdachtest, Schnitzeljagden und Schatzsuchen, dein einziger Beitrag zu meinem Vergnügen und auch das nicht sehr häufig, nur zu besonderen Gelegenheiten, Geburtstage,

Weihnachten, das Schuljahresende, wenn ich mir ein Geschenk verdient hatte, die Suche war dann ein Teil davon, der beste Teil. Ich fand es toll, aufzuwachen und neben meinem Kissen, unter meiner Tasse Milch, im Schuh oder beim Aufklappen des Federmäppchens in der Schule einen zusammengefalteten Zettel zu finden, darauf eine erste Spur, die das Ganze in Gang brachte. Und dann wurde ich von Hinweis zu Hinweis geführt, von Ratespiel zu Ratespiel, bis schließlich der Schatz erreicht war, ein Spielzeug, der Gutschein für ein Geschenk, ein Säckchen mit Münzen, und was immer es war, es lag unweigerlich an einem nahe gelegenen Ort vergraben, den ich auf dem letzten Zettel der Karte entnahm: der Karte, die du im Stil von Piratengeschichten gezeichnet hattest, eine Skizze mit Wegen und Bäumchen und stilisierten Häusern, eine gestrichelte Linie, der man folgen musste, die Anzahl der Schritte und ein großes X an der Stelle, wo der Schatz verborgen lag. Deshalb dachte ich, dass auch dein sicherer Ort ein X sein sollte, auch dafür müsste es eine Karte geben.

Und was war dann mit Opas sicherem Ort?, fragte Segis, der ebenfalls ungeduldig darauf wartete, ans Ende zu gelangen und den Schatz zu finden. Aber das Ende der Geschichte war enttäuschend, wenigstens bis heute: Dein Aufenthalt im Gefängnis hatte sich länger hingezogen, als du in deiner Überheblichkeit geglaubt hattest. Ich hatte den sicheren Ort während dieser Jahre vergessen, oder besser gesagt, nein, ich hatte vielmehr akzeptiert, dass du vor deiner Entlassung nichts mehr dazu sagen würdest, und die Auflösung daher auf den Tag verschoben, an dem du in die Freiheit entlassen würdest. Dann aber hoffte ich, dich zu begleiten und das Geld zurückzuholen, um meine eigenen Verbindlichkeiten einzutreiben, das viele Geld, das du mir schuldest. Nun aber begann dein geistiger Abbau, die wirkliche Krankheit, nicht mehr die vorgeschützte, um den Richter zu betrügen, höhlte dich nach und nach aus und zersetzte dir das Gehirn, aber in der Frühphase merkte niemand etwas davon. Ich sage niemand, aber nur ich hätte überhaupt etwas merken können, denn du bekamst keinen anderen Besuch, und selbst die meinen waren immer nur sporadisch, ich konnte einen Monat verstreichen lassen, ohne dich zu sehen, und Wochen, ohne auch nur die Telefonstunden zu nutzen: Über deine Niedergeschlagenheit und über meinen Groll hinaus hatten wir uns nichts zu erzählen. Und du kannst sicher sein, die wenigen Male, die ich dich besuchen ging, tat ich das nicht aus Lust, auch nicht aus Zuneigung oder Mitleid und noch weniger aus dem Gefühl einer Verpflichtung durch Blutsbande, ich musste ja sogar heimlich vorgehen wegen Mónica. Vermutlich tat ich es wegen des Geldes, ja, wegen dieses Geldes, von dem ich irgendwann meinen Teil zu bekommen hoffte. Dieses Geld, von dessen Existenz ich noch nicht einmal überzeugt war, es konnte auch eine Erfindung von dir sein, um mich an deiner Seite zu halten, um nicht katastrophal allein zu bleiben, noch einsamer, als du schon warst.

Ich ging dich besuchen, wir verbrachten fünfzehn Minuten im Sprechraum, und vierzehn davon waren zu viel, wir hatten uns nach der Begrüßung nichts zu sagen, nach den paar Neuigkeiten aus der Familie (meine Scheidung, das Sorgerecht für Segis), dem Finanziellen (mein x-ter Jobwechsel oder Versuch, ein Geschäft aufzubauen) und deinen eigenen Neuigkeiten aus dem Gefängnis. Was für ein Widersinn: Wenn eines das Leben im Gefängnis bestimmt, dann ist es das absolute, grausame Fehlen von Neuigkeiten. Wir redeten nicht viel, und diese Ausdruckslosigkeit führte dazu, dass ich deine zunehmende Verschlechterung nicht bemerkte. Ich übersah die ersten Anzeichen deiner Krankheit; schrieb dein Verstummen, deine Sinnsprünge und Vergesslichkeiten der depressiven Stimmung zu, die von der langen Haft verursacht wurde. Ich sah nicht Senilität, sondern Hospitalismus, das gedemütigte Zirkustier, das seine Stunden schlafend im Käfig verbringt, nicht mehr überlebensfähig, wenn man es wieder in den Dschungel entließe, abgeschnitten von seinen Instinkten und sogar vom Hungergefühl. Auch empfand ich für dich nicht genug, um mir wegen deiner Niedergeschlagenheit Sorgen zu machen und der Frage nachzugehen, ob du tatsächlich an einer typischen Gefängnisdepression littest, ob man dich eines Morgens an einem zusammengerollten Laken aufgehängt finden würde oder mit aufgebissenen Venen. Dein Leiden war mir gleichgültig, das gebe ich zu und sage es dir ins Gesicht, auch wenn es dieses vertrottelte Gesicht ist und ich dabei nie mein Lächeln verliere, so wie es von den Angehörigen eines senilen Kranken erwartet wird.

Also musste der Gefängnisarzt, bewegt von nichts als seiner Güte oder seinen berufsethischen Grundsätzen, jedenfalls weit über seine routinemäßigen Pflichten hinaus, an deinem Fall Anteil nehmen und dich beobachten und die Symptome analysieren, um schließlich eine Alzheimer-Diagnose zu stellen. Der Arzt teilte mir den Befund persönlich mit und schlug den Versuch vor, aus humanitären Gründen deine Freilassung oder wenigstens den offenen Vollzug zu erwirken. So engagiert zeigte sich der gute Mann für deinen Fall, dass ich irgendwann sogar dachte, er würde dir aus der Hand fressen, du habest auch ihn gekauft, ihm von deinem sicheren Ort erzählt und einen Teil des Schatzes versprochen, wenn du freikämst. Das ist engherzig von mir, ich weiß, aber vielleicht hat Güte ja immer etwas Verdächtiges.

Nach fast einem Jahr bürokratischer und rechtlicher Wirrungen, zahlreichen verschlossenen Türen und mithilfe deines Anwalts, der pünktlich wiederauftauchte, um zu bestätigen, dass er ordentlich bezahlt worden sei und auch weiterhin für seine Dienste entlohnt zu werden hoffe, erreichte ich den offenen Vollzug für dich, und wenige Monate später kam dann die Umwandlung in eine Freilassung auf Bewährung. Und in diesem Moment, als du herauskamst und ich dich ohne Trennscheibe sehen und mehrere Tage hintereinander mit dir verbringen konnte, genau da merkte ich, wie weit dein Abstieg bereits vorangeschritten war. Du warst nicht mehr Segismundo García – sowieso nicht der unbezähmbare Selfmademan oder strenge Mustervater, aber nicht mal der Segismundo García, den mehrere Jahre in einer Zelle und handwerkliche Tätigkeiten in der Anstaltswerkstatt weichgeklopft hatten. Du warst ein anderer Mensch, weniger Mensch. Ein Stück Schutt, das warst du. Als hätte sich nach deinem wirtschaftlichen und rechtlichen Niedergang die Fäulnis auf deinen gesamten Organismus ausgedehnt, auf dein verflüssigtes Gehirn. Das Offensichtlichste war dein Gedächtnis, deine Vergesslichkeiten. Da wir während der Besuche kaum gesprochen hatten und nie von der gemeinsamen Vergangenheit, merkte ich erst, als du in meiner Wohnung warst, bis zu welchem Punkt sich deine Erinnerungen aufgelöst hatten. Du wusstest nicht, wer Segis war, wusstest nicht, dass du einen Enkel hattest. Du wusstest nicht, was Sonríe! gewesen war, erkanntest deinen Ex-Partner und Ex-Freund nicht wieder, als ich dir ein Foto von ihm zeigte. Du sahst mit einem Lächeln das Porträt von Mama, warst aber nicht imstande, dich an ihren Namen zu erinnern, du nanntest sie nur immer: Mama, Mama, was eure verwandtschaftliche Beziehung in ein zweifelhaftes Licht rückte. Du wusstest nicht, in welchem Jahr du geboren warst, in welcher Straße du wohntest, was für ein Auto du besessen hattest. Du wusstest nicht, wo sich der sichere Ort befand, auf welcher Insel dein Schatz begraben war.

Wir erreichten die Straßenkreuzung, an der du verschwunden warst und wo dir der Jungspund die Uhr mit dem Peilsender geklaut hatte, das meinte jedenfalls Segis; oder er hatte sie auf dem Boden gefunden, nachdem du sie abgenommen hattest, das dachte immer noch ich. Wir sahen uns um, jeder auf der Suche nach etwas anderem: Segis hielt Ausschau nach einem netten alten Mann, der mit verlorenem Blick auf einer Bank saß oder ohnmächtig auf dem Gehsteig lag, während Passanten sich um ihn kümmerten, oder vielleicht stand er in irgendeinem Laden, dessen Besitzer die Polizei gerufen haben mochte, er hätte da einen Senioren, der nicht mehr nach Hause fand; was mich betrifft, so suchte ich das alles auch, außerdem jedoch einen möglichen sicheren Ort: eine Bankfiliale mit Schließfächern, eine Anwaltskanzlei, ein leer stehendes Grundstück, wo man graben konnte, ohne gesehen zu werden. Da von dir keine Spur zu finden war, schlug ich vor, die mehr oder weniger gerade Linie zu verlängern, die du von zu Hause aus in Richtung Osten gezogen hattest. Vielleicht gingst du stadtauswärts, zum Rand der Umgehungsautobahn, wo es alte Schrebergärten gab, eine Deponie für Bauschutt. Du siehst, ich hatte weiter den vergrabenen Schatz im Sinn.

Wir marschierten los, unterwegs sagte Segis, er halte es für sehr unwahrscheinlich, dass du deinen sicheren Ort aufsuchen würdest. Er hatte dich in letzter Zeit nicht oft gesehen, aber doch häufig genug, um zu wissen, dass dein Körper alle organischen Funktionen erfüllte, bis auf die des Gedächtnisses. Und wenn du schon ihn nicht immer erkanntest, wie solltest du dich dann an ein Versteck von vor acht oder zehn Jahren erinnern – sofern es dieses Versteck überhaupt gab. Zudem hielt er die von mir mehr oder minder angedeutete Theorie von der Verstellung für Quatsch. Darin gab ich ihm recht, obwohl ich die Theorie eigentlich nicht ganz ausschließen wollte. Um meine Hypothese vom sicheren Ort aufrechtzuerhalten, erklärte ich ihm, wie das verlorene Gedächtnis eines Kranken aussieht: nicht wie ein Wald, in dem ein Großbrand kontinuierlich und auf breiter Front vorrückt und dabei alles versengt, sondern eher wie ein betrunkener Pyromane, der mit einem Flammenwerfer zwischen den Bäumen hindurchläuft, auf einem ziellosen Zickzackkurs, sodass auf den Seiten weite Bereiche intakt bleiben, die er erst fertig niederbrennen wird, wenn ihn sein Weg erneut dorthin führt. Du hattest nach und nach diverse Einzelheiten vergessen, Momente aus der Jetztzeit und Erinnerungen von vor dreißig Jahren, aber dieses Vergessen blieb diskontinuierlich und sprunghaft. An einem Vormittag wusstest du nicht mehr, wo du die Brille gelassen hattest, warst aber in der Lage, sämtliche Schritte aus den Stunden davor zu rekonstruieren; an einem anderen Tag konntest du auf einem alten Foto deine Eltern nicht erkennen, erinnertest dich aber detailreich an deine Erstkommunion.

Von daher meine – vermutlich verzweifelte – Zuversicht, du könntest dich doch noch an deinen sicheren Ort erinnern, so wie du Woche für Woche Yuliana überraschtest, wenn dich ein Schub von Kohärenz erfasste oder eine Art Erinnerungsausschlag bei dir ausbrach, sodass du ihr hastig etwas aus der Vergangenheit erzähltest, als wolltest du die junge Frau zur Verwahrerin dieser Erinnerungen machen, bevor sie vollends vom Sand verschüttet wurden. Und nicht nur das: Nach dem, was ich über deine Krankheit gelesen hatte, werden Betroffene häufig von einer plötzlich wiederauflebenden Erinnerung befallen, können sie aber weder zeitlich einordnen noch klar konturieren, sie schwebt gleichsam in all dem leeren Raum im Gehirn; ein tückisches Sprudeln, das zum drängenden Impuls wird, zur Obsession, oft auch zum Ziel eurer Fluchtversuche. Manchmal ist es ein für die Biografie des Kranken zentraler Ort: ein Haus, das er nirgends zuordnen, aber präzise skizzieren könnte, er würde es wiedererkennen, wenn er es vor sich sähe, deshalb sucht er ja auch danach; eine kleine Baumgruppe, in deren Schatten er vielleicht geküsst wurde und wohin es ihn jetzt wieder zieht, ohne dass er wüsste, warum; oder das Friedhofsgrab von jemandem, an dessen Tod er sich nicht erinnert, auch nicht an sein Leben. Andere Male ist es ein belangloser, nichtssagender, ja lächerlicher Ort: eine Bushaltestelle, an der nichts passiert ist, eine Kneipe an der Landstraße, wo der Betroffene ein einzelnes Mal angehalten hat, ein Wohnzimmer bei Leuten, bei denen er einmal eingeladen war; irgendein Eck, das wohl jeder lieber vergessen hätte, sogar der Kranke selbst, aber der launenhafte Verlauf der Krankheit fixiert es und rückt es ins Zentrum seiner Aufmerksamkeit, sodass er sich gezwungen sieht, danach zu suchen. Unter all diesen

Möglichkeiten, hoffte ich, würde dein sicherer Ort wiederauftauchen; mit etwas Glück hättest du während deiner Jahre im Gefängnis so ausgiebig daran gedacht, mit solcher Intensität und Verzweiflung und einem solchen Begehren, dass er dich nun im Traum und in täglichen Offenbarungen heimsuchte, ein Ruf, ein innerer Zwang, dorthin zu gehen, noch ohne zu wissen, was dich dort erwartet. Häufig, erzählte ich Segis, verläuft sich ein seniler alter Mensch oder reißt aus, und schließlich findet man ihn Stunden später am Eingang zu seiner ehemaligen Schule, unter dem Fenster, aus dem seine erste Freundin herunterschaute, oder an einem Kiosk, wo er jahrelang täglich die Zeitung gekauft hat, auch jetzt weiß er ihn zu finden, geleitet durch einen Orientierungssinn, der für andere Wege auf immer verloren ist.

In deinem Fall schien offensichtlich, dass es da ein Zentrum der Anziehungskraft gab, etwas daran überfiel dich von Zeit zu Zeit, es rüttelte dich wach und brachte dich auf die Füße, getrieben von dem Drang, das Haus zu verlassen und dem Ruf einer Flöte zu folgen, die nur du hören konntest. Daher meine Anweisung an Yuliana seit jenen ersten Fluchtversuchen: Lass ihn ruhig raus, geh mit, aber führ oder brems ihn nicht, gib nur acht auf ihn, er soll seinem Instinkt folgen, seiner Erinnerung oder was immer ihn in diesen Momenten antreibt. Da sie in meiner Anordnung kein anderes Anliegen erkennen durfte als verwandtschaftliche Fürsorge, tarnte ich meine Gier als Mitleid: Das zu finden, wonach du mit solcher Kraft suchtest, würde dir sehr dabei helfen, andere Erinnerungen zu erhaschen, als handelte es sich um Fische an einer Kette von Ködern, wenn man einen herauszog, kämen alle fröhlich hinterher, die angebissen hatten. Sicher schenkte sie meiner Erklärung keinen Glauben, Yuliana ist gutmütig, aber nicht blöd, und wenn sie meiner Anweisung über all diese Zeit Folge geleistet hat, dann aufgrund unserer monetären Verbindung: Wer zahlt, schafft an. So hat es die süße Yuliana also bei jedem Fluchtversuch gehalten, ohne dass du deinen Zielort erreicht hättest, denn dir ging vorher die Puste aus, auf halbem Weg. Aber es war ein klares Muster zu erkennen, eine Absicht, eine unbestreitbare magnetische Kraft: Du schlugst jedes Mal dieselbe Richtung ein, auf denselben Ort zu, du hattest eine Vorstellung, wohin, auch wenn du auf unsere Fragen hin weder wusstest, was dich dort erwartete, noch, warum du dorthin unterwegs warst. Aber du hattest das dringende Bedürfnis, du musstest dort einfach hin. Noch hattest du es nicht geschafft, hatten die Kräfte oder die Erinnerung nicht ausgereicht. Bis heute.

Jedenfalls, sagte ich zu Segis, haben wir nichts zu verlieren. Wir müssen Opa so oder so finden, mit oder ohne Schatz. Und ja, vielleicht stellen wir dann fest, dass sein Ziel eine Enttäuschung ist, eine Laune seines erschöpften Geistes. Oder dass es zwar wichtig ist, aber nicht für uns. Aber stell dir mal vor, bat ich Segis, um ihn vollends zu überzeugen, stell dir vor, er führt uns am Ende zu diesem sicheren Ort, von dem er immer geredet hat. Stell dir vor, den gibt es wirklich, er ist kein Mythos und kein Gefängniswitz oder Köder, um mich an seine Seite zu ketten. Stell dir vor, wir finden ihn, und es tauchen tatsächlich mehrere Tausend, vielleicht mehrere Hunderttausend Euro auf. Das wäre die Lösung für viele unserer Probleme, auch für die von Opa. Wir könnten uns ein Seniorenheim leisten, wo sie ihn gut versorgen, ohne dass die arme Yuliana weiter so schuften muss. Du könntest studieren, könntest locker ins Ausland gehen, ohne dass wir dafür einen Kredit aufnehmen müssten. Du könntest diesen Typen bezahlen, gleich heute, ohne weitere Drohungen und ausgeschlagene Zähne. Und ich könnte meine Firma finanzieren, auch wenn mir die Bank noch immer keinen Kredit geben will. Oder ich könnte wenigstens den Kunden ihre Anzahlungen zurückerstatten, sogar meine Schulden von früher bezahlen, endlich, sagte ich schon völlig ungebremst. Dann verstummte ich schlagartig. Zu spät.

Ich dachte, bei dir läuft's gut, sagte Segis, und ich stand da mit diesem Deppengesicht, dem Gesicht des Trottels, der immer zu viel quatscht.

Sollte das Ziel deiner Flucht die erste Sonríe!-Klinik gewesen sein, dann wäre das eine ziemliche Enttäuschung gewesen, aber irgendwo mussten wir ja anfangen. Und nein, zum Glück trafen wir dich dort nicht an. Ich nahm Segis mit an den Standort, der deine erste Klinik gewesen war, weil er mehr oder weniger auf dem mutmaßlichen Weg lag, ohne von der geraden Linie nach Osten allzu weit abzuweichen. Es hätte mich auch nicht sehr überrascht, wenn dein kurzgeschlossenes Hirn dich dorthin getrieben hätte, denn dieser Winkel in einem Einfache-Leute-Viertel erfüllt sämtliche Voraussetzungen eines Magneten für Senile: Er ist ein wesentlicher Ort in deiner Biografie, zusammengesetzt zu gleichen Teilen aus Nostalgie und Stolz, er ist mit glücklichen Erinnerungen verbunden, und du hast ihn häufig aufgesucht, als du noch Miteigentümer der Kette warst, so wie ein Großgrundbesitzer in der Abenddämmerung zu der Bretterbude reitet, die einst sein ärmliches Heim gewesen ist und die er an einem Ende seines feudalen Landguts unverändert bewahrt hat: Hier hat alles angefangen.

Hier hat alles angefangen, sagte ich zu Segis, als wäre dieses verlassene Gebäude die mythenumwobene Garage junger Informatiker, die ein digitales Imperium errichtet haben – als verdiente es eigentlich eine Gedenkplakette an der Fassade, zur Erinnerung an deine Heldentat. Deine beschissene Heldentat: eine Zahnklinik mit der Garantie, die niedrigsten Preise am Markt anzubieten. Wenn Sie ein billigeres Angebot finden, erstatten wir Ihnen die Differenz. Lächeln ist kein Privileg mehr. Jede Behandlung für jeden Geldbeutel. Unkomplizierte Finanzierung. Noch immer kann man in dem zerkratzten Schaufenster die Plakate lesen, mit all diesen Fotos von Menschen, die ein per Photoshop geweißtes und gerade gerichtetes Lächeln zeigen. Und noch immer kann man die Graffiti lesen, die dich über denselben Plakaten als Betrüger und Gauner bezeichnen und dir einen Platz im Gefängnis wünschen.

Das Lokal steht noch genauso da wie damals, kein anderer Laden hat mehr dort aufgemacht, als lastete ein Fluch darauf oder als sollte es erhalten werden, damit niemand den großen Betrug je vergisst oder wiederholt. Bei dem Anblick ging mir durch den Sinn, dass diese erste Klinik tatsächlich der Ort sein könnte, der heute deine Schritte angezogen hatte, und dass du in der Hoffnung hergekommen sein mochtest, ihn so vorzufinden wie vor zehn Jahren, bei laufendem Betrieb. Deine aus Asien oder Lateinamerika stammenden Dentalhygieniker würden dich ehrerbietig grüßen, Guten Tag, Señor Segismundo, selbst die ganz Neuen würden dich sofort erkennen, dein Foto hing ja in jeder Klinik an der Wand. Du könntest sogar erwarten, sie wie am allerersten Tag vorzufinden: Einweihung mit Girlanden und Luftballons, zwei Hostessen, die den neugierigen Anwohnern ein Glas Wein anbieten, Mama und ich übertrieben herausgeputzt; dein auseinanderfallendes Gehirn würde dir vorgaukeln, dass wir heute allesamt dein Kommen erwarteten, bereit zu applaudieren, sobald du das lächerliche Band durchschnitten hättest. Du würdest das Lokal betreten, dir die Ärmel glatt ziehen und an der nicht vorhandenen Krawatte nesteln, im Anzug war dir nie so richtig wohl, selbst maßgeschneiderte standen dir schlecht. Du kämst in der festen Überzeugung, dass du um die Ecke biegen würdest, und wir alle würden den großen Mann erwarten, und welch böses Erwachen und welchen Tiefschlag hätte es dann bedeutet, das Lokal so vorzufinden, verlassen und mit Graffiti übersät: Segismundo García ist ein Betrüger. Segismundo García ins Gefängnis.

Hier hat alles angefangen, sagte ich zu Segis, übertrieben feierlich und mit bewusstem Doppelsinn. Wie ich feststellte, war das Lokal ordentlich abgesperrt, das Schloss an der Rolltür verrostet. Ich schirmte mir mit den Händen die Augen ab und linste durchs Schaufenster: der Innenraum von den Konkursverwaltern geplündert, die Sessel, Gerätschaften und Instrumente zu Schleuderpreisen verkauft hatten, zur Beschaffung unzureichender liquider Mittel, mit denen die Schulden bei der Sozialversicherung und beim Finanzamt zu begleichen waren, verspätete Gehälter, Abfindungen für Kunden, deren Behandlung auf halbem Wege abgebrochen werden musste oder die aufgrund von Kunstfehlern Schäden davongetragen hatten, dazu all die offenen Rechnungen der Gläubiger, die dir den Schuldenbären vorbeischickten. Ich gebe zu, dass ich aus genau dem Grund einen Blick ins Innere warf, aus dem ich tatsächlich von deiner geraden Linie abgewichen war und das Lokal angesteuert hatte. Ich wollte mich versichern, dass das nicht dein sicherer Ort war, dass du nicht in deine erste Klinik zurückgekehrt warst, um den Gips von der abgehängten Decke in der Toilette zu klopfen und zwischen Dreck und Kakerlaken eine mit Klebeband umwickelte Tüte zu finden.

Aber du warst nicht da, keine Spur von dir, und so schaute ich auf die Karte und suchte entlang einer mehr oder weniger geraden Linie nach weiteren Zielorten für einen senilen alten Mann, der von plötzlichen Erinnerungen durchbohrt wird, sowie nach weiteren sicheren Orten.

Ich könnte meine Mitarbeiter beauftragen, sich nach Opa umzuschauen, schlug Segis vor. Seine Mitarbeiter: Hunderte von Schülern aus verschiedenen Schulen und Gymnasien, die auf ihren Wegen durch die Stadt Päckchen verteilen, für eine kleine Kommission. Er könnte ihnen ein Foto von dir schicken, sagte Segis, dann hätten wir auf der Stelle ein Heer von Fährtensuchern. Ist gut, gab ich zurück und war drauf und dran, hinzuzufügen: Aber sag ihnen, wenn sie ihn finden, dann sollen sie ihn nicht aufhalten, sie sollen ihm einfach nur folgen und uns über seinen Verbleib informieren. Doch ich verkniff mir die Äußerung, um die Geduld meines Sohnes nicht überzustrapazieren, der allmählich anfing, in mir einen Spinner zu sehen, vielleicht einen frühreifen Senilen.

Segis gab deinen Namen in die Suchmaschine ein, um irgendein Foto aufzutreiben, das er weiterleiten könnte, fand aber die meisten Bilder für seine Mitarbeiter ziemlich ungeeignet; wohl nicht aus Rücksicht auf dich, sondern, um seinen eigenen guten Ruf zu schützen, auch er dürfte kaum wollen, dass sein Name mit dem eines Halunken wie dir verknüpft wird. Es handelte sich um Zeitungsfotos von Segismundo García beim Verlassen des Gerichtsgebäudes, umgeben von Kameras und unmittelbar vor dem tätlichen Angriff eines Zahnlosen; Segismundo García, der auf der Anklagebank saß und nervös an seiner Krawatte nestelte wie am Knoten eines Gehenkten; Segismundo García, wie er auf Kaution aus dem Gefängnis kam, mit einer Sporttasche in der Hand und noch stolzer Miene; Segismundo García, der von einem Polizisten in einen Streifenwagen geschoben wird, der Beamte legt ihm eine demütigende Hand auf den Kopf, damit er sich nicht am Türrahmen anschlägt; Segismundo García, wie er auf einer weiteren Anklagebank der Urteilsverkündung lauscht, jetzt schon mit der Miene eines Verlierers. Nachdem wir diese und zahlreiche andere verworfen hatten, stießen wir endlich auf ein Foto aus deinen guten Jahren, das Bild, das ein Interview auf der Website einer Verbraucherorganisation zierte: »Wir werden Millionen einfacher Familien das Lächeln zurückgeben.«

Segismundo der Zweite und Segismundo der Dritte!, empfing uns dieses Riesenarschloch: Segismundo der Zweite und Segismundo der Dritte! Welch hoher Besuch! Was verschafft mir die Ehre?

So empfing er uns, so spöttisch hochtrabend wie immer, und sein ganzer Mund lachte, all seine perfekten Zähne, während er uns aufreihte wie die Mitglieder einer Dynastie. Könige ohne Thron.

Dich hat er ja nie Segismundo den Ersten genannt, sondern Segismundo den Großen, und er unterstrich das mit einer Verneigung, was in der guten Zeit lustig sein mochte. Aber heute, nach all den Jahren ohne Kontakt, hatte er doch tatsächlich die Chuzpe, uns so zu nennen: Segismundo der Zweite und Segismundo der Dritte. Was, keine Reaktion? Wirklich, ich kann es kaum glauben, dass nicht in irgendeiner schimmeligen Windung deines Gehirns ein winziger Funke aufglimmt und alles in Brand steckt, wenn du das hörst. Dass sich sogar dann nichts an deinem Narrenlächeln ändert, wenn ich dir ein Foto von ihm zeige, ein aktuelles Foto von dem Gewinnertyp, der er ja weiterhin ist. Hat denn die Krankheit deinen Hass vollkommen kastriert?

Ich kann das kaum glauben, deshalb sind wir ja heute Nachmittag in seine Praxis gefahren. Weil sie im Korridor deiner Fluchtbewegung lag, du hättest dafür nicht allzu weit von deiner anfänglichen Route abweichen müssen. Ich stellte mir vor, wie du mit dem geraden, staksigen Gang eines Roboters durch die Straßen zogst, bewegt nicht von Nostalgie oder Gier, sondern von dem Wunsch nach Rache: einer lange aufgeschobenen Rache, an der du über Jahre in der Zelle und auf dem Gefängnishof herumgekaut haben konntest; eine drängende Rache, geeignet, dich für ein paar Stunden aus deinem Dahinvegetieren zu reißen und dir die Kraft zurückzugeben, um in seine Praxis zu gehen, mit einem Fußtritt die Tür zu öffnen, sodass die Patienten im Wartezimmer zusammenzucken und ebenso die Sprechstundenhilfe, deren Geschrei dich nicht daran hindern kann, in den Behandlungsraum zu stürmen und ihn in wehrlosem Zustand zu überraschen, und dann würdest du ihn mit der wilden Entschlossenheit von früher am Kragen packen und dazu zwingen, dass er sich in den Stuhl setzt, aus dem ein Patient mit betäubtem Mund schon geflohen wäre. Er würde Widerstand leisten, entsetzt mit dir ringen, wenn er den Grund deines Erscheinens ahnt, den Grund, dem die Ehre des hohen Besuchs zu verdanken ist; würde um sich schlagen, doch du, nun wieder Segismundo der Große, würdest ihn mit einer einzigen Hand an der Kehle im Sitz fixieren und mit der anderen Hand nach den Werkzeugen auf dem Tablett hinter dir tasten, um schließlich die Extraktionszange zu finden und sie ihm in den Mund zu stoßen, und dabei würdest du seine Versuche, den Mund wieder zu schließen, mit solcher Heftigkeit brechen, dass bereits das Hineinrammen des Werkzeugs ihn zwei Zähne kosten würde, und von da an ginge die Rechnung weiter, einen nach dem anderen würdest du ohne Betäubung herausreißen und lauthals zählen wie die Blätter eines Gänseblümchens: drei, vier, fünf, sechs, ein Zahn für jedes Jahr im Gefängnis, irgendwann würdest du die Übersicht verlieren, bespritzt mit dem Blut und dem Speichel deines schockstarren Patienten, der dir immer weniger Widerstand entgegenbrächte und inmitten des Eingriffs in Ohnmacht fiele, sodass vor Eintreffen der Polizei die vollständige Entzahnung erfolgen könnte.

Was für eine grandiose Szene wäre das gewesen. Dass ich sie mir ausmalte, rührte natürlich von meinem eigenen, ungezähmten Hass her, aber tatsächlich war die Idee von dir: Wenn ich wieder rauskomme, dann reiße ich diesem Judas jeden Zahn einzeln aus, hattest du nach der Verurteilung ein ums andere Mal wiederholt. Demselben Judas, dem du noch wenige Monate zuvor notarielle Vollmachten unterschrieben hattest, ohne Fragen zu stellen, er war ja viel mehr als dein Partner: dein Freund, dein Bruder, zwei, die zusammenhielten wie Pech und Schwefel. Oder Glück und Schwefel, wie du gerne sagtest: Alberto und ich, wir sind Glück und Schwefel, und dann risst ihr Witze, wer von euch beiden das Glück und wer der Schwefel wäre.

Der Klingelton des Telefons riss mich im Wartezimmer aus meinen Gedanken. Nummer unbekannt, ich ging nicht ran, hörte jedoch eine Minute später die lange Nachricht auf der Mailbox ab. Ich trat auf den Korridor hinaus, damit Segis die Grobheiten des zornigen Anrufers nicht mitbekam, der behauptete, er versuche schon den ganzen Tag erfolglos, mich zu erreichen, und die Auflösung des bereits unterschriebenen Vertrags sowie die sofortige Erstattung seiner Anzahlung forderte, und zwar heute. Noch so einer, der meinen Namen in Google eingegeben hatte, oder er war es leid geworden zu warten, oder auch beides: Misstrauisch wegen des sich verzögernden Beginns der Arbeiten, hatte er Informationen über mich gesucht und dich gefunden. Die übliche Verwechslung. Oder nicht einmal das: Der Apfel fällt nicht weit vom Stamm. Erst am Ende seiner Nachricht nannte er Namen und Adresse, sodass ich ihn mit einem Termin von letzter Woche zusammenbringen konnte. Ein alter Mann, Eigentümer eines kleinen Grundstücks vor der Stadt mit einer selbst gebauten Hütte für Wochenenden und Sommer, einem von Melonendieben hochgeschätzten Garten und einem Swimmingpool, den die Enkel nicht mehr benutzen, weshalb ihm die Idee kam, einen Metallcontainer dort einzugraben – für den Ernstfall, dass eines Tages etwas Schlimmeres als eine Bande von Melonendieben über den Zaun klettert. Ich beglückwünschte ihn zu seinem Einfall. Die Betonverschalung des Swimmingpools, die er vor vielen Jahren eigenhändig gegossen hatte, würde die Panzerung des Sicheren Orts verstärken; er bräuchte das Loch nur um einen Meter zu vertiefen, damit alles unter Bodenhöhe bliebe und wir den Schutzraum mit Erdreich und Gras tarnen könnten. Natürlich wollte er die Grabung selbst vornehmen, er hielt sich sogar für fähig, den Rahmen zu setzen, nicht nur, um Kosten zu sparen, sondern aus reiner Freude an der Heimwerkerei. Er habe sein Lebtag noch keinen Maurer oder Klempner gebraucht, habe seiner Tochter den Boden verlegt und die Küche eingebaut, bei seinem älteren Sohn das Bad saniert. Als ich nun seine Nachricht hörte, sah ich ihn vor mir, mit rissigen Händen und schweißüberströmt an der Baugrube, die er wohl inzwischen fertig vertieft hatte, den harten Griff eines Spatens fest umklammernd, während er mir versicherte, wenn nicht noch heute eine Lösung da wäre, werde er mich suchen und finden, da könne ich Gift drauf nehmen, er lasse sich von niemandem über den Tisch ziehen.

Ich weiß nicht, ob Segis meinen gestressten Gesichtsausdruck bemerkte, als ich ins Wartezimmer zurückkam, oder ob er selbst schon eine Weile darüber nachgegrübelt hatte:

Papa, wie hoch sind deine Schulden?

Die Frage. Ohne Umschweife, direkt auf den Punkt. Wie hoch meine Schulden sind. In seinem Blick sah ich mehr von der Genauigkeit eines Buchhalters als von der Enttäuschung eines Verwandten. Er war dabei, meine Bonität zu prüfen, so wie Roberto in der Bank, Mitleid mit seinem Vater spielte dabei keine große Rolle. Schlauer Junge. Wie hoch meine Schulden sind. Ich habe doch sogar welche bei dir, mein Sohn.

Bevor ich mich entscheiden musste, ihn anzulügen oder noch weiter zu enttäuschen, ertönte der rettende Gong, als die Tür zu Albertos Sprechzimmer aufging:

Segismundo der Zweite und Segismundo der Dritte! Welch hoher Besuch! Was verschafft mir die Ehre? Seine Überraschung darüber, uns zu sehen, flankiert von einem Lächeln mit perfekten Zähnen, bedeutete, dass du nicht dort gewesen warst, jedenfalls nicht, um deine Drohung aus dem Knast in die Tat umzusetzen. Aber da blieb noch eine andere Möglichkeit: dass Alberto uns nur etwas vorspielte. Dass ihr nie aufgehört hattet, Glück und Schwefel zu sein. Vielleicht war das alles ja nur Theater gewesen: die lautstarken Streitereien, die ich selbst miterlebt habe, als die gerichtliche Anordnung eines Insolvenzverfahrens kam, die wechselseitigen Beschuldigungen im Büro des Richters, seine falschen Antworten auf Fragen deines Anwalts während der Verhandlung, deine wiederholten Racheschwüre im Sprechraum. Vielleicht war alles nur ein Märchen, diese Version, die du mir erzählt und über Monate und Jahre wiederholt hast, bis sie von deiner Demenz verschluckt wurde: Der arme Analphabet, als Unternehmer ein Gewinner, der jedoch von einem miesen Partner und einigen verbrecherischen Investoren betrogen wird, die ihn jahrelang übers Ohr hauen und seine florierenden Kliniken dazu nutzen, Geld aus anderen Geschäften zu waschen, weit lukrativeren Geschäften, als armen Schluckern die Zähne zu reparieren, und die ihn letztlich als Sündenbock hernehmen, um ihre Missetaten ungeschoren hinter sich zu lassen. Alles ein Märchen, alles Theater. Glück und Schwefel bis zum Schluss. Dieselbe Komplizenschaft wie immer, nunmehr auf die Spitze getrieben. Eine Hand wäscht die andere. Und die wahre Täuschung wäre demnach nicht deine Krankheit, sondern euer Zerwürfnis, die Konfrontation zwischen Glück und Schwefel. Dann wäre er dein sicherer Ort und hätte gewartet, bis du rauskämst, um die Beute mit dir zu teilen, nicht halbe-halbe, schließlich wärst du auch für die Jahre im Gefängnis zu entschädigen, für den Imageverlust und die Demütigung, dafür, dass du sämtliche Schuld auf dich genommen hattest, damit er mit weißer Weste davonkam, frei von Schulden und

Reklamationen, so konnte er seine alte Zahnklinik wieder aufmachen und über Jahre das Bild des ehrlichen Judas aufrechterhalten, während er auf den Tag deiner Rückkehr wartete, und dann würdet ihr einander in die Arme fallen und dem Theater ein Ende bereiten. Wobei das Ende der Geschichte anders ausfallen würde als geplant: Du würdest zurückkehren, aber als Kranker, als wirklich Kranker, und ihn nicht wiedererkennen, dich nicht einmal an seinen Namen erinnern, du wärst hingegangen, nachdem du von zu Hause ausgerissen wärst, getrieben von einer Bö der Klarheit und obsessiven Erinnerungen, nicht, um etwas zurückzufordern, da du ja nichts von eurer Abmachung wüsstest, deinem Anteil an der Beute; er jedoch als loyaler Freund, als Bruder und treuer Schwefel, würde sich daran halten und angesichts deines hilflosen Zustands den Anteil mir übergeben, damit ich ihn dazu verwendete, deine Yuliana oder einen Platz in einem guten Seniorenheim zu bezahlen, und auch ich wäre für meine Strafe zu entschädigen, mein eigenes Los als Erbsündenbock.

Segismundo der Zweite und Segismundo der Dritte! Welch hoher Besuch! Was verschafft mir die Ehre? Nein, du seist heute noch nicht hier gewesen, seine Überraschung wirkte aufrichtig, auch der Argwohn. Mir fiel auf, wie sein Blick zu meinem Mund schweifte, zu der geschwollenen Lippe, der Zahnlücke, die ich zu verbergen suchte, aber zu spät. Kommst du als Patient?, fragte der Mistkerl, ich weiß nicht, ob er dabei ein Lachen unterdrückte, aber einen Moment lang wirkte seine Besorgnis nicht gespielt, auch nicht sein Angebot: Lass mich mal draufschauen, das lässt sich vielleicht richten. Er bestand darauf, als ich den Kopf schüttelte und die Lippen zusammenpresste, bestand darauf, als läge ihm wirklich an meinen Zähnen. Je früher wir die Sache abschätzen und uns ans Werk machen, desto geringer der Schaden. Und sogar in seiner plötzlichen Großzügigkeit wirkte er aufrichtig, in der ich wiederum eine Demütigung sah: Komm, ich mach dir das so, um der alten Zeiten willen. Als wäre er wieder derselbe Alberto, der mich immer mit zwei Küssen auf die Wange begrüßt hatte, wie einen Verwandten; sogar am Tag der Gerichtsverhandlung gab er mir die zwei Küsse, als er mich erblickte, und ich ließ es geschehen, nicht ganz bei der Sache oder aus Gewohnheit, obwohl es schon Judasküsse waren; auch als ich heute in sein Sprechzimmer trat, hätte er das fast getan, und Segis begrüßte er tatsächlich so, der nichts von eurer ganzen Geschichte weiß und seinen Onkel Alberto in liebevoller Erinnerung hat, als Kind hat er ihn immer hochgehoben, damit er die Decke seines Büros berühren konnte, und in einer Schublade lag stets ein Geschenk für den kleinen Segismundo den Dritten.

Nein, ich bin nicht hier, damit du mir die Zähne richtest, sprach mein Stolz. Ich wollte seine Wohltätigkeit nicht, so schlecht war ich auch wieder nicht dran, dass ich ein Gratisimplantat gebraucht hätte, ich war kein Versager, noch nicht, ich hatte ein gutes Geschäft am Laufen, hundert Kunden in drei Wochen, mein Produkt ging weg wie warme Semmeln, die Bank würde meinen Finanzierungsantrag genehmigen, und los geht's. Tja, ein solcher Trottel bin ich, da hätte ich mir gut und gern ein- oder zweitausend Euro sparen können, und vor allem hätte ich mir erspart, nun selbst in einer Billigklinik zu landen, einer dieser

Ketten, die noch keine gerichtlichen Ermittlungen auf sich gezogen haben, da darf mir dann ein ausländischer Dentalhygieniker ohne anerkannten Abschluss mit demselben Werkzeug im Mund herumfuhrwerken, mit dem er den Zahnstein aus so vielen Verlierermündern geschabt hat.

Warum seid ihr dann gekommen?, fragte Alberto, und jetzt schien mir wirklich, dass die Jahre auch ihn weich gemacht hatten und er uns mit aufrichtiger Vertrautheit empfing, ohne Spott, aber auch ohne Angst, ohne einen Gedanken an meine eigenen vergangenen Drohungen, als du schon im Gefängnis warst und ich eines Tages in seiner wiedereröffneten Praxis aufkreuzte, wie heute ohne anzurufen, und da schrie ich ihn an und beschimpfte ihn und stellte Forderungen und bedrohte ihn, zum Schluss stieß ich einen Aktenschrank um und warf die Instrumente von einem Tablett auf den Boden, weil ich mich nicht imstande sah, ihm in deinem Namen all seine Judaszähne auszureißen. Warum seid ihr dann gekommen?, fragte er, als er wieder in seinem Sessel saß, drehte dabei einen Kugelschreiber zwischen den Fingern, sein typisches Geschicklichkeitsspiel, das den kleinen Segis schon immer fasziniert hatte und das ich jetzt als Versuch auffasste, etwas Nähe zwischen uns herzustellen, als wären nicht x Jahre vergangen und so viel Abstand und so viel Ungutes; als säßen wir noch immer im Verwaltungsgebäude der Sonríe!-Kliniken, und jederzeit könntest du zur Tür hereinkommen, nicht verwirrt und mit einem dumpfen Lächeln, sondern energiegeladen und euphorisch, könntest die Neueröffnung einer weiteren Filiale verkünden und vorschlagen, zur Feier des Tages gemeinsam im Club zu essen.

Warum waren wir dann gekommen? Ich fühlte mich auf einmal lächerlich, ich wusste nicht, was antworten. Natürlich hatte ich nicht die Absicht, meine abwegigen Hypothesen mit ihm zu teilen, weder zum Thema Rache noch zu deinem sicheren Ort. Ich wollte dich auch nicht noch weiter in den Schmutz ziehen, deinem alten Freund Schwefel erzählen, dass du dich verlaufen hattest, dass du durch die Stadt zogst wie ein Hund, der ohne zu schauen die Straße überquert, sabbernd und glücklich; dass du zu einem Brocken Schutt verkommen warst und von Segismundo dem Großen nichts mehr blieb, nur ein gealterter Körper in Windeln, der selbst zum Zähneputzen Hilfe braucht, so, sehr schön, Herzchen, mach schön den Mund auf, und jetzt bürsten, so, sehr gut, braver Junge, sind das saubere Zähne!

Nein, wir waren aus keinem bestimmten Grund da, wir waren nur zufällig in der Gegend und hatten vorbeigeschaut, um mal Hallo zu sagen, mach's gut.

Opa hat sich verlaufen, verplapperte sich Segis, der sich tatsächlich Sorgen machte und dich finden wollte, bevor du von einem Lkw überrollt wurdest. Und offensichtlich dachte er, dass dieses Riesenarschloch, das sich über unseren Namen lustig machte, über dessen Wiederholung bei Vater, Sohn und Enkel, uns helfen würde. Die Schuld liegt bei mir, weil ich ihn nicht früher eingeweiht habe, ich habe ihn von den Geschehnissen um deinen Sturz ferngehalten, damals, weil er noch zu klein war, und später, um mein eigenes väterliches Ansehen zu retten. Er sollte nicht erfahren, dass auch ich von deinem Sturz mitgerissen worden war.

Die Version, die in der Familie kursierte, die ich Segis erzählte, als er alt genug war, um Fragen zu stellen, wobei er eigentlich noch gar nichts getan hatte, dieser Version zufolge war Opa Segismundo ein doppeltes Opfer: das eines von Eitelkeit getriebenen Richters, der noch den letzten Stein umgedreht hatte und in Bereichen geforscht, wo kein Unternehmen und kein Privatmann einer Untersuchung standhielten; und das Opfer verlogener Investoren, die seine Firma als Tarnung missbraucht hatten. Aber ich erzählte ihm nicht, dass du auch das Opfer eines verräterischen Partners geworden warst, desjenigen, der diese Investoren aufgetrieben hatte, bei einem Mittagessen im Separee hatte er sie dir vorgestellt, sich für ihren guten Ruf verbürgt, hatte dann eine parallele Buchführung zugelassen, die uns verborgen blieb, dem Präsidenten wie dem leitenden Geschäftsführer. Dass eben dieser verräterische Partner die Qualität der Kliniken fahrlässig verkommen ließ, indem er schlecht ausgebildete Leute einstellte, deren zweifelhafte Berufsabschlüsse er höchstpersönlich anerkannte, in einer eigens dafür gegründeten Akademie. Ein verräterischer Partner, der nie im Organigramm der Firma auftauchen wollte, sondern Opa großzügig sämtliche führenden Funktionen überließ, die Chefposition, das Vergnügen, jede neue Klinik einzuweihen und Interviews zu geben, der große Gewinner, während er im Schatten die Fäden zog, in seinem Büro am Hauptsitz, das größer war als das des Präsidenten, aber kein Namensschild an der Türe hatte; dort hantierte er mit dem Kugelschreiber wie ein Hütchenspieler, traf Entscheidungen, die immer nur Opa unterschrieb, führte Maßnahmen durch, für die das

Pech dem Schwefel umfängliche Vollmachten erteilte, und ließ die Kluft zwischen offizieller und paralleler Buchführung jeden Tag breiter werden, bis die Firma keinen Ausweg mehr hatte, und da meldete er Insolvenz an und servierte das Ganze dem Richter auf dem Silbertablett, einem Karrieristen, der gerne medienwirksame Fälle bearbeitete und in dessen Büro er am Ende folgenden Deal schloss: Er würde ein Geständnis ablegen und alles umfänglich dokumentieren, sofern er im Gegenzug straffrei ausging.

Das war natürlich deine Version. Die uns Alberto heute erzählt hat, klingt völlig anders.

Wir verließen Albertos Praxis mit leeren Händen: ohne dich gefunden zu haben, ohne sicheren Ort, ohne wohltuende Rache, ohne Ersatz für meinen Zahn. Tatsächlich hatten wir noch weniger als zuvor. Wir gingen ohne die in der Familie etablierte Geschichte, ohne die moralische Legitimation als Opfer, stattdessen nahm Segis Zweifel an der offiziellen Geschichtsschreibung unserer Saga mit, genährt von den hypnotischen Worten eines Schlangenbeschwörers. Der uns einmal mehr das Fell über die Ohren gezogen hatte.

War Opa eigentlich schon immer so?, platzte dein Enkel schon im Aufzug heraus. War Opa schon immer so? Ich meine, bei seinen früheren Geschäften. Ich weiß ja, dass er sehr jung angefangen hat, sich durchzuschlagen, das hat er immer gerne erwähnt, aber ich habe nie richtig verstanden, was er damals gemacht hat. War er von Anfang an so, oder war er erst nur ein Schlitzohr und ist dann auf die schiefe Bahn geraten?

Ein weiteres Mal rettete mich Yuliana, die süße Yuliana, die alles lindert, alles besänftigt, alles heilt. Sie hatte mich, kurz bevor wir Albertos Klinik betraten, angerufen, wollte mitkommen auf der Suche nach dir, sie machte sich Sorgen wegen deines Verschwindens. Ich hatte ihr gesagt, wo sie uns finden könnte, und jetzt stand sie vor dem Eingang, reumütig, mit einem zerfledderten Taschentuch zwischen den Fingern, die Tränen ließen ihr Ströme von Schminke übers Gesicht laufen, und sie war so gestresst von den Ereignissen, dass sie schon, als ich die Arme hob, ohne recht zu wissen, wie ich ihr Trost bieten sollte, auf mich zustürzte, um sich an meiner Schulter auszuweinen, und dabei wiederholte sie immer wieder: Es tut mir leid, es tut mir so leid, Señor Segismundo, verzeihen Sie mir, Señor Segismundo, ach, mein armer Segismón, wo kann er nur sein, der arme Segismón. Ich fragte mich, ob es bei all diesem Kummer tatsächlich um dich ging, um eine ehrlich empfundene Zuneigung, oder vielmehr um die Frage, was für Folgen ihre Nachlässigkeit haben könnte, für ihren Arbeitsplatz oder gar in strafrechtlicher Hinsicht – ihre lange Dusche und das anschließende Eincremen, das mir jetzt wieder einfiel, als ich das Shampoo in ihrer zum Dutt hochgesteckten Mähne roch, das Öl, das von ihrem Nacken verdampfte, während sie sich an mich presste, oder vielleicht war ich es, der sie an mich zog: Ruhig, Yuliana, ganz ruhig, wir werden ihn schon finden, Segismón geht es bestimmt gut, ganz ruhig, das war doch nicht deine Schuld, und sie presste sich oder ich zog sie noch stärker an mich, sodass ich ihre Brüste eng an mir spürte, sie zitterte am ganzen Leib, ihre Hände lagen so auf meinem Rücken, dass alle Finger mein Hemd berührten, meine Hand strich ihr durchs Haar, und ich sah schon vor mir, wie ich ihren Scheitel küsste, ist doch alles in Ordnung, ganz ruhig, und wie ich sie auf die Schläfe küsste und auf die Stirn und auf die feuchten Augen, wir werden ihn schon finden, es ist nicht deine Schuld, und dann leckte ich ihr die Tränen vom Gesicht und suchte schließlich ihren heißen Mund, und ich schwöre dir, ich hätte es getan, ich hatte ja nichts mehr zu verlieren, ich hätte es getan, wäre nicht Segis dabei gewesen, und der hatte mich schon genug im Schmutz kriechen sehen, als dass ich in seiner Anwesenheit auch noch eine Zurückweisung in Liebesdingen riskiert hätte oder sogar eine Ohrfeige für meinen dreisten Versuch, die Situation auszunutzen; und nicht nur, dass Segis dabei war, mich bremste auch das grobe Gewicht der Verbindung, die tatsächlich zwischen uns bestand, die zwischen Arbeitgeber und Angestellter, sechshundert Euro im Monat plus Kost und Logis, sie suchte nicht nur meine Vergebung, sondern auch Schutz vor den Konsequenzen, einer Entlassung, einer Anzeige, warum sonst sollte sie in einen so intimen Körperkontakt mit mir treten, nachdem sie mir bisher ein einziges Mal die Hand gegeben hatte, beim Vertragsabschluss, danach hatten wir einander nie mehr berührt. Also nein, ich habe sie nicht geküsst, alter Mann, da kannst du beruhigt sein. Ich begnügte mich damit, sie eine Minute lang in meinen Armen zu halten, eine herrliche und endlose Minute, solange sie eben brauchte, um sich zu beruhigen und mit dem Weinen und Zittern aufzuhören. Meine Erektion hielt noch eine Weile an, als Yuliana sich von mir löste, ich steckte die Hand in die Tasche, um das zu kaschieren. Und die Erinnerung wird noch lange anhalten, die Fantasie wird sie noch ausweiten und gegenwärtig bleiben, sooft ich mich in den nächsten Monaten selbst befriedige. Tja, meine bedeutendste erotische Erfahrung seit Jahren, lach nur, wenn du willst.

Du alter Dreckskerl, hast du einen Dusel. Ich sage das nicht, weil du es geschafft hast, dass eine bildhübsche und süße Frau dermaßen dein Schicksal beweint, sondern, weil Yuliana dich sehr wohl berührt. Mir gegenüber hat sie ja Körperkontakt stets vermieden, aber bei dir gab es Tag für Tag Streicheleinheiten, Umarmungen und Küsse. Ich habe gesehen, wie sie dich bei der Hand genommen hat, um mit dir über die Straße zu gehen, nicht am Arm, wie es andere Pflegekräfte mit ihren Frachtstücken machen, sondern Hand in Hand, wie eine Mama. Ich habe gesehen, wie sie dich in den Arm genommen hat, wenn du nervös warst oder vielleicht nur so tatest, um ihre Umarmung zu finden. Ich habe gesehen, wie sie dir zärtlich über den Nacken strich, dir eine Hand auf den Oberschenkel legte, sich neben dich aufs Sofa setzte, während sie mir von dir erzählte. Ich habe gesehen, wie sie dich kämmte, langsam und liebevoll, und sie nahm sich dafür viel mehr Zeit, als es für deine vier Haare nötig gewesen wäre. Ich habe gesehen, wie sie dir den obersten Hemdknopf zuknöpfte und dir die Brust glatt strich. Ich habe gesehen, wie sie dir Küsse gab, mütterliche Küsse, aber doch Küsse, zur Belohnung oder zum Trost, braver Segismón, armer Segismón. Ich habe gesehen, wie sie lachte und dabei sagte, lassen Sie das, Segismón, nein, Segismón, das kitzelt, wenn du dich an sie ranmachtest, wenn du eng an ihren Rücken gepresst durch die Wohnung gingst und dich festhieltest, nach jungem Fleisch grapschend. Und das ist ja nur, was ich gesehen habe, was sie in meiner Anwesenheit mit dir macht – um ihrem Arbeitgeber ihre Hingabe zu zeigen, will ich denken, ihren hervorragenden Umgang mit dem pflegebedürftigen Kranken. Aber sag doch, ist da vielleicht mehr? Ist sie genauso oder sogar noch liebevoller, wenn ich nicht dabei bin? Wenn du das nur abstreiten würdest. Wenn du nur für einen Augenblick wieder die geistige Klarheit hättest, um ihren Missbrauch anzuklagen. Wenn doch nur eine versteckte Kamera in der Wohnung wäre, durch die ich euch aufzeichnen und eher befriedigt als schockiert feststellen könnte, dass Yuliana in Wirklichkeit von dir abrückt, wenn der Zahlmeister nicht da ist, angewidert von dem spinnerten Alten, den sie nun einmal hüten muss, und dass sie sich sogar mit Grausamkeiten schadlos hält, dir Ohrfeigen verpasst, wenn du versuchst, sie anzufassen, in deinen Brei spuckt oder ganze Tage vergehen lässt, ohne dir die vollgeschissene Windel zu wechseln, dir die Schnürsenkel nicht bindet, obwohl du dann drauftrittst und stolperst, dass sie Männer nach Hause mitbringt und es mit ihnen treibt, ohne die Zimmertür zuzumachen, brutale Kerle, die dich verspotten und dir Zigaretten auf dem Arm ausdrücken.

Aber nein, so ist sie nicht, sie ist eine Liebe. Sie ist die Verkörperung von Liebe. Ich habe es nicht gesehen, aber ich weiß, dass sie dich nicht nur an- und auskleidet, sondern dir auch beim Duschen hilft und dich ordentlich abtrocknet, mehr braucht meine verzweifelte Fantasie ja auch gar nicht. Was macht sie noch mit dir, alter Mistkerl? Ölt sie dich etwa ein wie ein großes Baby? So, jetzt ist die Haut schön glatt, Segismón. Legt sie sich zu dir ins Bett, wenn du nachts mal wieder unruhig bist und schreist oder weinst, weil dich die Schrecknisse des Verlorenen plagen? Legt sie sich neben dich und nimmt dich in den Arm, gibt sie dir Küsschen, bis ihr beide eingeschlafen seid? Ist ja gut, Segismón, ist ja gut, Yuliana ist bei dir, ich gehe nicht weg.

Treibt sie mit dir Scherze, wenn du unter der Dusche oder beim Ausziehen einen Ständer kriegst? Hat sie deinem alten Schwanz einen Namen gegeben, gibt sie ihm Kosenamen und spricht ihn kichernd an? Nimmt sie ihn in die Hand, greift sie zu und streichelt ihn genauso sanft, wie sie dich kämmt? Holt sie dir täglich einen runter, weil sie weiß, dass du hinterher ruhiger bist? Macht sie das zur Belustigung, aus Großzügigkeit? Hat sie sich schon mal nachts auf dich gesetzt und dich durchgefickt, langsam, aber bis zum Schluss, aus derselben Großzügigkeit heraus oder aufgrund irgendeiner Perversion, die Pflegekräfte befällt, aus bloßer körperlicher Notwendigkeit auch bei ihr, eine junge Frau, die für nichts anderes lebt als für die Pflege, die unseres Wissens keinen Partner hat, die kaum ausgeht und niemals am Abend? Habt ihr eine perfekte Symbiose erreicht, bei der sie dir Lust schenkt und bekommt? Liebt sie dich, sag, empfindet sie irgendeine Art von Liebe für dich, die über ihre professionellen Aufgaben hinausgeht? Bist du das Gefäß, in das all die Liebe fließt, die sie zu viel hat, gesammelt, seit sie vor Jahren ihr Land verließ, und jetzt sprudelt sie aus ihr nur so heraus, liebevolles Geschöpf, das sie ist? All diese Liebe, die ihre Eltern und Geschwister und festen Freunde empfangen würden, die sie jedoch in deren Abwesenheit auf dich konzentriert, du alter Glückspilz?

Wie ich dich beneide, du Mistkerl. Was würde ich darum geben, an deiner Stelle zu sein. Was wäre ich gern der Invalide, dem Yuliana ihre Pflege spendet. Oft habe ich die Fantasie, dass die Demenz auch mich erreicht, ein Erbe sich erfüllt, und dann übernimmt Yuliana uns beide, teilt ihre Liebe zu gleichen Teilen unter uns auf, ihre Zärtlichkeiten, ihre beruhigenden Masturbationen. Oder ich fantasiere damit, dass du endlich die Kurve kratzt, die Krankheit beschleunigt dein Erlöschen, du schläfst ein und wachst nicht wieder auf, verschluckst dich an einem Stück Fleisch, ein Bus überrollt dich bei einem deiner Ausreißversuche, oder ich selbst bringe dich um, mit einem Gift, das sich nicht nachweisen lässt, ich gebe einem Zombie aus dem Südsektor ein paar Groschen, damit er einen Überfall vortäuscht und dir den Schädel eintritt; jedenfalls stirbst du, und Yuliana und ich sind auf einmal allein, sie bleibt da, weil sie keinen anderen Ort hat, wohin sie gehen könnte, aber auch, weil sie sich bei mir wohlfühlt, weil wir beide allein auf der Welt sind, weil mein Hunger nach Liebe das passgenaue Gegenstück zu ihrer Überproduktion von Liebe ist, weil ich weiter zahle, weil ich mehr zahle als andere. In meiner Fantasie zahle ich ihr das Doppelte und spiele mit ihr Kranker und Pflegerin, täusche einen vegetativen Zustand vor, und sie geht auf das Spiel ein, ich bleibe mit geschlossenen Augen im Bett, und sie zieht mich aus, massiert mir erst die Arme, dann die Beine, um die Durchblutung zu fördern, ölt mich ein, spricht mit mir ganz sanft, behebt meinen Samenstau, legt sich jede Nacht zu mir, um meinen Schlaf zu hüten. Was für ein Rasten, was für eine Zuflucht. Mein sicherer Ort, Yuliana.

Aber es ist nichts weiter als das: Fantasie. Ich beneide dich und hasse dich auch, weil du meine einzige Verbindung zu ihr bist, weil ich dich brauche, um sie bei mir zu haben, weil du der Grund dafür bist, dass sie mich heute umarmt und akzeptiert hat, dass ich ihr über das Haar streiche und meine Hand auf ihre Taille lege. Aber wenn du verschwinden würdest, wenn wir dich heute zerstückelt auf den Bahngleisen vorgefunden hätten, dann würde sie sich einen anderen todkranken Alten suchen. Mach dir das klar, genau das bist du für sie: nur Arbeit, ein Lohn, ein Dach, eine Pflicht, ein Mangel an Alternativen im Leben. Sie liebt dich nicht, du bist nichts Besonderes, nur ein weiterer alter Mann, den sie schon morgen durch einen anderen Invaliden ersetzen würde. Und sie würde dich ohne ein Wort des Abschieds verlassen, wenn sie bei einer dieser Verlosungen gewinnen würde, bei denen sie immer mitspielt, oder wenn die Heiligen, zu denen sie betet, ihre Bitten erhörten. Dann würde sie in ihr Land zurückkehren, um sich um ihre eigenen Leute zu kümmern und ihnen all die Liebe zu geben, die sie aufschieben und an dich verschwenden musste.

Aber heute habe ich sie in meinen Armen gehalten; ich habe sie eine Minute lang in meinen Armen gehalten, eine herrliche und endlose Minute, solange sie eben brauchte, um sich zu beruhigen und nicht mehr zu weinen und zu zittern um den armen Segismón.

Der arme Segismón? Natürlich musste ich mein Lachen unterdrücken. Wie kann man von Segismundo dem Großen zum armen Segismón werden. Was weiß Yuliana schon von dir? Nichts. Sie hat dich schon senil kennengelernt, und obwohl du damals noch ganze Sätze bilden konntest und mit ihr ungeordnete Erinnerungen teiltest, glaube ich nicht, dass du ihr von deinen Jahren als erfolgreicher Unternehmer erzählt hast, von deren abruptem Ende, deiner Zeit im Gefängnis, deinem absoluten Zusammenbruch. Und noch viel weniger wirst du auf dein Familienleben eingegangen sein, darauf, was für ein Ehemann und Vater du warst. Sie kennt nur das Licht, aber nichts von deinen Schattenseiten. Und so hält sie dich für einen armen Segismón, einen guten Mann, der in seinen letzten Jahren ungerechterweise von der Krankheit getroffen wurde, ein Hirschkalb, das es verdient, gehütet zu werden, das ein gutes Leben, das Zärtlichkeit verdient.

Während ich sie schluchzend ein paar Worte stammeln hörte, bekam ich Lust, ihr von dir zu erzählen. Geschichten nicht vom armen Segismón, sondern von Segismundo dem Großen. Oder einfach von Segismundo García, sogar noch aus der Zeit, bevor du deine erste Klinik eröffnet hattest. Ich bekam Lust, ihr zu sagen, dass das alles nicht so ist, dass du ihre Tränen und ihre Besorgnis nicht verdienst, so wie du auch ihre bisherigen Zärtlichkeiten nicht verdient hast, ihre mütterlichen Worte, ihre Liebe und all das, was sie dir noch gegeben haben mag in ihrer grenzenlosen Großzügigkeit. Dass du keine Zuneigung verdienst, noch nicht mal, dass man dich pflegt. Dass du Unkraut gewesen bist. Ein schlechter Ehemann, ein schlechter Vater, ein schlechter Unternehmer. Dass selbst sie trotz all ihrer Güte dich verachten würde, wenn sie auch nur von einem geringen Teil deiner Umtriebe Kenntnis hätte. Wenn sie wüsste, wen sie da eigentlich pflegt.

Aber tja: Die Krankheit ist deine Erlösung. Die Krankheit löscht alles aus, für dich und auch für die anderen. Die Krankheit ist eine Amnestie, sie macht noch den größten Blutsauger zum Menschen. Die Seniorenheime und Parks sind voll mit rosigen alten Männern, die sich anlehnungsbedürftig an ihre Ehefrauen schmiegen, friedlich den Kindern zulächeln und sich die Zähne bürsten lassen, und niemand würde denken, dass sie noch vor wenigen Jahren selbigen Ehefrauen das Leben zur Hölle machten, zu den Nutten gingen oder mittellose Familien übers Ohr hauten. Die Krankheit hat dich gezähmt und zu einem guten Menschen gemacht, hat dich in den armen kleinen Segismón verwandelt. Sie hat dein Register auf null gesetzt. Alles vergeben und vergessen. Die Krankheit hat dir erspart, noch weiter bezahlen zu müssen, weiter deine Schuld abzubüßen, und nicht nur im Gefängnis. Die Krankheit hat dir erspart, dass ich von dir etwas verlangen könnte, dass ich mit dir abrechnen könnte, über solche Tiraden hinaus, die an dir abgleiten.

Selbstverständlich habe ich ihr nichts dergleichen gesagt. Ich wollte nicht, dass sie mich als engherzig ansieht, zerfressen von Ressentiments, von Neid auf den alten Mann, der von ihr gepflegt wird. Sie sollte auch nicht erfahren, dass ich mies genug bin, Gift in das Gedächtnis eines Mannes zu träufeln, der sich nicht mehr wehren kann, der eigentlich schon unschuldig ist. Dieselbe Zurückhaltung, die ich vorhin gegenüber Segis geübt habe, als ich ihm von seinem Opa erzählte.

Das alles sollte sie lieber selbst feststellen. Ich würde ihr ein bisschen von dir zeigen, vom wirklichen Segismundo García. Sollte sie herausfinden, wer ihr armer Segismón gewesen ist, wem sie in diesen Jahren ihre Liebe geschenkt hat. Und deshalb ging ich mit ihr ins Paradies.

Nein, so hinterhältig bin ich nicht. Ich ging mit ihr ins Paradies, weil es Teil unserer Spurensuche war, das Etablissement liegt in der Gegend, auf die du zugehalten hattest. Ein weiteres mögliches Ziel, ein weiterer Magnet für deine Nostalgie. Ein weiterer sicherer Ort zum Überprüfen. Ich hatte so oder so hingehen wollen, aber das mit Yuliana zu tun, gab mir die Möglichkeit, ihr einen Blick auf einen Ausschnitt deines Lebens zu verschaffen, der nicht ganz so vorzeigbar war. Was Segis betrifft, so war mir nach allem, was er aus dem Mund deines treuen Alberto gehört hatte, nicht mehr so wichtig, was er über dich denken mochte, noch nicht einmal über mich.

Wir hatten die Suche nicht gleich beim Paradies begonnen, weil es weiter weg liegt, und auf dem Weg dorthin mussten wir an zwei anderen Zielorten ohnehin vorbei. Aber wenn ich alles auf eine Karte hätte setzen müssen, worum es bei deinen Ausreißversuchen ging, welcher Ort bei dir alle paar Monate einen Kurzschluss verursachte, dir das Straßengedächtnis auffrischte und dich dazu drängte, endlich dort anzukommen, so hätte ich auf das Paradies gewettet. Falls es ein Aufflackern lange zurückliegender Glücksgefühle war, das dich in Bewegung brachte, so ließ sich kein Glück mit dem vergleichen, das du dort gefunden hast. Und falls es die Suche nach dem Schatz war, die an dir zerrte, so fiel mir keine bessere Höhle als diese ein, um deine Beute zu vergraben.

Ich habe mir viele Male vorgestellt, wie du dorthin zurückkehrst, bei einer deiner Fluchten erreichtest du das Ziel und kamst völlig erschöpft an den Eingang dieses Einfamilienhauses, mit dem verzweifelten Wunsch, es zu betreten, ohne recht zu wissen, wozu. Du würdest also ankommen, aber der Rausschmeißer am Eingang ließe dich nicht ein, in dieser zerlumpten Aufmachung, dem Trainingsanzug wie von vor vierzig Jahren, mit den Schlappen und wahrscheinlich auch einer vollen Windel nach so vielen Stunden außer Haus. Doch die Geschäftsführerin, die gute Kunden stets an der Tür empfing, würde dich unter deiner Altersschwäche erkennen, nicht einmal mehr ein Schatten dessen, der du einmal warst, aber wie sollte man einen Mann vergessen, der so großzügig zu ihrem Etablissement beigetragen hatte und stets so reichlich Trinkgeld gegeben? Sie würde dich begrüßen, dich am Arm fassen und nach innen geleiten, wo sie ihren Mädchen Weisung geben würde, sich deiner anzunehmen, dir ein Glas Wasser zu reichen, nicht ohne dir zuvor mit einem Taschentuch die Mundwinkel sauber zu wischen, und dann sollten sie es dir auf einem Sofa bequem machen oder direkt im Bett in einem der Separees, vielleicht deinem eigenen, das immer für dich verfügbar gewesen war, als hätten sie es abgeschlossen und unberührt gehalten bis zu deiner Rückkehr, gleich einem Schlafgemach in den zu Museen umgewandelten Häusern berühmter Männer. Sie würden dir behutsam das Hemd und die eingenässte Hose ausziehen, allesamt erschüttert – die Geschäftsführerin und ihre Mädchen –

ob deines bedauerlichen Niedergangs, sie wüssten von deinem Ende als Unternehmer und deiner Zeit im Gefängnis, aber dort würde keiner deine Bonität prüfen, du warst der verlorene Sohn, der nach Hause zurückkehrt. Der Eigentümer höchstpersönlich, Don José, Joselito für den inneren Zirkel, zu dem auch du gehörtest, würde nach unten eilen, sobald er von deinem Eintreffen erfuhr, er würde dich willkommen heißen, und sei es nur, um festzustellen, dass du nicht mehr derselbe warst, du warst gar nichts, erkanntest ihn nicht wieder, in deinen Augen lag nichts von jenem schlauen und lüsternen Funkeln. Don José, Joselito, würde anordnen, dass zwei oder drei der Mädchen für heute von der Karte genommen würden, reserviert für dich, und sie würden dich schließlich ganz entkleiden, dich waschen in dem geschmacklosen Whirlpool im Separee, würden dir ihre legendären orientalischen Massagen schenken, Happy End inklusive, und dich anschließend einen seligen Schlaf des Gerechten schlafen lassen, in den Armen der zwei oder drei nackten Mädchen, die nichts von dir wüssten, zu jung, um dich ertragen zu haben, als du noch Segismundo der Große warst. Aber sie würden dir ihre besten Künste zuwenden, gehorsam die Weisungen der Geschäftsführerin befolgend, unterwürfig gegenüber den Wünschen eines Kunden, selbst eines senilen, vielleicht auch betroffen, feinfühlig gegenüber einem alten Mann ohne Gedächtnis, der ihr Großvater sein könnte. Die Lust, die plötzliche Erregung der Sinne, würde den Dynamo deines Gehirns vorübergehend zum Laufen bringen, lange genug, um einen Namen aus der Vergangenheit auftauchen zu lassen: Divina – die Göttliche. Und nach all den Jahren des Vergessens würdest du ihn zum ersten Mal aussprechen: Divina, Divina, Divina, würdest eines der Mädchen mit ihr verwechseln oder vielleicht nach ihr rufen, und die barmherzige Geschäftsführerin würde womöglich eines der Mädchen bitten, sich als Divina auszugeben; es mag sogar sein, dass sich eine von ihnen tatsächlich so nennt, sie könnte ihren Namen geerbt haben, in dem Metier hat man ja keine große Auswahl. Ausgeschlossen ist, dass die wirkliche Divina noch im Paradies zu finden wäre, zu viele Jahre sind vergangen, und sie wird älter sein, auf dem absteigenden Ast und daher in irgendeinem minderen Club tätig, in einer Wohnung, auf der Straße, auf digitalen Plattformen, wo jedes Angebot auf Nachfrage trifft; oder sie hat ihren eigenen Laden eröffnet, mit anderen, jüngeren Mädchen, hat sich zur Ruhe gesetzt und hört jetzt nicht mehr auf ihren Namen als Nutte, mit etwas Glück hat sie geheiratet, oder man hat sie ausgewiesen, sie ist in ihre Heimat zurückgegangen, sie wurde erwürgt oder nackt aus einem fahrenden Wagen geworfen, die Halbwertszeit der Divinas ist ziemlich kurz, und deine Rückkehr käme zu spät.

Divina, so fingst du an, Yuliana zu nennen, als dir das Fortschreiten der Krankheit die Namen durcheinanderzuwürfeln begann. Divina, Divina, Divina. Yuliana fand das lustig, sie hielt es für einen liebevollen und dankbaren Kosenamen, die göttliche Yuliana, sie hatte ja keine Ahnung, dass du sie für Divina hieltest, dass du deine Divina wiederhattest, endlich gehörte Divina dir und dir allein, sie wohnte in deiner Wohnung, mit dir als einzigem Kunden. Ich stelle mir vor, dass du seinerzeit davon geträumt hast, sie in den Ruhestand zu versetzen, ihr ein Apartment und eine

Apanage zu bezahlen, dann hätte sie nie wieder jemand anderen zu sehen als dich, wenn ihr Hurenböcke eure Divina findet, habt ihr ja alle dieselbe Fantasie, so leicht vergesst ihr, dass die Verbindung eine merkantile ist, dass euch Lust bereitet wird, weil ihr dafür bezahlt. Ich habe sie nie kennengelernt, als ich mich das eine Mal breitschlagen ließ und dich ins Paradies begleitete, hast du sie mir nicht vorgestellt, so maßlos eifersüchtig, niemand sollte deine Favoritin auch nur anschauen. Ich habe sie also nicht kennengelernt und weiß daher nicht, ob sie deiner Pflegerin ähnlich sah, ob es für die Verwechslung eine Grundlage gab. Yuliana lachte, sie mochte es, dass du sie Divina nanntest, während sie dich auszog oder kämmte. Ich hätte das Missverständnis schon damals ausräumen sollen, sie darüber aufklären, dass es nicht um ein göttliches Wesen ging, sondern um die Divina. In deiner Verwirrtheit hast du sie nie mit deiner Frau verwechselt und auch nicht mit deiner Mutter, deiner Schwiegertochter oder deiner Sekretärin; du hast sie nie mit irgendjemandem verwechselt, nur mit einer Nutte. Ich hätte das klären sollen, dann hätte ich von Anfang an verhindert, dass dich Yuliana für einen guten Menschen hielt, den armen kleinen Segismón, ungerechterweise mit der Krankheit geschlagen, ein würdiger Empfänger all ihrer Zärtlichkeit.

Aber es könnte auch sein, dass du heute nicht aus Nostalgie ins Paradies zurückgekehrt warst, nicht kraft eines Auftrags aus den Tiefen deines Körpers, durch die Erinnerung an die dort erfahrene Lust, sondern, weil sich da dein sicherer Ort befindet. Ich versetze mich in dich hinein, nicht in den löcherigen Geist von heute, sondern in den quicklebendigen von damals, und überlege, wo Segismundo García seinen Schatz versteckt haben könnte. Und da scheint mir gar nicht so abwegig, dass du das Paradies gewählt hast. Hättest du ihn Divina anvertraut, mit dem Versprechen, mit ihr zu teilen, sobald du aus dem Gefängnis kämst, und dann würdet ihr zusammen durchbrennen, in ihr Land zurückkehren und euch in einem Dorf an der Küste niederlassen, wo euch niemand finden würde? Nein, das wäre zu viel des Vertrauens gegenüber einer Prostituierten, deren Wille unterjocht und deren Glück so flüchtig ist; es gab keinerlei Sicherheit, dass du sie nach Jahren noch im Paradies antreffen würdest, und wo solltest du dann nach ihr suchen, du kanntest ja nicht einmal ihren richtigen Namen. Plausibler war, das Geld Don José zu übergeben, deinem Kumpel Joselito, in seiner Position als gut situierter Unternehmer käme er nicht so leicht in Versuchung, dich zu betrügen und die Beute für sich zu behalten. Er würde sie für dich aufbewahren, kaum ein Ort war so sicher wie dieser, nie kam hier die Polizei oder die Berufsgenossenschaft oder das Finanzamt vorbei, obwohl die Aktivitäten offen zutage lagen. Du hättest ihm das Geld mit dem Versprechen anvertraut, in wenigen Jahren zurückzukommen und einen Teil der Beute aus Anlass deiner Freilassung auf den Kopf zu hauen; direkt im Club würdest du feiern, den ganzen Laden mieten nur für dich, deinen Kumpel Joselito und vielleicht noch ein paar Freunde aus der Zeit im Gefängnis; für mehrere Tage eine geschlossene Gesellschaft, die größte Sause in der Geschichte des Paradies-Clubs, noch mal etwas ganz anderes als die Nächte, in denen du Alberto eingeladen hattest, den einen oder anderen Bereichsleiter und sogar mich – das allerdings ohne Erfolg –, um die Eröffnung einer weiteren Klinik zu feiern, einen noch besseren Abschluss als im Vorjahr oder das Projekt, international zu expandieren. Das Fest aus Anlass deiner Freilassung, in der Zelle gewiss jahrelang geplant und ersehnt und so lange aufgeschoben, würde selbst die Feier übertreffen, die du vor deinem endgültigen Eintritt ins Gefängnis geschmissen haben wirst, nach deiner Verurteilung. Ich bin überzeugt, dass du die letzte Nacht in Freiheit dort verbracht hast, wo sonst solltest du wohltuende Reserven für das sammeln, was dich dort erwartete. Ein Abschied von der guten alten Zeit, der ihrer würdig sein musste, das Erzeugen einer letzten Erinnerung und einiger letzter Gefühle, die du ins Gefängnis mitnehmen und von denen du dort zehren könntest, ja, die Möglichkeit, noch in jener Nacht zu sterben, am Alkohol oder an irgendeiner anderen Substanz, vor Lust zu sterben, keinen Fuß mehr ins Gefängnis zu setzen, deine Tage so zu beenden, ein Tod, würdig Segismundos des Großen. Der Tod eines Popanzes.

Das musst du schon sehen, Alter: Du warst ein Klischee auf Füßen. Und ein Hurenbock noch dazu! Nicht einen der Gemeinplätze hast du ausgelassen, die mit einem rasanten Aufstieg aus der Unterschicht verbunden sind, mit dem Anhäufen von Millionen und dem Versuch, sich für seine früheren Entbehrungen so schnell wie möglich schadlos zu halten. Du wolltest alles haben, sofort, und so wurde auf der Checkliste des Neureichen eine Errungenschaft nach der anderen abgehakt: Das protzige Haus, check! Der schneidige Mercedes, check! Die Mitgliedschaft im Club, die Privatschule für deinen Enkel, die teuren Uhren und die Weine außer Reichweite des Gaumens, check, check, check! Der Klunker, den Mama nicht mochte, der Pelzmantel, den anzuziehen sie sich stets weigerte, die netten kleinen Gemälde, die dir die Abzocker in den Galerien gerne verkauften. Für die Jacht mit Liegeplatz an einem Mittelmeerhafen hat dir die Zeit nicht mehr gereicht, aber es war knapp. Ich glaube, auf dieser Liste fehlte nur das Koks. Du fandest es ekelhaft, so ein Zeug die Nase hochzuziehen, im Unterschied zu Alberto oder auch mir in gewissen Phasen. Aber alles andere kam ins Körbchen, da hast du nichts ausgelassen; einschließlich Divina, versteht sich, deine Divina, zweihundert Euro die Stunde, wenn sich schon keine Geliebte fand, die sich vor dir nicht geekelt hätte. Und das Paradies, in dem du alles auf die Firmenrechnung schreiben lassen konntest, hätte popanziger und peinlicher nicht sein können: Während des Prozesses wurden Einzelheiten zu deinen Besuchen und den bezahlten Leistungen bekannt, ein Glück, dass Mama schon nicht mehr war. Alles erreicht, check! Alles verloren.

In deinem Fall war dabei das Klischee nicht die Hurerei, sondern dass du zu Edelnutten gingst, denn schon vor deiner erfolgreichen Zeit hast du gerne dafür bezahlt, dir im Auto einen blasen zu lassen oder Körperöffnungen freigegeben zu bekommen, die im Ehebett unmöglich waren, oder einfach dafür, dass dich jemand ein paar Stunden lang aushielt, während getrunken wurde und man über deine Späße lachte und dir das Gefühl vermittelte, geliebt zu werden, dieser geistige Spagat eines jeden Hurenbocks. Dein neues Leben hat dir nicht erst bezahlten Sex gebracht, sondern besseren bezahlten Sex. Auch auf dem Feld gibt es einen Aufzug: den Übergang vom Industriegebiet und den Lokalen an der Landstraße zum Häuschen von Don José, deinem Kumpel Joselito.

So hast du ihn mir denn auch vorgestellt, als ich das eine Mal mitkam: Das ist mein Kumpel Joselito. Und ich sah diese Witzfigur an, einen Mann im weißen Anzug und mit Sonnenbrille im Inneren des Hauses, und konnte es nicht fassen: seine Aufmachung, seine Gesten, seine Gesprächsführung, alles kam mir so unwahrscheinlich wie das Haus selbst vor, die gewollt erlesene Dekoration, die nonnenhafte Geschäftsführerin, die Mädchen mit ihren Negligés und der so übertriebenen Schminke, die Kellner mit Fliege, die Champagner und Schüsseln mit Erdbeeren herumtrugen, die schrill möblierten Zimmer und Separees, die Securityleute mit ihren schwarzen Anzügen und dem Knopf im Ohr, der matte Pianist, die Kunden, die ebenfalls Sonnenbrillen trugen und mit Gummibändern zusammengehaltene Bündel von Geldscheinen aus der Tasche zogen, allesamt Neureiche wie du, Bauunternehmer, die das schnelle Geld gemacht hatten, Nutznießer abgekarteter öffentlicher Ausschreibungen, der eine oder andere Stadtrat, der am Ende erwischt wurde; fehlte nur noch ein angeketteter Tiger, und wir hätten die perfekte Parodie, ich konnte diesen Ort nicht fassen, und doch war er real, und ich war dort.

Als ich dich dieses eine Mal begleitete, wies Don José, sowie er von unserem Verwandtschaftsverhältnis hörte, die Geschäftsführerin an, mich wie seinen eigenen Sohn zu behandeln; aber ich wies diese Freundlichkeit und den angebotenen Katalog von Lüsten zurück, obwohl du immer wieder damit ankamst, mich kümmerte nicht, wie enttäuscht du warst: einerseits, weil meine Ziererei eines Segismundo unwürdig war, andererseits, weil du in meinem unverhohlenen Widerwillen seit Betreten des Paradieses einen moralischen Vorwurf erkanntest. Du sahst das ganz richtig: Nicht die Mädchen widerten mich an, sondern du und Alberto und die drei Investorenpartner, die uns an dem Tag begleiteten. Widerlich war für mich eure übertriebene Kumpanei, dieses machomäßige Gehabe mit viel Körperkontakt, so typisch für Männer, die eine ganz bestimmte Bruderschaft bilden, jene der Hurenböcke: die ständigen Umarmungen und das Schulterklopfen und das Kumpel hier und alter Freund da, die Liebesbekundungen und alkoholisierten Küsse auf die Stirn, fast hatte man den Eindruck, dass ihr es eigentlich miteinander treiben wolltet. Nachdem ich lange Zeit ausgewichen war, hatte ich dich an jenem Tag schicksalsergeben begleitet, ich musste da eben eine Formalität erfüllen, Teil meiner Pflichten als leitender Geschäftsführer. Um endlich meine Ruhe zu haben, ließ ich mich darauf ein, mich mit einer bildhübschen Orientalin in einem Zimmer einzuschließen, und legte ihr unverzüglich meine Präferenzen offen, worauf wir zwei Stunden lang einen Film anschauten, jeder an einem Ende des Sofas, die junge Frau war mir für diese Verschnaufpause dankbar. Sobald ihr dann betrunken genug und in ausreichend zärtlicher Stimmung wart, um meine Abwesenheit zu übersehen, verzog ich mich, ohne mich zu verabschieden, und dabei fühlte ich mich schmutzig, moralisch befleckt, weil auch ich ein Hurenbock gewesen war, wenn auch nur gezwungenermaßen und ohne den Akt zu vollziehen; außerdem fühlte ich mich körperlich befleckt, klebrig vom Geruch dieses Animierschuppens, ich dachte dabei an Mónica, hätte sie von meiner kurzen Erfahrung als Freier Wind bekommen, so hätte sie mich aus dem Haus geworfen, ohne meine Erklärungen abzuwarten.

Über all das wollte ich gerne mit Yuliana sprechen, auf dem Weg ins Paradies; ihr davon erzählen, denn sie als Einwanderin muss doch für die sexuelle Ausbeutung sensibilisiert sein, die so vielen Yulianas aufgezwungen wird; ihr von deiner einschlägigen Neigung erzählen, deiner Abhängigkeit von bezahltem Sex oder zumindest bezahlter Gesellschaft, sonderlich sexuell aktiv bist du mir nie vorgekommen. Nebenbei würde ich erwähnen, wie du meine arglose Mutter betrogen hast, zu der du mehrmals die Woche sagtest: Heute gehe ich in den Club, es wird spät, ich bin noch im Club verabredet, gestern Abend war ich im Club, und du wirst sagen, dass das ja auch nicht gelogen war. So machtest du dich über Mama lustig, das Wort Club war ja so praktisch zweideutig. Liebend gerne wollte ich deiner göttlichen Yuliana erzählen, wie du auch dann noch in der gewohnten Häufigkeit hingingst, als Mama schon im Sterben lag. Ich habe dir das vorgehalten, weißt du noch?, bei einem ihrer letzten Krankenhausaufenthalte. Wir standen am Aufzug, du warst gerade angekommen, um mich abzulösen, hattest dich angeblich zu Hause etwas ausgeruht: Du hättest dich wenigstens umziehen können, du stinkst nach Nutte, fuhr ich dich nun wirklich angewidert an und senkte im Klinikfoyer nicht einmal die Stimme. Und du, das muss man sich mal auf der Zunge zergehen lassen, du sagtest, du seist wegen Mama fix und fertig, ich würde dich nicht kennen, ich wüsste nicht, wie du dich eigentlich fühlen würdest, ich sei nicht besser oder sensibler, würde Mama auch nicht mehr lieben als du, jeder habe seine eigenen Strategien, um durchzuhalten, um zu überleben, und du fändest eben auf deine Weise Trost, außerdem seist du nicht feiern gewesen, es beleidige dich, dass ich das glauben würde, du habest dich nur etwas abreagieren müssen, und zwar nicht so, wie ich meinte. Aber natürlich, der sensible Segismundo García, der in den Armen seiner Divina liegt und flennt, na klar doch.

Das alles hatte ich vor, Yuliana zu erzählen, um ihr verklärtes Bild von dir aus der Welt zu schaffen. Aber als ich auf dem Weg dann neben ihr saß und ihre Hand so nahe an meiner spürte, als ich aus dem Augenwinkel ihr anbetungswürdiges Profil sah und ihre anhaltenden Entschuldigungen hörte, die sie mit ihrem bezaubernden ausländischen Akzent vorbrachte, da schien mir nicht angemessen, von etwas Schmutzigem zu reden. Es war auch gar nicht nötig. Sie selbst würde ihre arglosen Augen öffnen, sobald wir ankamen und das Etablissement vor uns hatten, die diskrete Fassade, die mit dem unverhohlenen Inneren kontrastierte: den Ledersofas und überladenen Lampen, den Mädchen, die nichts am Leib trugen als durchsichtige Nachthemden, dem Gestank nach Raumspray und teurem Parfüm, um andere schlechte Gerüche zu überdecken. Sie würde Bescheid wissen, würde verstehen, welche Art von Mann du gewesen bist, wenn sie dich zwischen den Mädchen sah, bestimmt würde sie Landsfrauen darunter finden, die ihr in ihrer Muttersprache ihr Leid klagen konnten, unerreichbar für das wachsame Ohr der Geschäftsführerin.

Aber du warst heute nicht im Paradies. Das Paradies gibt es nicht mehr.

Keine Spur vom Paradies. Von deinem Paradies ist nichts geblieben, nicht einmal die staubigen Überreste vom Abriss oder die Konturen des Gebäudes auf dem leeren Grundstück, als hätte man es darauf angelegt, noch den letzten Ziegel herauszureißen und dann den Boden mit Salz zu bestreuen. Das Grundstück war so leer, dass mir Zweifel kamen und ich auf der Karte überprüfte, ob wir an der richtigen Adresse waren, aber ja, es stimmt, von deinem Paradies ist nichts geblieben – der Boden planiert, am Gehsteig eine Plakatwand, die den baldigen Bau eines Mehrfamilienhauses verkündet. Wäre ja lustig, wenn du dein Geld dort versteckt hättest, unter einer Fliese oder in einer abgehängten Decke, und jetzt läge es auf einer Schutthalde.

Ich suchte auf meinem Handy die Nummer des Paradies-Clubs, rechnete noch mit einem Umzug, einer neuen Adresse. Ich weiß, dass die verschärften Sanktionen gegen Freier den käuflichen Sex schwer getroffen haben, viele der Mädchen sind bei Eingliederungsprogrammen in den Arbeitsmarkt untergeschlüpft oder – freiwillig oder gezwungenermaßen – in Länder emigriert, wo noch ein permissiver Umgang mit Prostitution herrscht. Aber ich glaubte, das Paradies sei gegenüber solchen Veränderungen immun und hätte auch in den neuen abolitionistischen Zeiten dank derselben Straflosigkeit, die schon zu deiner Zeit die

Polizei von dort fernhielt, seine Aktivitäten aufrechterhalten, nur eben mit auf die Spitze getriebener Tarnung; ich dachte, das neue Gesetz habe die üblen Schuppen an der Landstraße und die Zuhälter auf dem Strich erledigt, die Paradiese für Besserverdienende jedoch blieben davon ausgenommen. Aber das ist offensichtlich nicht der Fall, jedenfalls nicht, was dieses Paradies betrifft. Schließlich fand ich eine Nachricht über dessen Schließung vor drei Jahren, nicht wegen der neuen Gesetzgebung, sondern nach einem Skandal um Minderjährige. Schau dir das Foto an: Deinen Kumpel Joselito haben sie in Handschellen aus dem Haus geführt, so wie dich aus dem unseren, zwei parallele Leben. Vielleicht bist du ihm ja auf dem Gefängnishof begegnet und hast ihn nicht erkannt, wegen deiner Krankheit oder weil der Kontext fehlte, keine Rausschmeißer und kein Champagner, kein weißer Anzug und keine Sonnenbrille, nur noch die Hyäne, die er schon immer gewesen ist.

Was wollten wir hier eigentlich?, fragte Segis, während er mit seinem Sportschuh im Sand wühlte, wo Rauken wucherten. Da bist du noch mal davongekommen: Ohne den Club, ohne auch nur die Ruine eines Einfamilienhauses sah ich nicht mehr viel Sinn darin, Segis oder auch Yuliana von deinem Hintergrund als Bordellgänger zu erzählen, wozu. Also behauptete ich, hier habe ein guter Freund von dir gewohnt, José, du seist bei ihm ein und aus gegangen.

José? Joselito?, fragte Yuliana zu meiner Überraschung. Fehlalarm: Sie hatte dich von dem Bordellbetreiber oft reden hören, aber ohne nähere Informationen zu seinen Aktivitäten, und außerdem hattest du in deiner Vergesslichkeit einiges durcheinandergeworfen. Ihr wärt dicke Freunde gewesen, sagte sie, hättet einander sehr gemocht und zusammen Geschäfte gemacht, ja?, zwei Unzertrennliche, Glück und Schwefel?

Ja, der Joselito, gab ich lustlos zu.

Und wo suchen wir jetzt weiter?, fragte Segis mit einem Unmut, dessen Grund mir nicht klar wurde. Lag es daran, dass wir dich nicht finden konnten, oder daran, dass er die Suche fortsetzen musste, anstatt sich wieder um seine Geschäfte kümmern zu können. Ich zückte mein Handy und warf einen Blick auf die Karte. Ein weiteres Mal zeichnete ich im Geist deine Fluchtlinie nach, markierte die Punkte, die wir bereits besucht hatten: die erste Sonríe!-Filiale, die Praxis deines Ex-Partners, das Paradies. Was noch? Welche anderen Orte in deinem Leben waren wichtig genug gewesen, um eine kopflose Rückkehr zu rechtfertigen? Oder auf welchen wäre seinerzeit deine Wahl gefallen, wenn es darum ging, etwas Wertvolles zu verstecken? Mehrmals zoomte ich auf dem Handy in die Karte hinein und wieder heraus. Mir fiel nichts mehr ein.

An die Villa Gaor hatte ich natürlich schon gedacht, das Haus, das in deiner Saga als Schloss fungierte. Dafür sprach der Nostalgiefaktor, dein stolzes Heim als Millionär und Selfmademan, entworfen nach deinen ganz persönlichen Launen und deiner Entfernung von der sozialen Herkunft, die Meinungen des Architekten, des Innenausstatters oder auch die von Mama hatten da keine große Rolle gespielt. Aber du hättest diesen Ort nie als Versteck für das Geld gewählt, nach deiner Festnahme war er ja wiederholt von Justizbeamten entweiht worden. Sie hatten

Schränke abgebaut, um nach Geheimfächern zu suchen, hatten Böden und Trennwände abgeklopft, um in den Bauplänen fehlende Hohlräume aufzuspüren, hatten in Mamas Kleiderschubladen gewühlt und sich über die prollige Einrichtung und die luxuriösen Mätzchen des vormaligen armen Schluckers lustig gemacht, sie hatten noch den letzten Winkel der Villa Gaor mit Fotos und Videos dokumentiert und das Bildmaterial am Ende einer Boulevardzeitung durchgestochen. Bilder ohne weiteren Informationswert, davon abgesehen, dass sie deine Karikatur abrundeten, die Härte deiner Bestrafung rechtfertigten und die Zahnlosen noch wütender machten. So oder so lag das Haus nicht in der Fluchtrichtung, sondern am entgegengesetzten Ende der Stadt, in einer Siedlung unweit des Clubs, der damit glücklicherweise ebenfalls ausfiel, so wie das Hochhaus im Nordteil der Stadt, in dem unsere Büros gelegen hatten.

Als Nächstes dachte ich an den Friedhof, die Möglichkeit, dass eine plötzliche demente Verliebtheit dich an Mamas Grab treiben könnte, wo du sie beweinen und um Vergebung bitten und ihr all die Liebe erklären wolltest, mit der du zu ihren Lebzeiten so gegeizt hast. Ich dachte sogar ans Gefängnis, das tatsächlich in dieser Richtung liegt, also ostwärts, allerdings über zwanzig Kilometer weit weg. Einen Moment lang stellte ich mir vor, du würdest die Stadt verlassen, auf so gefährliche wie wundersame Weise die Autobahn überqueren, am Seitenstreifen weiterlaufen, ohne zu beachten, dass man sich auf der linken Seite zu halten hat, keiner würde dich sehen, weder eine Streife noch andere Fahrer, die einen alten Mann in Pantoffeln melden könnten, der im Begriff ist, überfahren zu werden. Dann würdest du querfeldein marschieren, auf umgebrochenen Äckern herumstolpern, über ein paar wackelige Steinmäuerchen klettern und schließlich das Gefängnistor erreichen, angezogen von einer krankhaften Mischung aus wirren Ideen und Erinnerungen, irgendjemand würde dir schon aufmachen und dich in deiner Zelle schlafen lassen.

Mir gingen die Optionen aus, die möglichen Ziele deiner Flucht. Ich weiß ja nicht, wo du dich herumgetrieben hast, als du noch bei Verstand warst, wie soll ich dann wissen, wohin du dich aufmachen könntest, während sich dein Gehirn allmählich auflöst. Wie wenig ich dich kenne, alter Mann, oder vielleicht werde auch ich langsam vergesslich. Ich weiß ja nicht mal, wohin ich selbst zurückkehren würde, wenn ich an deiner Stelle wäre. Zu uns nach Hause? Ich meine nicht die Villa Gaor, die ist nie mein Zuhause gewesen, sondern unsere Wohnung, in der wir so viele Jahre verbracht haben, die Wohnung mit den niedrigen Decken, dem Lichthof mit den lärmenden Familien und dem einen Bad für uns drei; die Wohnung, in der ich aufgewachsen bin, die Bühne all meiner ersten Male im Leben; die Wohnung, in der ich – in der wir unter dir gelitten haben; die Wohnung, die ich gehasst habe, bis es mir gelang, auf eigenen Füßen zu stehen, obwohl ich sie jetzt durch eine rosa Brille sehe, vielleicht würde eine Demenz mich dorthin ziehen. Oder vielleicht würde ich zu Mónica zurückkehren, in das Haus, das Segis und sie noch immer bewohnen und das ich weiterhin als mein Heim betrachte, ich habe es seit der Trennung nicht mehr betreten. Das Haus, aus dem mir, sollte ich den Kopf verlieren, so viele schöne Momente durch den Sinn schießen würden, während die scheußlichen ausgelöscht wären, und so wüsste ich den Weg zu finden, um unverhofft vor der Tür zu stehen wie ein Bettler, auch ich in der Hoffnung auf eine Amnestie, darauf, ihr armer Segismón zu werden, ihre Vergebung und ihre Fürsorge zu gewinnen.

Wir sollten die Polizei rufen, unterbrach der besonnene Segis meine Gedanken. Ich sah Yulianas entsetztes Gesicht, die sich schon denunziert und verhaftet sah, entlassen, ausgewiesen und auf dem Rückweg in ihr Land, du hast die Ärmste ganz schön leiden lassen mit deinem Verschwinden.

Vielleicht schauen wir davor noch mal in die Wohnung, schlug ich vor, auch ich hatte nicht die geringste Lust, stundenlang auf einer Polizeiwache herumzusitzen. Möglicherweise würdest du von allein zurückkommen, erschöpft nach der ergebnislosen Flucht. Du würdest kehrtmachen, den Weg nach Hause finden wie ein entlaufener Hund, ein freundlicher Mensch aus dem Viertel würde dich auf der Straße auflesen und heimbegleiten, du würdest auf einer Treppenstufe sitzen und uns erwarten, durstig und eingenässt. Die andere Möglichkeit, die mir zugegebenermaßen immer wünschenswerter erschien, war, dass wir dich überhaupt nicht finden würden. Manchmal kommt das vor: Ein Greis verschwindet, so wie ein Kind, ein Haustier oder ein geistig Zurückgebliebener verschwinden können; der Betreffende verschwindet, und seine Verwandten grasen die Stadt ab, mutmaßen über die Orte, an die er sich erinnert, teilen sich auf und gehen jeder in eine unterschiedliche Richtung, rufen die Polizei, fragen in Läden nach ihm, kleben sein Foto an Laternenpfähle und posten es in den sozialen Netzwerken, patrouillieren Tag und Nacht im Stadtgebiet und im Umland, suchen in Parks, Straßengräben, verlassenen Häusern, in offenen Abwasserkanälen und Flussbetten und finden ihn schließlich viele Tage später irgendwo im Gestrüpp, nach einem Infarkt schon halb verwest, oder er ist in einen Brunnen gestürzt oder liegt ertrunken im Fluss; manchmal können sie sich nicht einmal mit einem Leichenfund trösten, der ihrer Suche ein Ende macht: Er taucht nie wieder auf, sie warten eine unbestimmte Zeit lang darauf, dass er zurückkommt oder gefunden wird, lassen ihn Jahre später für tot erklären, die Legende entsteht, dass er eines Tages zurückkommen wird.

Ich bin müde, sagte Segis auf dem Weg. Papa, ich bin müde.

Erst dachte ich, er rede davon, wie lange wir schon dort draußen nach dir suchten, also antwortete ich, ich sei ebenfalls todmüde und mir täten die Füße weh. Aber er sprach wohl leider von einer anderen Müdigkeit:

Wenn du morgen mein Geld aus der Schule geholt hast, gebe ich diesem Arsch, was ich ihm schulde, und sage ihm, dass Schluss ist. Ich glaube, ich nehme mal ein bisschen den Fuß vom Gas. Ich war in letzter Zeit zu schnell unterwegs. Und ich will nicht am nächsten Baum enden. Den Weg gehe ich nicht weiter.

Das kann ich verstehen, mein Sohn. Mehr sagte ich nicht dazu. Wie hätte ich es nicht verstehen sollen. Heute war für Segis ein schwieriger Tag. Viele Emotionen, all die Offenbarungen über die Familie. Spritzer. Schutt. Der

Junge muss verwirrt sein, ganz benommen. Morgen, mit frischem Kopf, wenn die Schuld bei diesem Gauner beglichen und die Gefahr überstanden ist, wird er die Sache anders sehen. Er wird den Zwischenfall hinter sich lassen und seinen Weg fortsetzen. Hat einen guten Kopf, der Junge.

Ich glaube, ich brauche eine Veränderung, wiederholte er.

Aber vorher müssen wir Opa finden, schnitt ich ihm das Wort ab, um seinen Absturz rechtzeitig zu bremsen.

Vielleicht ist er in einem Park, kam mir die stets aufmerksame Yuliana zu Hilfe. Vielleicht ist er in einem Park, Ihr Papa mag Parks sehr, wir gehen jeden Vormittag hin und setzen uns auf eine Bank, und dann sieht er den Kindern beim Spielen zu, den Tauben, den Enten im Teich, und er lächelt, man merkt, dass er glücklich ist, ihm bringt das schöne Erinnerungen.

Da musste ich fast lachen, Oller. Die Vorstellung, dass du auf einer Parkbank hockst und den Enten zuschaust. So weit ist es mit dir gekommen. Aber Yuliana hat es dann doch noch geschafft, dich gut dastehen zu lassen:

Ihr Papa ist ein ganz feiner Mensch, trotz seines Zustands spürt man, dass er ein sensibler und liebevoller Mann gewesen sein muss. Bestimmt war er ein großartiger Vater und guter Ehemann, ich wünschte, ich hätte ihn kennengelernt, als es ihm noch gut ging.

Ich habe mir natürlich noch mal auf die Zunge gebissen. Nein, Yuliana, Segismundo García ist kein feiner Mensch, auch wenn die Demenz ihn nun segnet. Er war noch nie sensibel und liebevoll und sicher kein großartiger Vater, geschweige denn ein guter Ehemann. Wenn du ihn kennengelernt hättest, als es ihm gut ging, hätte er dich bestenfalls ignoriert, Ausländer mochte er nicht besonders. Und wenn du für ihn gearbeitet hättest, als Putzfrau oder als Pflegerin von Mama in ihren letzten Monaten, dann versichere ich dir, es wäre keine schöne Erfahrung gewesen: Der frühere Knecht ist kein angenehmer Herr. Ein feiner Mensch bist du, Yuliana, sensibel und liebevoll auch, du pflegst ihn mit einer Hingabe, für die du nicht bezahlt wirst, jedenfalls nicht mit dem Geld, das ich dir gebe. Als du dich auf meine Anzeige gemeldet hast, Yuliana, da suchte ich keine Heilige, keinen Engel der Liebe; mir reichte schon jemand, der ihm den Hintern abputzt und achtgibt, dass ihm beim Essen kein Bissen im Hals stecken bleibt. Jemand, der deine Stimmungswechsel und Spinnereien ertrug, alter Mann, der mit dir spazieren ging, nicht, um die Entlein anzugrinsen, sondern, um dich müde zu machen, der dich am Leben hielt, solange du noch zu leben hättest, der dich nicht daran hinderte, das Haus zu verlassen, wenn du irgendwohin wolltest, und mitging, bis der Zielort feststand. Mich hätte es nicht gestört, wenn dich eine weniger liebevolle Pflegekraft mit Pillen ruhiggestellt, den ganzen Tag vor den Fernseher gesetzt oder gar im Sessel festgebunden hätte, wenn du aggressiv wurdest. Ich hatte nicht vor, etwas für deine Lebensqualität zu tun, du solltest nur nicht verunglücken; du solltest am Leben bleiben, bis irgendwann zwei in deinem Gehirn frei liegende Kabel zufällig in Berührung kämen und dir bei diesem Funken wieder einfiele, wo du das verdammte Geld versteckt hast.

Du weißt das nicht mehr, Vater, aber am Anfang habe ich mich um dich gekümmert, ohne Yuliana oder sonstige Hilfe. Du konntest dich noch selbstständig anziehen und essen, konntest einem Gespräch folgen, und auch wenn der Flammenwerfer große Flächen deines Gedächtnisses verwüstet hatte, wusstest du, wer du bist, wer ich bin. Ein Mistkerl warst du immer noch, die Krankheit brachte dich noch nicht dazu, grinsend im Park zu sitzen, tatsächlich weigertest du dich, in einen Park zu gehen, überhaupt hinaus auf die Straße, du sperrtest dich gegen die Spaziergänge, mit denen ich versuchte, dich zu ermüden, aber auch, deine Sinne anzuregen und deine Erinnerung aufzufrischen, irgendwann mussten wir doch an einem Ort vorbeikommen, an dem du plötzlich sagen würdest: Hier, genau hier ist es. Aber dein Verfall schritt voran, und du warst immer schwerer zu bändigen, hieltest deine Hose fest, wenn ich versuchte, dich auszuziehen, standest mitten in der Nacht auf, du konntest deine Albträume nicht mehr von der Wirklichkeit unterscheiden, glaubtest, dein Bett sei voller Ameisen, die dir im Schlaf in die Ohren krochen, du hattest panische Angst vor dem Loch in der Toilettenschüssel und dem Abfluss in der Badewanne, reagiertest obsessiv darauf, wenn etwas nicht an seinem Platz stand, du warfst mir vor, dich zu bestehlen, und erzähltest aller Welt davon, dem Arzt, dem Nachbarn im Aufzug, den Leuten auf der Straße: Mein Sohn bestiehlt mich, er will mir meine Wohnung und mein Geld wegnehmen, er nutzt mich aus, er glaubt, ich würde das nicht mitkriegen, aber ich bin ihm dahintergekommen, er ist ein Dieb. Es kam ein Moment, in dem ich dich verloren gab, und auch unseren

Schatz gab ich verloren. Zeitweise half mir die Chemie, ein Geschenk der Götter, du konntest den halben Tag schlafen, und die andere Tageshälfte liefst du herum wie ein Zombie, freilich um den Preis, nur noch ein Bündel Mensch zu sein, man musste alles für dich machen, und das war ein, sagen wir, nicht gerade humaner Umgang, auch nicht mit einem wie dir. Vielleicht war ich selbst noch nicht ganz so vereitert, vertraute noch darauf, mich von dem Debakel zu erholen, von deinem Debakel; ich würde sogar sagen, dass ich noch eine gewisse moralische Verpflichtung dir gegenüber empfand. Du warst immer noch mein Vater. Und deshalb suchte ich dir eine Pflegekraft, anstatt dich den ganzen Tag lang unter Drogen und festgebunden im Bett herumliegen zu lassen, mit offenem Rücken und vom Urin brennenden Leisten.

Und da schickte der Himmel Yuliana, um dir deine letzten Jahre zu versüßen, die dank ihrer Pflege länger anhalten sollten. Ich verlangte von ihr nicht mehr als das Nötigste: Sie sollte bei dir wohnen und sich um dich kümmern, dich waschen und ernähren und für dich sorgen. Selbst wenn ich gewollt hätte, für sechshundert Euro sowie Kost und Logis konnte ich nicht viel mehr von ihr erwarten. Aber sie hat dir mehr gegeben, viel mehr als das, wofür sie bezahlt wird und was du verdienst. All das, was uns die Krankenschwestern empfohlen haben und die Prospekte in der Klinik und das Buch, das Mónica mir geschenkt hat und das ich nur durchgeblättert habe; alles, was Familien mit Ressourcen ihren Kranken bieten können, um das Fortschreiten ihrer Krankheit zu verlangsamen und ihnen Leid zu ersparen. Yuliana spricht mit dir, sanft und geduldig, sie spricht die ganze Zeit, ihre Stimme wirkt beruhigend auf dich. Sie erzählt dir alles, was sie macht, was sie mit dir macht, erklärt es dir, auch wenn du es nicht mehr verstehst. Sie nennt die Gegenstände beim Namen und erinnert dich an ihre Funktion, sie zeigt dir, wie alles funktioniert, damit du es selber tun kannst: Schauen Sie, das hier ist ein Kamm, damit macht man so, und das hier ist ein Löffel, das hier eine Ampel, wir warten jetzt schön auf das grüne Männchen. Sie hat eine Erinnerungsschachtel für dich gestaltet, diesen Schuhkarton, in dem sie alles aufbewahrt hat, wovon sie glaubt, es könnte dir helfen, dich daran zu erinnern, wer du bist: Fotos von dir und deinen Verwandten, dein Ehering, dein Lieblingsfederhalter, mit dem du immer Verträge unterschrieben hast, der Schlüsselanhänger, den du für dein Auto benutztest, dein Mitgliedsausweis vom Fußballverein, sogar eine Visitenkarte aus deiner Zeit als Präsident von Sonríe!, keine Ahnung, wo sie die aufgetrieben hat. Ich habe gesehen, wie sie sich mit dir hinsetzt und die Schachtel aufmacht und diese Reliquien eine nach der anderen herausnimmt und sie dir zeigt und dich danach fragt und sie dir erklärt. Sie liest dir vor, ich habe gesehen, wie sie dir Zeitschriften und Kindergeschichten vorliest. Ihr schneidet zusammen mit der Papierschere Figuren aus, malt sie mit dicken Buntstiften an, Yuliana hilft dir, Puzzle zusammenzusetzen, die aus immer weniger Teilen bestehen, sie singt dir Lieder aus ihrer Heimat vor und fordert dich auf, den Rhythmus mitzuklatschen. Sie spricht mit dir, tut das zu jeder Tageszeit, ich weiß, dass sie dir von sich erzählt, von ihrem früheren Leben, ihrem Zuhause, ihren Leuten, vermutlich tut sie das nicht nur für dich, sondern findet auch Linderung darin, wie andere Leute, die mit ihrem Hund oder mit den Pflanzen sprechen, so wie ich selbst mit dir gesprochen habe, bevor es Yuliana gab, wenn ich dir mal wieder – stets mit dem empfohlenen Lächeln – meine Vorwürfe auflistete, dir von meinen Streitigkeiten mit Mónica erzählte oder von meinen Ängsten um Segis nach der Trennung, und dann fühlte ich mich besser, entlastet, so wie ich jetzt mit dir rede.

Was noch? Yuliana kümmert sich um die Wohnung, passt sie jeder neuen Phase deiner Krankheit an. Sie hat die Spiegel entfernt, als du dich nicht mehr darin erkanntest und in deinem Abbild einen bedrohlichen Fremden sahst, sie hält alles von dir fern, was dir schaden könnte. Sie hat überall in der Wohnung Fotos platziert, die dazu beitragen sollen, den Faden deines nachlassenden Gedächtnisses in der Hand zu behalten: im Wohnzimmer, auf dem Nachttischchen, an den Wänden im Gang, sogar im Badezimmer; Fotos von dir aus allen Altersstufen, Fotos mit Mama, mit deinen Eltern, mit mir als Kind, Fotos, die ich nicht ertrage, weil ich auch mich darauf sehe, dieser junge Rekrut, der da lächelt, das bin ja ich, und dieser Erwachsene auf der Hochzeit, unsere körperliche Ähnlichkeit wird mir unerträglich, sie könnte auch eine moralische sein, falls ich in deine Fußstapfen trete und meine Kunden ebenfalls im Stich lasse und im Gefängnis ende und von meinem Sohn gehasst werde; falls auch ich einmal krank werde, nachts deliriere, aus Angst vor dem Abflussloch die Dusche meide, mir einbilde, dass Segis mich bestiehlt, und wer soll mich dann pflegen, wer sich um meinen Ruin kümmern, um mich in deinen senilen Fußstapfen. In letzter Zeit denke ich häufig daran, ertappe mich immer öfter bei Zerstreutheiten und Vergesslichkeiten, ich rechne sie dem Stress zu, aber vielleicht sind es die ersten Anzeichen, und wer wird mich pflegen, wie soll ich eine Yuliana bezahlen, wie darauf vertrauen, dass mein Sohn sich um mich kümmert, wenn da noch nicht einmal ein versteckter Schatz winkt, vielleicht müsste ich ihn anlügen, ihm ein Vermögen in Aussicht stellen, wenn er es findet.

Womöglich braucht Ihr Papa jetzt eine andere Art von Pflege, bemerkte Yuliana, bevor wir am späten Nachmittag in die Wohnung kamen. Womöglich braucht Ihr Papa jetzt eine andere Art von Pflege. Und fügte hinzu: Ich weiß nicht, ob ich mich weiter um ihn kümmern kann. Da hast du's, alter Mann. Dein Engel reicht seinen Rücktritt ein. Du wirst bald ohne sie dastehen. Wir werden ohne sie dastehen. Als ich ihre Ankündigung hörte, spürte ich auf der einen Seite das unmittelbare Bevorstehen ihrer Abwesenheit, ich würde die süße Yuliana ziehen lassen müssen, würde ihre Anwesenheit und Zuwendung verlieren, ihr Dasein für dich und auch für mich in der Zukunft, von der ich fantasiere; ich würde die verrückte Möglichkeit verlieren, ihr meine Liebe zu gestehen und ein gemeinsames Leben anzubieten, ein komfortableres Leben, in dem sie keine alten Männer mehr pflegen oder Wohnungen putzen müsste. Auf der anderen Seite aber spürte ich Erleichterung bei dem Gedanken, dass sie menschlich ist, dass auch sie müde wird und dich verlässt, dass dir niemand mehr bleibt bis auf mich, mal sehen, für wie lange.

Ich kann dich verstehen, Yuliana, mir ist das auch

schon durch den Sinn gegangen, antwortete ich und nutzte die Gelegenheit, um sie beim Sprechen am Arm zu berühren, meine Finger auf ihrer heißen Haut. Dann erklärte ich, wir seien auf der Warteliste für ein städtisches Seniorenheim, die Sache sei nicht einfach, aber falls das nicht klappen würde, setzte ich darauf, dass meine neue Firma Erfolg hat und wir uns ein privates leisten können. Das bestmögliche, Papa hat das verdient, sagte ich, um sie auf der sentimentalen Seite für mich zu gewinnen, so ist auch der Boden dafür bereitet, ihr, wenn es so weit kommt, zu sagen, dass sie nicht auszuziehen braucht, sie kann ihr Zimmer behalten, wir können uns die Wohnung teilen, ich will dafür kein Geld, sie hat mir in diesen Jahren schon genug geholfen, und an Sonntagen besuchen wir dann zusammen Papa.

Ich rede nicht von einem Heim, schnitt sie mir das Wort ab und nahm gleichzeitig den Arm weg, nicht brüsk, aber entschieden, ich glaube, ich hatte, ohne es zu merken, zu fest zugedrückt. Sie redete nicht von einem Heim? Wollte sie mir etwa vorschlagen, noch jemanden zusätzlich einzustellen? Zwei Yulianas, zwei Engel? Hast du, haben wir beide so viel verdient?

Nein, mach dir keine Illusionen, alter Lustmolch. Yuliana dachte keineswegs daran, sich zu verdoppeln. Jetzt kommt nämlich das Lustige: Sie fing an, mir etwas über Pflegehäuser zu erzählen. Ja, wirklich: Die Pflege in der Gemeinschaft sei eine hochinteressante Möglichkeit, die ich unbedingt in Betracht ziehen sollte. Was hältst du davon? Unsere Yuliana ist ebenfalls eine Tonkrüglerin! Wir sind von denen umzingelt, wir haben sie schon im Haus!

Und wie all diese Leute ist auch sie eine begeisterte Propagandistin ihrer Sache. Sie hat mich also mit all dem Zeug zugetextet, das ich schon kenne, mein Staunen ausgenutzt, um mir die sprichwörtliche Schrottkarre anzudrehen, ihre Schrottkarre.

Wie sie erklärte, ist sie seit einiger Zeit in einer Gruppe von Pflegekräften aktiv, die sich gegenseitig unterstützen, überwiegend Ausländerinnen wie sie, die bei ihren Arbeitgebern wohnen, sie arbeiten also im häuslichen Bereich als Kindermädchen oder Altenpflegerinnen. Sie treffen sich und sprechen über ihre Probleme, Leiden und Sehnsüchte als Migrantinnen, teilen aber auch Freuden, Hoffnungen und Pläne; sie geben einander Aufmerksamkeit, Hilfe und sogar Geld aus einer Gemeinschaftskasse, wenn eine von ihnen in Schwierigkeiten ist. Sich an dieser Gruppe zu beteiligen, sagte sie, sei das Beste, was ihr seit ihrer Ankunft in Spanien passiert ist. Sich beteiligen, Yuliana? Ja, wann denn? An ihrem halben freien Sonntag, in den zwei oder drei Stunden täglich, in denen ich sie an manchen Tagen ablöse? Warst du mit ihr bei diesen Treffen, wenn ihr spazieren geht? Bringt jede Pflegekraft ihren Segismón mit, veranstalten sie Meetings im Park und besprechen ihre Angelegenheiten, während die Alten den Enten zulächeln? Ich habe sie nicht gefragt, nur immer verblüffter zugehört. Sie sagte, dank der Gruppe sei sie mit dem Modellprojekt Pflegehäuser in Kontakt gekommen, neulich habe sie mal mit dir eines besucht, das erst vor Kurzem im Viertel eröffnet wurde. Und du hast mir nichts davon erzählt, du Judas!

Ich kann Yuliana verstehen, ich mache ihr da keine Vorwürfe. Sie ist jung, hat hier niemanden, sie hatte es schwer, seit sie in Spanien angekommen ist, aber nicht so schwer, dass sie zur Zynikerin geworden wäre. Außerdem ist sie ein guter Mensch, sehr gut, extrem gut, absurd gut, gefährlich gut, sie will das Beste für dich und vermutlich für die gesamte Menschheit, und alles, was die Gemeinschaftler verkaufen, klingt so schön, wer könnte das leugnen, wer würde sich nicht wünschen, dass wir alle eine menschliche Gemeinschaft bilden, in der wir aufeinander achtgeben und zusammenwirken und die Schwächsten beschützen und blablabla. Wo muss ich unterschreiben? Wie gesagt, auf dem Papier sind die Tonkrügler nicht zu widerlegen, und sie sind Meister darin, Leute zu ihren Meinungen zu bekehren. In der Praxis sieht es anders aus, aber bis dahin ist die unschuldige Yuliana noch nicht vorgedrungen, sie steht noch im Bann des anfänglichen Zaubers, früher oder später kommt auch für sie die Stunde, in der sie von diesem Ross fällt.

Ich ließ sie reden, unterbrach sie nicht, ich höre ihr ja liebend gerne zu, sei es auch nur, wenn sie mir so eine olle Schrottkarre andrehen will. Sie fing sogar an, mich zu duzen! Die im Viertel, sagte sie, hätten fürs Erste mit einer Krippe angefangen, ähnlich gibt es das schon in anderen Vierteln und auf dem Dorf, diese Kindergärten, die sich weigern, sich Kindergärten zu nennen. Neben den Fachkräften, die sich nicht von den Erziehern in einer beliebigen Einrichtung unterscheiden, übernehmen hier die Eltern turnusmäßig Dienste, um sich an der Erziehung zu beteiligen, an der ihrer eigenen Kinder und an der von anderen, wie bei einem Stamm. Und nicht aus Mangel an Ressourcen, am Ende schaffen die es ja immer, dass die

Stadt Zuschüsse zahlt oder ihnen Räumlichkeiten überlässt, aus Sympathie, Überzeugung oder um diese so tonkrüglerische Idee umzusetzen, dass Pflege oder Care-Arbeit eine Verantwortung aller ist, nicht bloß der Familien, und auch nicht allein dem Staat oder dem Markt überlassen werden darf. Hört sich hochgestochen an, ja, aber so lauteten die Worte unserer kämpferischen Yuliana: Staat, Markt und dann auch noch Selbstverwaltung, Kooperation und eine Menge anderer Wörter aus dem einschlägigen Jargon, siehst du, wie weit die sie schon indoktriniert haben?

Der nächste Schritt, sagte Yuliana, betrifft die Care-Arbeit für alte und kranke Menschen, in einigen Gemeinschaften probieren sie das schon aus. Ihr zufolge könntest du einer davon werden, ohne dass sich dein Alltag allzu sehr ändert: Ein Pfleger würde sich zu Hause um dich kümmern, so wie jetzt, vielleicht wäre das immer noch sie, außerdem aber hättest du die Unterstützung von Nachbarn im eigenen Haus, falls sie mitmachen, und von dem Pflegehaus, das du täglich aufsuchen würdest, um Aufmerksamkeit zu bekommen und mit anderen Menschen wie dir in Kontakt zu sein. Mit der Zeit hoffen sie, auch Pflegeheime anbieten zu können, die wären wie ein stinknormales Altersheim, nur in der Tonkrüglerversion, also mit bunter Fassade und Gärtchen. Im Gegenzug – jetzt kommt das Amüsanteste – müsste ich mich an dieser innovativen Idee beteiligen, mich der Gemeinschaft der Pflegenden anschließen, mitarbeiten und meine Zeit und Fähigkeiten einbringen oder einfach nur meine Anwesenheit in vielen möglichen Formen, denn die Gemeinschaft der

Pflegenden im Viertel wird ja wachsen und alle erdenklichen Lebenssituationen einschließen, nicht nur ihr Alten und Kinder habt Bedürfnisse. Um es mit der gütigen Yuliana zu sagen: Wir alle pflegen und werden gepflegt, als abhängige Wesen, die wir sind. Mit anderen Worten, es reicht nicht, dass ich mich um dich zu kümmern habe, ich soll auch noch in Gemeinschaft die restlichen Alten und Kranken aus unserer Straße pflegen, aus dem Häuserblock oder dem ganzen Viertel. Fantastisch! Bestimmt wird jeder, der pflegebedürftige Angehörige hat, genauso begeistert sein wie ich. Wir wollen doch alle nur eines: dass der Staat sich um sie kümmert oder dass wir genug Geld verdienen, um Altenheime und Yulianas zu bezahlen, damit die Pflege nicht an uns hängen bleibt! Und diese Spaßvögel legen es darauf an, dass wir zusätzlich auch noch andere Alte und Kranke pflegen!

Bevor ich in meiner Fassungslosigkeit über ihren unerwarteten Vortrag Einwände erheben konnte und da ich mich zurückhielt, um ihr nicht gar so bald die Vorfreude kaputt zu machen, versicherte Yuliana, so werde es für alle viel besser sein, für meinen Papa an erster Stelle, aber auch für mich als Angehörigen: Wir wären dann nicht mehr auf Beihilfen angewiesen, die nie kämen, oder auf eine Änderung unserer finanziellen Situation, und wir würden uns nicht mehr so alleine fühlen, wären vielmehr Teil einer großen Gemeinschaft, Seite an Seite mit Menschen in derselben Lage und mit denselben Bedürfnissen, und auch mit vielen anderen, die vielleicht jetzt keine Alten oder Kranken zu pflegen haben, aber ihre Mitverantwortung und wechselseitige Abhängigkeit annehmen. Wie gesagt, alles ganz einwandfrei, unbestreitbar, wo kann man hier unterschreiben? Sogar Segis meinte, die Idee würde ihm gefallen. So geht das immer, wenn die Tonkrügler ihre Reden schwingen, auch wenn es dann in der praktischen Anwendung gar nicht mehr so schön aussieht und die Projekte schon leckschlagen, wenn sie die Wirklichkeit nur touchieren.

Egal: Das ganze Gerede vom gemeinschaftlichen Pflegen und so weiter war nur ein Schlenker, um am Ende anzukündigen, dass sie geht. Sie verlässt uns. Sie hat dem neuen Pflegehaus zugesagt, sie und andere Yulianas, die derzeit noch für Familien im Viertel arbeiten. Angeblich sind die Konditionen besser, mehr Geld für weniger Stunden, aber vor allem reizt sie daran, dass sie nicht allein sein wird, nicht mehr so einsam und überfordert von der Aufgabe, alleine für einen Menschen zuständig zu sein. Warum hast du mir denn nie erzählt, dass du dich einsam fühlst, Yuliana? Wir hätten unsere Einsamkeiten verbinden können, ihnen zusammen ein Ende setzen, unsere eigene Gemeinschaft gründen. Aufeinander achtgeben, ja, uns umeinander kümmern.

Ich habe ihr das nicht gesagt. Ich fühlte mich wie ein Verlierer.

Und dann haben wir dich gefunden. Der Fairness halber muss ich sagen, dass Yuliana dich gefunden hat, als letzten Dienst, bevor sie uns verlässt, der letzte Beweis für ihre engelhafte Natur. Der Beleg dafür, dass wir ohne sie verloren sein werden, du und ich.

Wir kamen in der Wohnung an, fanden sie leer vor, keine Spur von dir, auch nicht im Treppenhaus, im Eingangsbereich oder draußen, weder Ladenbesitzer noch Nachbarn hatten dich gesehen.

Ich merkte, dass Segis die sinnlose Suche allmählich zu viel wurde, er hatte andere Nöte, angefangen mit dem Typen, der morgen nach ihm suchen und ihm die Eier abschneiden würde, wenn Segis nicht vorher sein Geld zurückbekam. Keiner von seinen Mitarbeitern hatte dich gesehen, was sollen diese Rotzlöffel auch mitkriegen, die mit gesenktem Kopf auf ihre Sportschuhe starren, während sie ihre Päckchen von einem Ort zum anderen tragen, aber einen alten Mann finden, der sich verlaufen hat, das können sie nicht.

Auch ich wurde es allmählich leid, dir hinterherzulaufen, auch ich hatte Termine vor mir, Geschäftsbesuche, zu denen ich schon zu spät kam, dazu ein Dutzend verpasster Anrufe, in der letzten Stunde hatte ich nicht rangehen wollen, weil ich mir schon denken konnte, wer das war: Kunden, die seit Wochen darauf warten, dass es mit den Installationsarbeiten losgeht. Kunden, die vermutlich auf irgendeine andere Firma gestoßen sind, die dieselben Leistungen anbietet, nicht billiger vielleicht, aber mit seriöserem Auftritt. Kunden, die meinen, deinen Namen in Google eingegeben haben. Kunden, die eine sofortige Rückerstattung fordern, darunter wohl einer, der um eben diese Stunde aufgehört haben dürfte, das Loch in seinem Swimmingpool zu vergrößern, sein Werkzeug hatte er vermutlich weggelegt oder immer noch in der Hand, dann allerdings zu einem anderen Zweck, während er in der Stadt nach mir suchte, er lässt sich nämlich von niemandem über den Tisch ziehen, weder von einem Melonendieb noch von einem, der Sichere Orte verkauft.

Yuliana schien als Einzige entschlossen, nicht zu rasten, bis sie dich fand, ohne sie will ich nicht ausschließen, dass wir zu unseren Obliegenheiten zurückgekehrt wären, die Suche nach dir auf später verschoben hätten, auf morgen, und dann würden wir halbherzig mit dem Auto herumfahren, auf die Polizei setzen und dich allmählich vergessen, dich verloren geben, während die Tage vergingen. Aber Yuliana suchte weiter nach dir, dachte über mögliche Zielorte nach, sie glaubte weiter daran, dass wir dich irgendwann finden würden, und zwar lebendig.

Ich glaube, ich weiß, wo Segismón sein kann, sagte sie auf einmal. Ich glaube, ich weiß, wo Segismón sein kann: Vielleicht ist er nach Hause zurückgegangen.

Hier ist er nicht, sagten Segis und ich gleichzeitig, ohne Yuliana zu verstehen, die lächelte, während wir mit ausgebreiteten Armen die leere Wohnung umfassten: Nein, ich meine nicht hier, ich meine nach Hause, zu sich nach Hause.

Villa Gaor?, fragte ich und fühlte mich bescheuert, wie immer, wenn ich diesen albernen Namen ausspreche, den du dir selbst ausgedacht hattest, die Initialen von deinen und Mamas Familiennamen, noch so ein Neureichenklischee, noch ein Grund zum Lachen für alle, die sich über deinen Absturz freuten. Für einen Moment sah ich mich auf dem Weg zur Villa Gaor, beschämt trottete ich durch die Siedlung, ließ im Vorbeilaufen die Heuchelei der Anwohner über mich ergehen, befragte die neuen Mieter, die Nachbarn, die dich nicht vergessen haben, die Wachleute und Gärtner, hatten die vielleicht einen verwahrlost aussehenden alten Mann dort herumstromern sehen?

Nein, nein, sagte Yuliana, und noch einmal: Ich meine sein Zuhause, das einzige, das er so nennt, mein Zuhause. Das einzige, an das er sich noch erinnern kann.

Ich verstand noch immer nicht, was für ein Zuhause das sein sollte: die Miniwohnung, die Mama und du euch nach der Hochzeit gekauft habt und in der ich meine Kindheit und frühe Jugend verbracht habe, ihr bliebt dort wohnen, bis ihr euch ein Reihenhaus am Stadtrand leisten konntet, den Vorläufer zur Villa Gaor? Oder nanntest du dieses Reihenhaus Zuhause, auf das du wenige Jahre lang stolz gewesen bist, weil es ein Beweis des Erfolgs war, ein Beweis dafür, dass ihr in dem verdammten Gesellschaftlichen Fahrstuhl ein oder zwei Stockwerke höher gefahren wart, der erste Ertrag deiner geliebten Leistungskultur. Ihr musstet nicht mehr in einer vertikalen Gemeinschaft wohnen, keine anderen Nachbarn mehr dulden als die auf den Grundstücken nebenan, kein Absatzgeklapper von oben und kein Gekläff im Innenhof. Oder gab es da etwa ein anderes Zuhause, von dem ich nichts wusste, ein Doppelleben, eine zweite, parallele Familie, die du über Jahrzehnte geheim gehalten hast, mit einer anderen Ehefrau, die du mehr liebtest als Mama, und anderen Kindern, die dir gegenüber keine Ressentiments angesammelt haben? Hattest du etwa deiner Divina eine Wohnung besorgt?

Das Haus mit dem Feigenbaum?, fragte schließlich Segis, erneut wacher als ich.

Ja, genau, nickte Yuliana, und da fiel es mir wie Schuppen von den Augen. Das verdammte Haus mit dem Feigenbaum! Ach, komm schon. Der Ursprungsmythos unserer Saga. Hier wurde Segismundo García geboren, stand auf keiner Gedenkplakette an der Fassade.

Das Haus gibt es seit vielen Jahren nicht mehr, goss ich ihnen rasch Wasser in den Wein. Dreißig oder vielleicht vierzig Jahre ist es her, dass dein Haus mit dem Feigenbaum verschwunden ist. Der Abrissbirne zum Opfer gefallen wie so viele andere, die Stadt hat es mit ihrem Wachstum überrollt: Alles, was damals Vororte waren, Gemüsegärten, Hütten, Wochenendhäuschen und die eine oder andere Ausflugswirtschaft, wurde urbanisiert, asphaltiert, der Bach in unterirdische Kanäle verlegt, Tümpel ausgetrocknet, Müllhalden mit Erdreich aufgefüllt und in Parks verwandelt, das alles von Städteplanern in einem Büro entworfen, ein weiteres 08/15-Viertel am Stadtrand, wo heute Tausende von Leute wohnen, die von der zum Mythos erhobenen bescheidenen Herkunft Segismundos des Großen nichts wissen. Von dem Haus ist noch weniger geblieben als vom Paradies. Und den berühmten Feigenbaum, falls es ihn überhaupt gegeben hat und er nicht nur eine weitere Erfindung aus deiner persönlichen Mythologie ist, hat bestimmt ein Bagger entwurzelt, als das Grundstück planiert wurde, und auf einem der Schutthaufen abgeladen, die dem Park heute sein charakteristisches Relief geben.

Ihr Papa hat viel von dem Haus erzählt, bestand Yuliana auf ihrer Idee und verweigerte mir nun wieder das Du, vermutlich wegen der geringen Begeisterung, die ich für ihre Pflegegemeinschaft an den Tag gelegt hatte.

Ja, mir hat er auch Geschichten vom Haus mit dem Feigenbaum erzählt, bestätigte Segis, mit dem du über deine Kindheit geredet zu haben scheinst, ich habe davon nichts mitbekommen. Dieselben Geschichten vom Aufwachsen in armen Verhältnissen, die ich so oft von dir gehört und als Heiligenbildchen abgetan habe, Illustrationen für deinen meritokratischen Diskurs, der Beweis dafür, dass Leistung lohnt und der Gesellschaftliche Fahrstuhl kein tröstliches Märchen ist: wie man es aus dem Haus mit dem Feigenbaum in die Villa Gaor schafft, in nur einer Generation, vom Selbstbau des Zuwanderers zum Architektenhaus; von der Einraumhütte mit Pritsche und Abort auf dem Hühnerhof zur ehelichen Suite mit eigenem Bad und einem Ankleideraum, der größer ist als deine erste Behausung im Ganzen. Vom Gemüsegarten des Selbstversorgers und dem großzügigen Feigenbaum zur Gartenlaube und jahrhundertealten Olivenbäumen, die willkürlich aus irgendeinem Hügel im Süden des Landes gerissen wurden.

Ich habe immer gedacht, dass diese Hütte, die ich nie zu Gesicht bekommen habe, so wichtig in deinem Leben, dass du mich nicht mal als Kind dorthin mitgenommen hast, als sie vielleicht noch stand, und deren Verschwinden du gleichwohl beklagt hast, als du vom Bau des neuen Viertels erfuhrst, der irreparable Verlust eines Erbes – dass diese Hütte nur eine Requisite war. Ich sage nicht, dass es sie nie gegeben hätte, natürlich stimmte das mit den ärmlichen Verhältnissen, aber sooft du darüber sprachst, erst mit mir, dann mit Segis und in letzter Zeit anscheinend auch mit Yuliana, sooft du eure Behausung erwähntest, wurde sie ein bisschen weiter verfälscht, um ein paar Meter mehr verkleinert, mit noch ärmeren Materialien ausgestattet, die Winter dort wurden kälter und die Sommer glühender, die stromlosen Nächte dunkler und die Tage hoffnungsloser, du pferchtest deine Eltern und Geschwister enger zusammen, machtest sie stumpfsinniger, kränklich und dürr von der schlechten Ernährung und den prekären Arbeitsverhältnissen, auf anachronistische Weise zerlumpt und grob, denn je elender dein Ursprung, desto bewundernswürdiger wäre dein Aufstieg, desto tragischer auch dein Fall und desto ungerechter dein Ende. Und ebenso ging es mit dem Feigenbaum, der sicher einen mittelprächtigen Stamm hatte und kärglich Früchte gab, sodass man hin und wieder einen Nachtisch hatte, den aber die Legende in ein imposantes Exemplar verwandelt hat. Wenn man in seine Krone kletterte, konnte man in der Ferne die Stadt sehen, in die man es schaffen wollte, und aus seinem Astwerk wurde ein Füllhorn, das sich nicht um die Jahreszeiten scherte, sondern unendlich viele fleischige und klischeehaft sinnliche Feigen barg, deren Geschmack du nie wieder finden solltest, weder beim Obsthändler noch im Corte Inglés, noch an den besten Tischen, an denen der Junge aus armen Verhältnissen Jahre später Platz nehmen würde.

Das Haus mit dem Feigenbaum, hör doch auf! Ich konnte kaum glauben, dass du deine dementen Schritte ausgerechnet dorthin gelenkt haben solltest; dass die Erinnerung an die Notlage deiner Familie sich als die Sprungfeder erweisen würde, die deine Fluchtversuche auslöste und die es nun endlich geschafft hatte, dich so weit zu ziehen, dass du nicht mehr zurückfandest; dass du die halbe Stadt durchquert hättest, um eine schäbige Hütte aufzusuchen, die es nicht einmal mehr gab. Ebenso unplausibel kam mir vor, dass das der sichere Ort sein sollte, an dem du deine letzten Vermögenswerte versteckt hättest, bevor du ins Gefängnis gingst, wobei das bei näherer Betrachtung durchaus amüsant und logisch schien, vielleicht handelte es sich ja um einen großen Scherz von dir: dein Vermögen, auch wenn es nur die Reste deines verlorenen Schatzes sein sollten, diesem elenden Loch anzuvertrauen, aus dem du gekrochen warst. Das mochte dein ironisches Vorgehen sein, um dir Gerechtigkeit zu verschaffen: die Freiheit wiederzuerlangen, dein Haus mit dem Feigenbaum aufzusuchen und deine Beute zurückzuholen, deine Rettung, die du selbstverständlich zu Füßen des mythischen Baums vergraben hättest. Eine hübsche Geschichte, bis auf ein kleines Problem, an das ich meine Gefährten erneut erinnerte: Das Haus gibt es nicht mehr. Weder das Haus noch den Feigenbaum.

Aber das weiß er doch nicht, wandte Yuliana ein. Er weiß das nicht, für ihn ist es immer noch da. Seine Wirklichkeit ist nicht die unsere. Er kann sich nicht selbst die Schuhe binden, er weiß nicht, in welchem Jahr wir leben oder wer der Fremde im Spiegel ist, aber bis vor Kurzem hat er noch von seiner Mutter geredet. Sie ist die Einzige, die er auf Fotos weiterhin erkennt. Und manchmal ruft er nach ihr: Mama, Mama, Mama, und ich nehme ihn bei der Hand und sage: Die Mama kommt gleich, die Mama kommt gleich, und so beruhigt er sich allmählich. Als er sich noch ausdrücken konnte, hat er mir immer Geschichten von seiner Mutter erzählt, und die spielten immer hier: im Haus mit dem Feigenbaum.

Wie rührend, dachte ich. Das von aller Schuld befreite Raubtier, verwandelt in ein Hündchen, das nachts vor Angst nach seiner Mami ruft. Aber ich sah nur die praktischen Probleme. Selbst wenn er nach Hause zu Mama zurückwollte, er würde nicht wissen, wie er dorthin kommen soll. Er hat den Ort sehr jung verlassen und war seitdem nicht mehr dort, der ganze Bezirk hat sich stark verändert, er würde den Weg nicht wiedererkennen, schon gar nicht in seiner gegenwärtigen geistigen Verfassung.

Ich war mal mit Opa hier, sagte auf einmal Segis, wie Yuliana darauf aus, jeden meiner Einwände zu entkräften. Was?, entfuhr es mir. Die Überraschungen nahmen kein Ende. Und so erzählte dein Enkel, du hättest ihn einmal, als er noch klein war, hierhergebracht. Vor dem Debakel, als du noch ganz oben standest. An einem Wochenende, das Segis mit euch in der Villa Gaor verbrachte, setztest du ihn ins Auto und fuhrst mit der Ankündigung los, du würdest ihm den Ursprung der Familie zeigen. Ihr gingt durch das Viertel, das heute steht, wo früher Felder waren, auf der Suche nach Anhaltspunkten, mit deren Hilfe du deine Erinnerung über den aktuellen Zustand legen könntest, und schließlich glaubtest du, den ungefähren Ort gefunden zu haben, wo dein Haus gestanden hatte. Ich ging fest davon aus, dass du dir das damals ausgedacht hast, um die Szene nicht kaputt zu machen, aber Segis erinnerte sich, dass ihr auf einem Sportplatz zwischen den Häusern herausgekommen wart, neben einem Park. Ich kann fast vor mir sehen, wie du deinem Enkel alles erklärst, der Konquistador, der in sein Dorf zurückkehrt und alles verändert findet: Hier stand mein Haus und da der Feigenbaum. Das waren alles Felder, wo die Straße langgeht, floss der Bach, die hat sogar denselben Namen. Das Einkaufszentrum war damals ein Tümpel. Schau, genau da gab es einen Gasthof, sonntags kamen die Leute aus der Stadt heraus, um gebratene Vögel zu essen, und dahinten stand eine Villa, von der es hieß, sie hätten im Bürgerkrieg Leute dort eingesperrt und gefoltert, und während der Diktatur fanden Privatpartys für die Großkopferten statt, am Ende wurde daraus ein Rehazentrum für Drogenabhängige. Die Kapelle drüben im Park haben sie erhalten, aber sie muss restauriert worden sein, die sieht ja aus wie neu. Und diese breite Straße war der Weg in Richtung Stadt, zwischen Gemüsegärten. Anderthalb Kilometer weiter waren damals die ersten Straßen und die Haltestelle, wo ich morgens den Schulbus nehmen musste.

Um das Festival der Offenbarungen fortzusetzen, erzählte Yuliana anschließend, auch sie sei einmal mit dir zum Haus mit dem Feigenbaum gegangen. Zu dem Zeitpunkt war sie noch nicht lange deine Pflegerin, man konnte mit dir noch vernünftig reden, und deine Vergesslichkeit betraf vor allem Dinge aus jüngerer Zeit, die ferne Vergangenheit war fast intakt. Als ihr einmal spazieren wart, sagtest du, du würdest ihr gerne dein Haus zeigen, und so zogt ihr in diese Richtung los. Nach einer Stunde hattet ihr die Umgehungsstraße erreicht, und Yuliana machte den Vorschlag, umzukehren, aber du bliebst hartnäckig. Über eine Überführung kamt ihr auf die Hauptstraße, die immer noch so heißt wie der alte Weg. Da du nur schlurfen konntest, brauchtet ihr noch fast zwei Stunden, aber du warst nicht bereit, kehrtzumachen oder in einen Bus zu steigen, fest entschlossen, es ans Ziel zu schaffen. Als sie schon überzeugt war, du hättest dich verlaufen oder Erinnerungen aus einer anderen Zeit oder gar einer anderen Stadt durcheinandergebracht, bliebst du an derselben Stelle stehen, von der Segis gerade erzählt hat: einem Sportplatz, den du vermutlich noch von dem vorangegangenen Besuch mit deinem Enkel in Erinnerung hattest, oder vielleicht warst du ja schon bei vielen anderen Gelegenheiten dort gewesen, so wie ein Großgrundbesitzer in der Abenddämmerung zu der Bretterbude reitet, die einst sein ärmliches Heim gewesen ist und die er an einem Ende seines feudalen Landguts unverändert bewahrt hat, und so weiter. Anders wäre nicht glaubhaft, dass du im fortgeschrittenen Stadium der Senilität in der Lage wärst, die ehemaligen Felder unter dem neuen urbanen Raster zu erkennen.

Hier habe ich gewohnt, hast du Yuliana an jenem Tag erzählt; hier habe ich gewohnt, seit ich geboren bin, bis ich den Militärdienst antrat, und hier sind meine Eltern geblieben, bis wir Kinder ihnen zusammen eine Wohnung kaufen konnten; hier habe ich meine ganze Kindheit verbracht, erklärtest du der skeptischen jungen Frau, die überzeugt blieb, deine senilen Augen würden in einem Viertel, das nicht so tief in die Vergangenheit zurückzugehen schien wie deine ferne Kindheit, etwas anderes sehen. Und die Aussage: Hier habe ich gewohnt, bei der du auf einen betonierten Sportplatz zeigtest, auf ein Gärtchen und einen weitläufigen Parkplatz zwischen Wohngebäuden, war ein weiteres Anzeichen für deinen geistigen Abbau. An jenem Tag bliebt ihr drei, vier Stunden auf einer Bank sitzen, um euch herum brach der Abend herein. Nach der Rückfahrt im Taxi fielst du fix und fertig ins Bett, unter Tränen, sicher aus körperlicher Erschöpfung oder wegen eines chemischen Ungleichgewichts im Gehirn, aber Yuliana verstand es als emotionalen Zusammenbruch, drückte dir die Hand und blieb bei dir, bis du eingeschlafen warst.

Ihr seid nie dorthin zurückgekehrt, du hast es bei euren folgenden Spaziergängen nicht vorgeschlagen, zu dir war durchgedrungen, dass es das Haus mit dem Feigenbaum nicht mehr gab, auch wenn du wiederholt darüber sprachst. Als sich dein Verfall nach einiger Zeit beschleunigte, deine Fluchtversuche einsetzten, wurde deine Konversation sporadisch und konfus, wie auch dein Gedächtnis, und Yuliana brachte deine frühen Tendenzen zum Weglaufen nicht mit jenem Zielort zusammen. Du rütteltest am Türschloss und sagtest, du wollest zurück nach

Hause, und Yuliana, die davon ausging, dass du unter derselben räumlichen und zeitlichen Verwirrung littest wie so viele Kranke, griff letztlich zur selben Methode, die sie schon bei anderen von ihr gepflegten alten Menschen angewandt hatte. Sie sagte: Ja, Segismón, wir gehen nach Hause, ich begleite Sie, und dann ging sie mit dir hinunter auf die Straße, drehte eine Runde um den Block oder noch etwas weiter, so lange, bis sich deine Anspannung gelegt hatte, und wenn ihr schließlich wieder vor dem Haus standet, sagte sie: So, jetzt sind wir daheim, und ihr fuhrt zurück nach oben, du warst zufriedengestellt und besänftigt, dein eigentliches Vorhaben vergessen. Von diesen ersten Malen hat Yuliana mir nichts erzählt, oder wenn doch, dann habe ich nicht richtig zugehört, jedenfalls stellte ich keinen Zusammenhang dazu her, dass dein Weglaufverhalten mit der Zeit aggressiver wurde. Während eines Spaziergangs machtest du dich plötzlich von ihr los und marschiertest schnell weiter, oder du wachtest mitten in der Nacht auf und versuchtest, die Tür zu öffnen, schlugst dagegen, bis Yuliana wach wurde. Ich akzeptierte die Erklärung, dass es sich um eine weitere Störung handelte, einen erneuten Anlauf, zersplitterte Erinnerungen zusammenzusetzen, und vermutete ein anderes Ziel deiner erratischen Schritte: die Schatzhöhle.

Nach Yulianas Schilderung hielt ich noch immer für unwahrscheinlich, dass du heute bis zum Haus mit dem Feigenbaum gegangen wärst, aber eine bessere Idee hatte ich auch nicht. Also bestiegen wir zu dritt ein Ubify-Taxi, und sie schickte eine Nachricht in den Gruppenchat ihrer Pflegekräfte, vielleicht konnte ja eine der anderen, die in der

Gegend arbeiteten, beim Sportplatz am Park vorbeischauen und, falls sie dich fand, bei dir bleiben, auf dich achtgeben, bis wir da wären.

Während der zwanzig Minuten dauernden Fahrt erzählte mir Yuliana herzerwärmende Geschichten vom Haus mit dem Feigenbaum, all diese Geschichten, die sie von dir gehört hatte, kohärent und mit vielen Einzelheiten in der ersten Zeit, ungeordnet und tastend, als dich die Krankheit nach und nach zersetzte, noch vor Kurzem warst du in der Lage, diese Erinnerungen wachzurufen, fast schon ohne Sprache, aber noch immer dich daran klammernd. Yuliana zufolge hält das Langzeitgedächtnis bis in ein fortgeschrittenes Krankheitsstadium durch, und das affektive, emotionale und sinnliche Gedächtnis baut als letztes ab. All diese Geschichten, die zu meiner Überraschung auch Segis kennt, nicht nur von dem Tag, an dem ihr zusammen hergekommen seid, sondern auch von anderen Gelegenheiten, in denen ihr eine innige Beziehung zwischen Großvater und Enkel aufgebaut habt, die mir entgangen ist, ich habe sie nicht gesehen, ich würde sogar sagen, ihr habt sie mir verborgen. All diese Geschichten, die ich kennen sollte, die du als Vater mir hättest erzählen sollen, ich will nicht ausschließen, dass du das sogar getan hast, aber ich habe nicht zugehört oder habe sie vergessen, und auch mein Gehirn wird allmählich löcherig.

Geschichten vom kleinen Segismón, wie deine Mutter dich nannte.

Geschichten von einem Vater, der seine Gefühle nur kärglich ausdrückte, so wie auch du gegenüber mir und wie ich dann versucht habe, es gegenüber Segis nicht zu tun.

Geschichten von einer Mutter, die entschlossen war, all die väterliche Kargheit mit einem Übermaß an mütterlicher Liebe zu kompensieren. Der Ausdruck ist von Yuliana, ich kann kaum glauben, dass sie damit Worte von dir wiederholt: ein Übermaß an Liebe. Eine Mutter, die ihren Kindern, aber vor allem dem kleinen Segismón, all die Zuneigung gab und für sich nahm, die ihr Mann ihr vorenthielt. Und wenn das stimmt, die Tatsache und deine spätere Darstellung, dann finde ich noch unverständlicher, dass du genau dieses eheliche Modell mit Mama wiederholt hast, deiner Frau, der du so viel verweigert hast.

Yuliana und Segis haben mir das alles erzählt, zweistimmig, einander ins Wort fallend, haben ihre jeweiligen Versionen ergänzt, über die Unterschiede gelacht, und ich habe auf dieser zwanzigminütigen Autofahrt mehr über dich erfahren als in über vierzig Jahren Familienleben.

Jetzt weiß ich, dass der Mund deines Vaters in einem üblen Zustand war und sein Charakter in Abhängigkeit von den Zahnschmerzen mal mehr und mal weniger bitter wurde, seine Strenge in der Familie mal mehr und mal weniger gewalttätig.

Ich weiß, dass er viel trank, um sich zu betäuben, wenigstens entschuldigte deine Mutter seinen Alkoholismus damit.

Ich weiß, dass du einmal miterlebt hast, wie er sich einen karieszerfressenen Backenzahn ausriss, der ihn schier umbrachte, seine Schreie hast du nie vergessen.

Ich weiß, dass dein Vater monatelang verschwand, in denen er als Erntearbeiter tätig war, auf öffentlichen Großbaustellen, in Hotels an der Küste, bei der Weinlese in

Frankreich, aber wenn er wiederkam, brachte er kaum Geld mit.

Ich weiß, dass seine Rückkehr einmal länger auf sich warten ließ als sonst, deine Mutter sagte, er sei in Deutschland, Jahre später erfuhrst du dann von deinem älteren Bruder, dass er ein Jahr im Gefängnis gewesen war, wegen einer Schlägerei mit ungutem Ausgang.

Ich weiß, dass seine einzige Art, Zuneigung zu dir und deinen Geschwistern auszudrücken, Suchspiele waren, wer hätte das gedacht. Zu besonderen Anlässen, an Geburtstagen und zu Weihnachten, fandet ihr neben dem Kissen oder in einem Hausschuh einen zusammengefalteten Zettel, mit dem das Spiel begann, und so führte er euch von Spur zu Spur, von Rätsel zu Rätsel bis zu dem Schatz, der auf euch wartete, eine Münze oder ein Schokoriegel, die irgendwo in der Nähe vergraben waren, selbstverständlich hatte er dafür eine Karte gezeichnet, mit einem Kreuz an der genauen Stelle.

Ich weiß, dass ihr Geschwister in Winternächten alle bei deiner Mutter schlieft, angeschmiegt wie Hundewelpen. Ich weiß, dass du dich auch ohne Kälte nachts in ihr Bett schlichst, ein schreckhafter Junge, dass ihr beide aufgepasst habt, damit dein Vater nichts mitbekam, und dass sie dich gegen ihren Bauch drückte und nach Schweiß und Seifenlauge roch. Dann griffst du nach einer ihrer Haarsträhnen und rolltest sie an deinem Finger zu einem Ring, bis du schließlich einschliefst. Die wenigen Male, bei denen dein Vater aufwachte, weil er nicht genug getrunken hatte, verpasste er euch beiden ein paar Ohrfeigen und warf dich aus dem Haus, du kannst im Freien schlafen, schreckhafter Junge.

Ich weiß, dass ihr aßt, was ihr mit eurer Hände Arbeit erzeugen konntet, echte Selbstversorger: die spärlichen Erträge des Gartens, Eier, in großen Abständen mal ein Huhn, selbst gejagte Kaninchen und was deine Mutter einmal pro Woche an Milch, Gemüse und Konserven vom Markt brachte, du durftest nie mit, in Wirklichkeit nämlich ging sie zu einer Kirche, wo Essen an arme Leute verteilt wurde, wie dir dein großer Bruder einige Zeit später erzählte.

Ich weiß, dass ihr das Wasser aus einem nahe gelegenen Brunnen holtet, nie wieder im Leben hast du so frisches Wasser getrunken. Erzählt hat mir das keiner, aber ich gehe davon aus, dass ihr immer einen Tonkrug aufgefüllt habt. Ich weiß, dass dich deine Mutter, als ihr deinen Eltern nach vielen Jahren eine Wohnung kauftet und sie aus dem Viertel wegziehen konnten, darum bat, Kanister aus dem Brunnen für sie zu füllen, das Wasser aus dem Hahn mochte sie nicht.

Ich weiß, dass du dich nachmittags nach der Schule, als du noch zur Schule gingst, an den Zaun der Siedlung stelltest, wo die Amerikaner vom Luftwaffenstützpunkt wohnten, so faszinierend für dich, so blond, unerreichbar auf der anderen Seite des Stacheldrahts mit ihren Häusern wie aus einem Film, ihren Autos und Fahrrädern, ihren Müttern und Töchtern, nach denen du ganz verrückt warst, wie ein Hausdiener, der durchs Schlüsselloch linst: ihre sagenhaften Körper, hübsch und gesund, wohlgenährt und wenig austrainiert, schön, weil sie das Geld schön machte.

Ich weiß, dass deine Mutter bei den Amerikanern putzte, aber du durftest nie mit.

Ich weiß, dass du mit anderen Jungen, die in den nahe gelegenen Hütten wohnten, zur Siedlung gingst, dass ihr euch dort Steinschlachten mit den amerikanischen Kindern liefertet und dass du nie so viel Spaß gehabt hast wie bei diesen Überfällen, von denen immer irgendeiner mit einer Platzwunde heimkam. Ich weiß, dass dir ein amerikanischer Junge sein altes Fahrrad schenkte, er hatte gerade ein neues bekommen, aber dein Vater beschuldigte dich, es gestohlen zu haben, und verabreichte dir eine Tracht Prügel. Am nächsten Tag musstest du mit ihm hingehen und dich entschuldigen, und als der Vater des anderen Jungen versuchte, ihn in seinem bruchstückhaften Spanisch davon zu überzeugen, dass alles in Ordnung sei, bestand er darauf, etwas für das Fahrrad zu bezahlen.

Ich weiß, dass du anfingst, mit diesem Rad und einem rudimentären, aus Sperrmüllteilen zusammengeschusterten Anhänger in den umliegenden Vierteln kleinere Lieferungen auszufahren, und du warst dabei so verlässlich, dass du dir bald das Vertrauen von Händlern und Kunden verdient hattest.

Ich weiß, dass du von deinem ersten Lohn als Ausfahrer mit Lieferwagen deinem Vater ein künstliches Gebiss bezahlen wolltest, was der aber von sich wies: Was soll ich denn mit falschen Zähnen?

Da ist er!, rief Yuliana, als sie aus dem Auto stieg, und lief zu dir, gefolgt von Segis. Ich blieb zurück, spazierte ohne Eile auf euch zu. Du saßest auf der besagten Bank. Neben dir eine junge Mulattin, die dich an der Hand gefasst hatte. Sie war keine Komplizin deiner Flucht, auch nicht die Geliebte aus der Karibik, die all die Jahre mit dem

Geld unter der Matratze auf dich gewartet hätte; sie war nicht Divina. Das wurde mir klar, als ich neben euch einen anderen alten Mann in seinem Rollstuhl dösen sah. Sie war eine andere Yuliana, eine Kollegin aus dieser Gruppe zur gegenseitigen Unterstützung, die Pflegerin eines anderen Krüppels aus dem Viertel.

Du freutest dich, uns zu sehen, ohne Überraschung.

Hallo, Vater, sagte ich, und du sahst mich mit diesem Lächeln an, das nicht zu dir passen will und mit dem du mich jetzt wieder anlächelst, als ich sage: Hallo, Vater. Es passt nicht, ist nicht deines, das bist nicht du. Eine Maske.

Ich sah deine Hose, das Loch am Knie, die schmutzigen Hände, die wenigen verstrubbelten Haare, als hättest du dir den Weg hierher tatsächlich gegraben, hättest mit Klauen und Zähnen eine Galerie freigeschaufelt, ein wilder Maulwurf.

Yuliana kämmte dich mit ihren Fingern. Segis befestigte die Uhr an deinem Handgelenk, nicht dass du uns in einem Augenblick der Unaufmerksamkeit noch einmal entwischtest.

Ich sah mich um. Breite Straßen, Wohnkomplexe, die sich über ganze Häuserblöcke erstrecken, Kleinwägen, der große Wagen steht ja in der Garage. Die Mittelschicht der Außenbezirke. Swimmingpool, Paddleplätze, Grillstationen und bestimmt auch Bunker. Der Park weiter hinten, gut gepflegt. Ein Heer von Yulianas, die in den Wohnungen putzen und alte Leute spazieren führen. Ein Sportplatz. Ein leer stehendes Grundstück, auf dem die Anwohner ein behelfsmäßiges Gärtchen betreiben. Urban Gardening. Auch hier schon? Tonkrügler aus der Mittelschicht?

Als wir dort eintrafen, sahen wir einen Rentner im Trainingsanzug mit einer Hacke die Erde umgraben, den Griff hielt er schlaff gepackt, der hatte in seinem Leben kein Werkzeug in der Hand gehalten, außer vielleicht mal als Heimwerker. Wenn dein Hirn noch halbwegs funktionierte, hättest du dich über den Anblick eines Pseudo-Gärtners ziemlich aufgeregt, der denselben Boden bearbeitete, der euch in deiner Kindheit ernährt hat. Da stand er und spielte den Landwirt, in der laxen Haltung eines Mannes, der noch nie Hunger gelitten hat. Einen Moment lang malte ich mir aus, er würde in eben diesem Augenblick mit einem laschen Spatenstich auf etwas Hartes, Metallisches treffen und sich direkt vor unserer Nase bücken, mit seinen zimperlichen Händen die Erde beiseiteschieben und den Schatz aus dem Boden holen. Tja, ja, bis zum letzten Moment habe ich gehofft, dass er noch auftaucht. Dass du dich nicht aus einer verspäteten Nostalgie heraus hergeschleppt hättest, sondern, weil das dein sicherer Ort ist. Dass du schon vor Jahren hergekommen wärst, als du noch auf freiem Fuß warst und auf dein Urteil wartetest, aber dich schon im Vorhinein verurteilt wusstest. Du wärst also alleine hierhergekommen, hättest dich vergewissert, dass dir niemand folgt, in der paranoiden Stimmung des Freigängers, von wegen Fluchtgefahr, dazu die Journalisten, die dir keine Ruhe ließen. Du wärst im Morgengrauen hergekommen, um nicht aus irgendeinem Fenster beobachtet oder von einem Spaziergang mit Hund überrascht zu werden, und hättest auf eben dieser Brache oder weiter hinten, auf dem Schutthügel im Park, ein kleines Loch ausgehoben, groß genug für eine Schachtel, den Ort hättest du dir genau eingeprägt – dein Gedächtnis war noch intakt –, das X auf der gezeichneten Karte. Eine hübsche Idee, das glückliche Ende, das wir nun nicht bekommen werden. Sollte es so gewesen sein, wirst du die Stelle nicht mehr finden, da könnte ich dich noch so lange in dieser Gegend spazieren führen. Vielleicht hat ein städtischer Gärtner den Schatz entdeckt, an seinem Glückstag. Oder ein Glasfaser-Installateur, als er den Boden aufgrub. Ein Tonkrügler beim Setzen von Tomaten, und der Glückspilz hat die Sache für sich behalten, seine malerische Geschichte nicht an die Presse weitergegeben, das Geld eingesteckt, so getan, als wäre es ein Lottogewinn, und jetzt genießt er ihn; oder er hat es der Gemeinschaft übergeben, damit die Typen noch mehr Gedenktafeln finanzieren können, noch mehr Gärtchen, bunte Fassaden, Tonkrüge, noch mehr Scheißdreck. Was soll's. Von mir aus kann ihn auch ein Archäologe in dreihundert Jahren finden, unter den Ruinen unserer Zivilisation.

Inzwischen sind wir allein.

Yuliana und Segis sind vor über zwei Stunden gegangen, sie sprachen von Verabredungen, zu denen sie zu spät kämen, beide erschöpft von diesem so intensiven Tag, vielleicht haben sie sich auch verschworen, uns beide allein zu lassen und diesen klischeehaften Schlussmoment zu befördern, in dem sich Vater und Sohn wiedergefunden haben, wiedererkannt, wiederversöhnt, und alles ist verziehen. Auftritt Geigen, her mit dem Sonnenuntergang.

Nein, so wird das hier nicht. Dafür sind wir zwei schon zu alt. Zu müde. Und es ist spät.

Wir sind jetzt allein. Ich habe dir nun alles erzählt, ich rede schon über zwei Stunden, und du hast nichts zu sagen. Ich habe dir alles erzählt, aber eigentlich nicht dir, nicht dem Gegenüber, das meine Worte verdient hätte, sondern diesem alten Mann, der nicht mehr mein Vater ist, der nicht mehr du bist, du bist niemand. Oder vielleicht doch, vielleicht bist du so das echte Du, in Reinform, so wie du wärst, wenn dich die Umstände nicht schon so früh verformt hätten. Und wenn schon. Du bist der Einzige, der noch bleibt, und bald wirst du nicht einmal mehr dieses Erlöschen sein, nicht einmal ein Schatten.

Es ist spät, und wir sind allein. Zeit, nach Hause zurückzukehren.

Wir können zu Fuß gehen, Hand in Hand, als wärst du

mein Vater und ich dein Sohn. Schon vor einer Weile hast du meine Hand gepackt, als ich aufgehört habe zu reden, als mir die Worte ausgingen und ich, ausgelaugt und vermutlich erleichtert, endlich verstummte und mich neben dich setzte. Ich weiß, dass du das getan hast, weil du dich mit Yuliana daran gewöhnt hast, Hand in Hand zu gehen, weil dir das Sicherheit gibt, dir hilflosem kleinem Jungen. Aber ich kann mich der Illusion hingeben, dass du mich so um Vergebung bittest; dass dich, nachdem du mir zugehört hast, ein Funke geistiger Klarheit ganz tief in deinem Bewusstsein dazu gebracht hat, mich um Verzeihung zu bitten. Verzeih mir, mein Sohn. Es tut mir sehr leid. Ich könnte dich sogar dazu bringen, diese Worte laut nachzusprechen, wie ein Papagei oder eine batteriebetriebene Puppe, auch wenn es für dich Worte ohne Bedeutung wären, und für mich kämen sie zu spät. Verzeih mir, mein Sohn. Verzeih mir.

Du hast meine Hand gepackt und sie seitdem nicht mehr losgelassen. Ich auch nicht. Die Leute, die an uns vorübergehen, schauen uns an, und ich möchte ihnen am liebsten erklären, dass du krank bist. Nicht, dass sie am Ende noch denken …

Es ist ein komisches Gefühl. Eine schwache, aber beständige elektrische Ladung. Ich würde sie nicht unangenehm nennen, auch nicht wohltuend. Eine erfundene Erinnerung, darum nicht weniger stechend. Wann hast du zum letzten Mal meine Hand genommen? Du und ich, wir hatten es nie so mit Berührungen. Nicht mal, als ich klein war, wenigstens nicht so, dass mir etwas im Gedächtnis geblieben wäre. Mit Segis schon, bei ihm habe ich versucht, all den Körperkontakt nachzuholen, den du mir nicht gegeben hast. Jetzt, als Teenager, entzieht er sich, wenn ich ihm einen Kuss auf die Wange drücke oder ihm den Arm um die Schultern lege, ich weiß selbst nicht mehr, wie ich ihn anfassen soll. Aber du und ich, wir haben immer einen körperlichen Abstand gehalten, der es unmöglich macht, emotionale Nähe zu verankern. Dein Partner Alberto gab mir jedes Mal, wenn er mich sah, seine zwei Judasküsse, selbst als wir uns fast täglich in der Firma über den Weg liefen. Mit dir dagegen fehlte nur, dass ich dich gesiezt hätte. Deshalb fühlt diese Hand sich jetzt komisch an, die ich nicht wiedererkenne und an die ich mich nicht erinnern kann, weil ich sie gar nicht kennengelernt habe. Ein feuchtes, kaltes Stück Haut, dem nichts von der übertriebenen Kraft geblieben ist, mit der du einst Hände drücktest oder Leuten auf den Rücken schlugst. Jetzt könnte ich dir sämtliche Vogelknöchelchen brechen, ich bräuchte die Zange meiner Finger nur zuzuklappen. Da ist nicht mehr viel von der Hand Segismundos des Großen. Auch nicht in deinem Blick, diesen wehrlosen kleinen Augen, die zu betteln beginnen, sobald ich zu lächeln aufhöre, und etwas hündisch Fröhliches bekommen, sowie ich das Lächeln wieder aufsetze. Was ist aus dir geworden, Segismundo. Aus uns.

Und was sollen wir jetzt machen, wir zwei? Was kommt jetzt? Was bleibt uns noch? Bei der Bank dranzubleiben. Irgendeinen Partner zu finden, einen Investor. Vielleicht ist Alberto ja interessiert. Sein Schwefel werden. Und sonst es mit einer anderen Geschäftsidee versuchen. Mit dem weitermachen, was Segis hinter sich lässt, wenn er denn tatsächlich so müde ist. Auf einen plötzlichen

Glücksfall warten. Darauf vertrauen, dass ein Schatz auftaucht.

Wir können in eines von diesen Dörfern ziehen. Kannst du dir das vorstellen? Du und ich beim Süffeln aus dem Tonkrug. Lach nur, du Mistkerl, lach. Aber nein, da ziehen wir besser zu Yuliana in ihr Pflegehaus, soll sie uns beiden das Händchen halten, jedem auf einer Seite. Oder zu Mónica, mal sehen, ob die uns noch mag.

Schau sie dir an. Da kommen immer mehr. Freitagabend, Dinner in der Gemeinschaft, wie Gaya gesagt hat. Sogar in einem Vorort für die Mittelschicht wie diesem gibt es ein paar Leute, die mitmachen, tja, ja. Swimmingpool, Paddle-Tennis, Grillstationen und nachbarschaftliches Abendessen auf dem Sportplatz neben dem Gärtchen. Fehlt bloß noch, dass wir dort Roberto treffen, den von der Bank.

Guck mal, was für eine Begeisterung. Wenn ich diese Leute nicht allzu gut kennen würde und wüsste, dass ihre Begeisterung immer propagandistischen Zwecken dient, würde sogar ich an ihre Freude glauben. Da bekommt man richtig Lust, sich anzuschließen, oder? Lach nicht, sonst fordern sie uns noch zum Tanzen auf. Denk dran – wenn nicht getanzt wird, dann ist das nicht unsere Revolution.

Gefällt's dir hier? Also, dieses ganze Fest haben sie für dich organisiert. Hast du nicht gesehen, wie sie beim Aufbauen rübergeschaut haben? Das war nicht, weil sie es so auffällig finden, zwei Männer auf einer unbeleuchteten Bank sitzen zu sehen, Hand in Hand und stundenlang, ohne sich zu rühren. Das war, weil es dein Fest ist. Überraschung. Ja, doch, es ist für dich, alles für dich: die zusammengestellten Tische voller Leckerbissen aus lokaler Produktion, die Limonaden aus der Extremadura, die Bar, die die Anwohner selbst betreiben, die wissen noch nicht mal, wie man richtig Bier zapft, so eine fade Plörre. Sie haben das alles schnell zusammenimprovisiert, als sie erfuhren, dass du da bist. Vielleicht hat ihnen Yuliana Bescheid gesagt, bevor sie ging. Segismundo ist wieder da! Segismundo ist wieder im Haus mit dem Feigenbaum! Die Nachricht hat sich wie ein Lauffeuer verbreitet, und so haben die Leute Klappstühle gebracht, Tischplatten und Gestelle, in der Schule gebastelte Laternen, Lautsprecher, Eimer voller Eiswürfel, eine Zapfanlage und einen Grill, auf dem sie wohl nicht viel Fleisch braten werden, freu dich nicht zu früh.

Segismundo ist wieder da!, haben sie von Tür zu Tür ausgerufen, und alle sind gekommen. Familien mit Kinderwagen, junge Paare, aber auch Alte wie du, die sich vielleicht noch an die Zeit erinnern, als hier draußen freies Feld war. Der junge Bursche, der Musik auflegt. Die Frau, die den Kindern die Gesichter schminkt. Der Büchertisch, der Stand mit Kunsthandwerk, Tonkrüge inklusive. Das Gelächter, die übertrieben fröhlichen Unterhaltungen, das Händeklatschen, die angedeuteten Tanzschritte. Alles für dich, Segismundo. Zur Feier, dass wir dich gefunden haben. Zum Gedenken an deine Erfolge. Die Eröffnung einer weiteren Klinik. Die Expansion ins Ausland. Der neue Geschäftsbereich, die Sicheren Orte. Der Erfolg der zweiten Generation, die Garantie, dass die dritte aus Gewinnern bestehen wird. Es gibt eine Menge zu feiern. Ein großes Fest zu deinen Ehren. Guck dir mal die Plakate dort drüben beim Gärtchen an, farbige Lettern und die Silhouette eines Mädchens, das blühende Häuser gießt. Du kannst ja nicht mehr lesen, aber da steht eindeutig: Danke, Segismundo García. Ein schönes Lächeln für jedermann. Segismundo der Große lebe hoch.

Lass uns mal gehen, sonst landen wir am Ende noch auf der Tanzfläche, ich sag's dir. Ich könnte ja fast so ein fades Bier trinken, wenigstens eines. Auf dich.

Sollen wir noch bleiben? Da können wir umsonst zu Abend essen. Das wird lustig. Wir können so tun, als ob wir dazugehörten, kaufen wir doch ein paar Armbändchen bei dem Stand, und dann klinken wir uns in die Gespräche ein, und nur nicht laut rauslachen. Veränder dein Viertel, und du veränderst die Welt. Risse, Samenkörner. Sicherheit im Kollektiv. Und nach dem Fest, wenn alle weg und wir wieder alleine sind, brechen wir die Tür zu dem Schuppen auf und schnappen uns das Werkzeug. Wir graben da drüben, wo kaum noch Laternenlicht hinfällt. Wir reißen ihre Tomatenstauden heraus, nicht aus Zerstörungslust, sondern, weil sie unserem Ziel im Weg sind. Wir durchstoßen die Pflanzerde und graben weiter durch den harten Untergrund. So lange, bis wir etwas finden, und sei es auch nur die abgestorbene Wurzel eines Feigenbaums. Dann graben wir noch tiefer, und wenn da kein Schatz liegt, machen wir weiter und schaufeln dort unten einen Tunnel für die Rückkehr frei, du und ich wie zwei Maulwürfe, wie zwei blinde Taucher, ein Gleiten durch Keller, Garagen, Schächte und Abwasserkanäle; und überlassen uns der Strömung, damit sie uns zurück in die Wohnung trägt, erschöpft und glücklich.

Aber dafür müsstest du mal meine Hand loslassen.

DOPO

Non quelli dentro il bunker,
non quelli con le scorte alimentari,
nessuno di città,
si salveranno indios, balti, masai,
beduini protetti dal vento, mongoli su cavalli,
e poi uno di Napoli nascosto
nel Vesuvio,
e un ebreo avvolto in uno sciame di parole,
per tradizione illesi dentro fornaci ardenti.

Si salveranno più donne che uomini,
più pesci che mammiferi,
sparirà il rock and roll, resteranno le preghiere, scomparirà
il denaro, torneranno le conchiglie.

L'umanità sarà poca, meticcia, zingara
e andrà a piedi. Avrà per bottino la vita
la più grande ricchezza da trasmettere ai figli.

Erri De Luca

DANACH

Nicht die im Bunker,
auch nicht die mit den Lebensmittelvorräten, keine Städter,
retten werden sich Indios, Balti, Massai,
vom Wind beschützte Beduinen, Mongolen zu Pferde
und dann noch einer aus Neapel, der sich im Vesuv
versteckt,
sowie ein Jude, gehüllt in einen Schwarm von Worten,
sie alle traditionell unversehrt in brennenden Öfen.

Retten werden sich mehr Frauen als Männer,
mehr Fische als Säugetiere,
verschwinden wird der Rock 'n' roll, bleiben die Gebete,
verschüttgehen das Geld, zurückkehren die Muscheln.

Menschen wird es wenige geben, Mischlinge, Zigeuner
zu Fuß unterwegs. Als Beute haben sie das Leben
den größten Reichtum zur Weitergabe an die Kinder.

Erri De Luca

Danksagungen

Zahlreiche Lektüren haben meine Arbeit an diesem Roman begleitet. Die Aufgabe, mir vorzustellen, was für eine Zeit auf uns zukommt, und dabei dystopische Muster zu vermeiden, wäre ohne die politische Vorstellungskraft zahlreicher Denker und Aktivisten nicht zu bewältigen gewesen, darunter Aaron Bastani, Andreu Escrivà, Peter Frase, Yayo Herrero, José Manuel López, Layla Martínez, Francisco Martorell, Arnau Montserrat, José Manuel Naredo, Jaume Peris, Jorge Riechmann, Kim Stanley Robinson, Emilio Santiago, Pablo Servigne, Rebecca Solnit, Raphael Stevens, Héctor Tejero, Erik Olin Wright und das Kollektiv Contra el Diluvio. Dankbar bin ich außerdem David Becerra für seine genaue Lektüre sowie José Manuel López für viele bereichernde Gespräche über die Jahre. Und den guten Leuten in Hortaleza, die dort weiter Widerstand leisten und von denen ich so viel gelernt habe.

Isaac Rosa bei Liebeskind

Glückliches Ende

Aus dem Spanischen von Marianne Gareis und Luis Ruby
Roman, 352 Seiten, ISBN 978-3-95438-124-1

Auch wenn jede unglückliche Ehe auf ihre eigene Weise unglücklich ist, gleichen sie einander. Die Geschichte von Ángela und Antonio geht wie die vieler Paare: Sie verlieben sich, leben einen Traum, haben Kinder, werden in den Mühlen des Alltags zerrieben, bringen irgendwann nicht mehr die Kraft und die Geduld auf, sich auf den anderen einzulassen, Misstrauen und Eifersucht machen sich breit … Nach ihrer Trennung stellen sich Ángela und Antonio verzweifelt die Frage, wie es so weit hatte kommen können. Abwechselnd ergreifen sie das Wort, um ihre gescheiterte Ehe einer Autopsie zu unterziehen. Jeder erzählt von der schleichenden Erosion der Liebe, von verlorenen Träumen und den sich verändernden Lebensbedingungen. Und von den unzähligen Versuchen, der eigenen Unzulänglichkeit Herr zu werden und über die des anderen hinwegzusehen …

»Isaac Rosa gewinnt dem scheinbar auserzählten Genre des Liebesromans so viele Facetten ab, dass ihn lesen sollte, wer auch nur einen Funken Zuneigung für seinen Partner verspürt. Denn dieses ist ein weises Buch über die Liebe.« SÜDDEUTSCHE ZEITUNG

Isaac Rosa bei Liebeskind

Im dunklen Zimmer

Aus dem Spanischen von Luis Ruby
Roman, 296 Seiten, ISBN 978-3-95438-151-7

Eine Gruppe von Freunden mietet gemeinsam ein Ladenlokal, das jeder für seine Zwecke nutzt: als Arbeitsplatz, als Übungsraum, Studierzimmer oder Werkstatt. Samstags jedoch sind alle da, und aus dem Lokal wird eine Art Gemeinschaftsraum, wo man zusammen feiert ... Als eines Abends der Strom ausfällt, kommen sich die Freunde in der anonymen Dunkelheit erstmals sexuell näher. Dies ist für alle eine so einschneidende Erfahrung, dass sie beschließen, im Untergeschoss ein dunkles Zimmer einzurichten, das für sie zur festen Anlaufstelle wird. Mit der Zeit gerät das Zimmer wieder in Vergessenheit, die Freunde schließen ihr Studium ab, finden Arbeit, machen Karriere, einige heiraten, bekommen Kinder. Doch dann erfasst die Wirtschaftskrise das Land mit voller Wucht. Das Ladenlokal wird nach und nach zum Treffpunkt politischer Aktivisten, darunter ein Hacker, der kompromittierende Videos von mächtigen Wirtschaftsführern sammelt ...

»Eine glänzend erzählte Parabel, ein wirklicher Lesegenuss. Und ein wichtiges Buch für alle, die mehr über die jüngste Geschichte Spaniens erfahren wollen.« SWR2